SCIENCE FICTION

Herausgegeben
von Wolfgang Jeschke

Von **John Barnes** erschienen in der Reihe
HEYNE SCIENCE FICTION & FANTASY

Eine Million offener Tore · 0605421
Die Mutter aller Stürme · 0605422
Orbitale Resonanz · 0605423
Das kaleidoskopische Jahrhundert · 0605424

JOHN BARNES

ORBITALE RESONANZ

Roman

Aus dem Amerikanischen
übersetzt von
MARTIN GILBERT

Deutsche Erstausgabe

WILHELM HEYNE VERLAG
MÜNCHEN

HEYNE SCIENCE FICTION & FANTASY
Band 0605423

Titel der amerikanischen Originalausgabe
ORBITAL RESONANCE
Deutsche Übersetzung von Martin Gilbert
Das Umschlagbild malte doMANSKY

Umwelthinweis:
Dieses Buch wurde auf
chlor- und säurefreiem Papier gedruckt.

Redaktion: Wolfgang Jeschke

Erstveröffentlichung
als ein TOR Book by Tom Doherty Associates, Inc., New York
Mit freundlicher Genehmigung des Autors
und Ashley Grayson, Literary Agency, San Pedro, California

Printed in Germany 1996
Umschlaggestaltung: Atelier Ingrid Schütz, München
Technische Betreuung: M. Spinola
Satz: Schaber Satz- und Datentechnik, Wels
Druck und Bindung: Elsnerdruck, Berlin

ISBN 3-453-10907-4

KAPITEL EINS

8. DEZEMBER 2025

Dr. Lovell bescheinigt mir schriftstellerisches Talent: also muß ich an diesem blöden Wettbewerb teilnehmen und habe dadurch noch ein paar Stunden mehr am Hals –; und in nicht einmal einem halben Jahr steht die Erwachsenen-Abschlußprüfung an. Die Leute von der Kultusbehörde glaubten, die Kinder von der Erde würden sich für das Leben im Weltraum interessieren, und deshalb haben sie diesen Spezialwettbewerb für uns anberaumt, der in den Schiffen, Häfen und Stationen stattfindet. Das ist natürlich nichts Neues für euch, liebe Leser; vielleicht wird dieser erste Absatz deshalb auch gestrichen. Ich hasse das – bei der Vorstellung, daß man meine Arbeit zusammenstreicht, ohne vorher mit mir Rücksprache zu halten, möchte ich die Schriftstellerei am liebsten gleich wieder aufgeben.

Wie dem auch sei, mein Name ist Melpomene Murray; ich bin dreizehn Erdenjahre alt und lebe auf dem *Fliegenden Holländer,* wo ich auch geboren wurde. Ich habe bereits achteinhalb Orbits hinter mir, die auf dem *Fliegenden Holländer* als ›Jahre‹ bezeichnet werden; weil sie aber unterschiedlich lang sind, werden sie doch nicht für die Zeitrechnung verwendet, wie ihr das mit den Erdenjahren tut.

Vielleicht sollte ich einfach die ›Liste mit nützlichen Fakten‹ transkribieren, die man uns vor dem Auftrag gegeben hat. Das wäre sicher so langweilig, daß ich beim Wettbewerb nicht vorrücken würde und etwas Neues schreiben müßte:

Wie die vier anderen Schiffe im Besitz der Nihon America, ist auch der *Fliegende Holländer* ein eingefangener Asteroid. Der Asteroid mit der ursprünglichen Bezeichnung Inoueia 1996 YT wurde im Jahr 2008 eingefangen; im Jahr 2011 ging die Besatzung an Bord, aber die Arbeiten sind noch längst nicht abgeschlossen. Der *Fliegende Holländer* hat eine Stammbesatzung von siebentausendzweihundert Personen. Im Vorjahr hatte sie noch bei achttausend gelegen, aber seitdem sind viele ältere Leute von Bord gegangen. Sechstausendsiebenhundert Menschen sind jünger als zwanzig Jahre, und sechstausendvierhundert sind im Schiff geboren worden. Die gesamte Besatzung belegt weniger als ein Prozent des nutzbaren Volumens des Schiffs. Wenn die Laderäume im Jahr 2059 fertiggestellt sind, werden sie ein Fassungsvermögen von über drei Kubikkilometern haben.

Unser Orbit wird ständig moduliert – das heißt, die Triebwerke laufen immer und beschleunigen und verlangsamen uns abwechselnd –, so daß das Aphel immer in der Nähe des Mars liegt und das Perihel immer in der Nähe der Erde. Für den Antrieb des Schiffs sind acht MAM-Reaktoren mit einer Gesamtleistung von dreißigtausend Terawatt zuständig.

Shit. Ich halte es nicht mehr aus. Ich streiche das später und mache erst mal weiter.

Ich langweile mich schon selbst, und bis Freitag muß ich mindestens zwanzigtausend Bytes abgeliefert haben. Außerdem besagt die ›Liste nützlicher Fakten‹, daß irdische Kinder in meinem Alter noch nicht einmal die Infinitesimalrechnung beherrschen, und fast das ganze Zeug hier ist Physik.

Ich mag Physik nicht besonders – und ich muß sie auch nicht mögen, denn ich werde demnächst Bürgermeisterin.

An diesem Punkt würde Dr. Lovell *wirklich* den Rotstift ansetzen. Ich könnte darüber schreiben ... als ob ich wollte ...

Ich habe schon den ganzen Bildschirm vollgeschrieben, aber noch immer nichts Wesentliches ausgesagt. Ich versuche ständig, mich von meinen Lieblingsbüchern inspirieren zu lassen, aber das nützt auch nicht viel:

»Nennt mich Melpomene« – nun, so weit war ich auch schon, und es hat mich keinen Deut weitergebracht.

»Sie war knapp unter einssechzig, dürr, und sie kam mit hängenden Schultern direkt auf sie zu ...« Und ihre Mutter sagte ihr, sie solle Haltung annehmen.

»Als Ms. Melpomene Murray aus Block A Korridor Zwölf Wohneinheit Sechs verkündete, daß sie ihren dreizehnten Geburtstag feiern würde ...« Bitte! Das bringt überhaupt nichts, weil ich es sowieso streichen muß. Ich brauche etwas, das mir Stoff für 20 kB bietet, und bisher kann ich nicht einmal eine Einleitung abkupfern, geschweige denn mir selbst eine ausdenken.

Die einzig sinnvolle Eröffnung steht in einem Buch, das ich hasse, aber es war das Lieblingsbuch meines Großvaters – ich habe ihn nie gekannt, denn er starb bei der Liquidierung im Jahre 1999, aber ich habe viel von ihm gehört.

Viel mehr, als ich eigentlich wollte. Mutter zitiert ihn immer – sie ist so fixiert auf Großvater, daß sie sogar ein paar Gewichts-Zuteilungen nur dafür geopfert hat, sein persönliches Exemplar dieses Buches zu beschaffen. Und daß es Papa auch gefiel, machte es nur noch schlimmer – ich mußte es nämlich auch lesen. Es fängt so an: »Wenn Sie es wirklich hören wollen ...«

Und sobald ich über die ganzen verrückten Sachen schreibe, die sich im letzten Jahr ereignet haben, läuft es darauf hinaus, daß ich Bürgermeisterin werde und dann aus dem Wettbewerb ausscheide, weil Dr. Lovell es auf keinen Fall senden wird. Im günstigsten Fall wird sie die Hardcopy akzeptieren und die Datei dann löschen.

Andererseits habe ich sowieso keine Lust, an diesem blöden Wettbewerb teilzunehmen. Ich könnte auch LECKEN SIE MICH AM ARSCH, DR. LOVELL eingeben und das dann so oft kopieren, bis die 20 kB erreicht sind, aber sie würde es nur löschen und mir dann einen reinwürgen. Aber wenn die ganze Geschichte nur von den Ereignissen des letzten Jahres handelt, wette ich, daß ich nicht einmal zugelassen werde. Was mir nur recht wäre – dann müßte ich es nämlich nicht noch einmal schreiben.

Okay, jetzt habe ich ein Thema. Ihr werdet es zwar nie erfahren, aber vielleicht gelingt es mir tatsächlich, etwas zu verfassen; und womöglich wird Dr. Lovell es sogar annehmen.

Aber ich hoffe wirklich, daß sie es nicht tun wird.

Es begann mit Theophilus Harrison. Schon als ich ihn zum erstenmal im Unterricht sah, wußte ich, was geschehen würde. Drei Dinge stimmten nicht mit ihm.

Zum einen war Theophilus mollig. Das war sicher nicht seine Schuld; wir alle leben von Geburt an auf Diät, und wenn wir auch einige etwas kräftigere Klassenkameraden haben – Bekka Hayakawa wird von allen nur ›Pummelchen‹ genannt –, so ist doch niemand wirklich dick.

Zum zweiten: das erste, was er an diesem Morgen tat, war, Randy Schwartz in Individueller Mathematik den Rang abzulaufen. Das war wirklich spaßig – Randy war seit fast einem Jahr Klassenbester in diesem Fach, und es ging eine regelrechte Schockwelle von ihm aus, als Dr. Niwara die Noten verlas.

Zum dritten, und das war das eigentliche Problem, stammte Theophilus von der Erde.

Nicht, daß ihr jetzt glaubt, ich hätte etwas gegen die

Menschen von der Erde, aber manchmal sind sie wirklich ätzend – zumindest die *buroniki, corporados* und *plutocks,* die während der einen Woche, die wir im Perihel stehen, hier heraufkommen. Sie führen sich immer auf, als ob sie sich auf einer Ausstellung befänden: »Ist es nicht erstaunlich, wie die Schwerkraft sich ständig verändert?« (Das tut sie überhaupt nicht, denn sie entspricht immer der Beschleunigung des Schiffs im Hauptkörper und der Zentrifugalkraft im Pilz. Es hätte mich eher gewundert, wenn die Schwerkraft immer konstant geblieben wäre.)

Auch die jugendlichen Touristen haben von nichts eine Ahnung.

Theophilus traute ich jedoch etwas mehr zu, weil er Siedler und kein Tourist war, und bevor man hier hochkommt, muß man eine mindestens einjährige Intensivausbildung absolvieren, um Anschluß an seinen Geburtsjahrgang zu finden; hier wird man nämlich schon im Alter von drei Jahren eingeschult, und der Jahresunterricht umfaßt 250 Tage mit jeweils zehn Stunden. (Diese Zahlen habe ich auch aus der ›Liste nützlicher Fakten‹. Ich hoffe, für ihre Erwähnung bekomme ich Sonderpunkte oder eine sonstige Belobigung.)

Aber auf jeden Fall bedeutete die Tatsache, daß ein fetter Erdling Randy in Mathe a.a.l., einen Kollisionskurs – und Randy war groß und gemein, und Sportsgeist konnte ihm auch nicht unbedingt nachsagen. (Soeben fragte der blöde Computer mich, was a.a.l. denn bedeutete. a.a.l = ›alt aussehen lassen‹; das, was der Computer einem antut, wenn er wieder mal abstürzt.)

Als es Zeit für die Pause war, stand Theophilus zu schnell auf und stieß mit den Knien an die Unterseite der Tischplatte; jeder hörte den dumpfen Laut. Selbst das halbe Gravo im Klassenzimmer, das sich an der Peripherie des Pilzes befand, mußte sein gewohntes Maß wohl weit unterschreiten.

Alle drehten sich zu ihm um, als er den Schmerz zu

verbeißen versuchte. »Man sollte die Instandhaltung bitten, einen Sicherheitsgurt an seinem Platz anzubringen«, regte Kwame van Dyke an.

Kwame sagt immer solche Sachen, aber aus irgendeinem Grund lachte diesmal niemand – außer Theophilus und mir. Dr. Niwara drehte sich um und ließ schweigend den Blick durch den Raum schweifen. Plötzlich wurde es sehr still.

Die Schüler hatten indes noch mehr Spaß, als sie sahen, wie Theophilus die Treppe hinaufging, entlang derer die Schwerkraft ständig abnahm. Die Schwerkraft verringert sich linear mit zunehmender Entfernung zum Zentrum, so daß sie zunächst deutlich spürbar ist, aber dann mit jedem Meter merklich abnimmt. Leute, die daran nicht gewöhnt sind, beginnen den Aufstieg deshalb ganz normal und hopsen dann allmählich die Stufen hinauf.

Genau dies widerfuhr auch Theophilus. Er ging direkt hinter Dr. Niwara, und der Rest von uns folgte. Miriam, meine beste Freundin, und ich waren etwa sieben bis acht Meter hinter ihm. Jedesmal, wenn er in die Höhe hüpfte, stieß sie mir den Ellbogen in die Rippen, vor allem im oberen Bereich, als er überhaupt nicht mehr normal ging, sondern nur noch hüpfte.

»Scheint so, als ob er aus Australien käme«, flüsterte Kwame hinter uns. Weil Miriam immer über seine Witze lachte, suchte er ständig ihre Nähe. »Offensichtlich ...«

»... war einer seiner Vorfahren ein Känguruh«, beendete ich den Satz für ihn. »Ich halte es wirklich für interessant, daß die meisten deiner Witze mit ›offensichtlich‹ beginnen.«

»Und nun«, sagte Miriam, »nähert sich ein chaotischer Prozeß der völligen Auflösung.« Theophilus hatte jetzt völlig die Bodenhaftung verloren und griff hektisch nach dem Handlauf, um sich daran festzuhalten. Er rumste gegen die Wand und das Geländer, bevor er sich wieder in die richtige Position brachte.

So ging das den ganzen Weg bis zur Luftsporthalle. Diese befindet sich in der Nähe des Pilzzentrums, wo die Gravitation ungefähr ein zwanzigstel Gravo beträgt – noch immer viel höher als im Hauptkörper, aber viel niedriger als in den Klassenzimmern.

Es hatte den Anschein, daß er zumindest ein wenig Weltraumerfahrung besaß; vielleicht hatte er reiche Eltern, die ihn auf die Spielplätze von Supra New York oder Supra Tokio geschickt hatten. Auf jeden Fall beherrschte er das Glideboard halbwegs, wenn er auch kaum beschleunigte und die Wände mied, die am meisten Spaß machen; er mußte die Füße in die Schlaufen haken und sich an den *weenie*-Leinen festhalten.

Gerade schickte der Computer mir ein Memo und wies mich darauf hin, daß ihr sicher nicht wißt, was eine *weenie*-Leine ist, weil es auf der Erde nämlich keine Luftsporthallen gibt.

Gut, also werde ich es erklären: eine Luftsporthalle ist ein schüsselförmiger Raum mit einem Basisdurchmesser von dreißig Metern. Der Boden ist in Abständen von vielleicht einem halben Zentimeter mit kleinen Löchern perforiert, aus denen Preßluft austritt, und man flitzt einen Zentimeter über dem Boden auf einem Glideboard umher: dieses Glideboard besteht aus Fiberglas von der Stärke eines Blatts Papier und ist einen Meter lang und dreißig Zentimeter breit. Es gibt zwei Schlaufen für die Füße, aber die meisten haken nur den linken Fuß ein, so daß sie mit dem rechten diverse Kunststückchen vollführen können, und für die absoluten Flaschen gibt es dann noch die *weenie*-Leine, die an der Spitze des Bretts befestigt ist. Am anderen Ende ist ein Ring, an dem man sich festhält, um die Balance zu halten. Die meisten schneiden die *weenie*-Leine ab, wenn sie sechs sind.

Ich hoffe, daß ich den Computer damit zufriedengestellt und euch hinreichend aufgeklärt habe, und ich hoffe *wirklich*, daß ich jetzt weitermachen kann. Weil ich endlich fertig werden will. Weil ich das Buch von vornherein nicht schreiben wollte. (Das wird später dann gestrichen.)

Also zischten wir in der Halle umher, machten Rennen und Spiele, und Theophilus versuchte mitzuhalten, aber entweder war er zu langsam, um die Wand hinaufzukommen, oder er bewegte sich nur vor und zurück und war den anderen bloß im Weg. Ein paar Mal überschlug er sich, weil er sich zu fest abgestoßen hatte, und flog mit dem Gesicht auf den Boden – nicht fest, weil er ziemlich langsam war, aber jedesmal schauten alle hin.

»Mel*pom*ene.« Miriam ging längsseits. Sie betonte die zweite Silbe immer dann, wenn sie mir Vorhaltungen machen wollte. »Du bewegst dich ja gar nicht, sondern klebst an der Wand wie ein Erdschwein.« Sie sagte es gerade so laut, daß Theophilus es auch mitbekam; er überhörte es jedoch. Das machte mich wütend, und ich zog mich von Miriam zurück – ich schoß die Wand hinauf, schlug eine Rolle rückwärts durch den Raum und erreichte mit einem Wirbel die gegenüberliegende Wand. Beim Versuch, mir zu folgen, scheiterte Miriam wie gewöhnlich, wobei ihr Brett von der Wand abprallte und sie rotierend in die Mitte der Kammer driftete; dann sank sie langsam zu Boden.

»Okay, Mel, es tut mir leid.« Ich haßte es, wenn man mich Mel nannte – auch heute noch. Es war fast so schlimm wie die ›Melly‹, auf der meine Mutter noch immer bestand.

Als Miriam sich erhob, umkreiste ich sie einmal. Sie rieb sich die Hände – sie mußten schmerzen, so wie sie aufgekommen war.

»Wirklich, Melpomene – mußt du denn jeden auf der Welt in Schutz nehmen?«

»Tut mir leid, Mim«, sagte ich. Ich hatte sie nicht verletzen wollen, aber sie hätte auch so viel Verstand haben müssen, mir nicht auf diese Art nachzufliegen, aber schließlich wußte ich auch, daß Miriam versuchen würde, mir überallhin zu folgen, und ich hätte das berücksichtigen müssen. »Es ist auch so schon hart genug für ihn. Übrigens hättest du den Wirbel diesmal fast geschafft. Wenn Carole dich nicht geschnitten hätte, wärst du schnell genug gewesen, um durchzukommen. Willst du es noch mal versuchen?«

Sie lächelte mich an – immer, wenn sie mich so anlächelt, überkommt mich ein intensives Glücksgefühl. »Pos-def.«

»Gut; der Trick ist, auch wenn du scheinbar die Kontrolle verlierst, behältst du sie doch. Erst in der letzten Sekunde reißt du den Kopf herum und …«

»Mel, ich heiße nicht Theophilus. Ich *weiß* das alles – ich *kann* es nur nicht. Flieg mir voraus, und ich versuche, es dir nachzumachen.«

»Sicher«, sagte ich. Zuerst verletzte meine beste Freundin sich durch meine Schuld, und jetzt behandelte ich sie auch noch wie ein dummes Erdschwein … bevor ich abflog, kniff ich mich fest in die Rückseite des Oberschenkels.

Ich ging direkt rein, um es Miriam so leicht wie möglich zu machen. Am richtigen Punkt – ich kann ihn nicht beschreiben, man muß ihn fühlen – wirbelte ich herum, wobei ich den Kopf herumriß, um das Ziel im Auge zu behalten, und flog die Wand hinauf.

Jedesmal, wenn ich den Kopf herumriß, beschleunigte das Brett ein wenig und trieb mich die Wand hinauf, bis ich mich schließlich in der Horizontalen befand; die nächste Kopfbewegung fiel bewußt etwas gedämpfter aus, so daß ich mich an der Wand hinunterschraubte und dann über den Boden rotierte.

Miriam war zwar gut, aber dann bekam sie Angst, und das verlangsamte ihre Rotation. Es ist im Grunde der *Abtrieb,* der für die Haftung an der Wand sorgt – vergleichbar mit einem auf dem Kopf stehenden Hubschrauber –, und deshalb muß man schnell rotieren. Wie immer wurde ihre Rotation langsamer, ihr Brett bockte und löste sich von der Wand, und dann schwebte sie mit rudernden Armen mitten in der Kammer, bevor sie langsam zu Boden sank. Wieder nichts.

»Du denkst zuviel«, sagte ich zu ihr.

»Ha. Dr. Niwara wäre überrascht, *das* zu hören.« Sie stand auf; diesmal hatte sie bei der Landung wenigstens nicht rotiert, so daß sie sich nicht verletzte. »Es wird also nichts passieren, wenn ich versuche, mich so schnell wie möglich zu drehen, ja?«

»Äh … so in etwa.«

»Du bist wirklich eine große Hilfe.«

»Nun, du mußt abbremsen, um die Wand wieder hinunterzukommen. Wenn du den Bereich der Luftdüsen verläßt und die Decke erreichst, überschlägst du dich und stürzt ab.«

»Darüber mache ich mir dann Sorgen, wenn ich oben bin.« Anstatt mich wieder vorausfliegen zu lassen, flog sie einfach los.

Sie versetzte sich etwas zu früh in Rotation, beschleunigte jedoch so schnell, daß es darauf auch nicht mehr ankam. Miriam glitt an der Wand hinauf, bis sie die Horizontale sogar überschritt und mit dem Kopf leicht nach unten wies. Sie blieb in dieser Position, bis sie die Kammer zur Hälfte umrundet hatte. Dann hatte die Winkelgeschwindigkeit sich so weit reduziert, daß sie wieder zu Boden fiel. Sie glitt auf den Mittelpunkt zu, ein wenig unbeholfen zwar, aber nicht schlecht für das erste Mal.

Jeder klatschte Beifall. Alle wußten natürlich, daß sie lange daran gearbeitet hatte, und der Wirbel war so spektakulär gewesen, daß jeder ihn gesehen hatte. Ich applaudierte auch, und als Miriam zurückkam, drückten wir uns.

Inmitten des ganzen Trubels bemerkte ich, daß Theophilus sie anstarrte. Es gelang mir nicht, seinen Gesichtsausdruck zu ergründen: irgendwie war er wütend auf sie, wirkte aber auch einsam. Ich wollte ihm etwas sagen, wußte aber nicht, was, und außerdem befand er sich auf der entgegengesetzten Seite der Kammer. Die Pause war vorbei, bevor ich ihn erreicht hatte.

Der Rest des Tages verlief ziemlich normal, so normal wie eben möglich, wenn man einen Neuling in der Klasse hatte – ich wette, ihr bekommt jede Woche einen Neuzugang, aber bei uns geschieht das nur dann, wenn eine neue Familie, eine mit einem Mangelberuf, zu uns kommt, und das passiert vielleicht zweimal pro Perihel; und selbst dann ist die Wahrscheinlichkeit sehr gering, daß der oder die Betreffende in deinem Alter ist und in deine Schicht kommt, ganz zu schweigen von derselben Klasse. Rachel Delane war seit drei Jahren der letzte Neuzugang in unserer Klasse, und ihre Familie war zudem von der *Albatross,* dem Erde-Ceres-Schiff, herübergewechselt, so daß sie sich sehr schnell eingelebt hatte.

Dr. Niwara rief Theophilus an diesem Tag oft auf, vermutlich, um seinen Leistungsstand zu ermitteln. Bei der Quantenmechanik, die in dieser Woche auf dem Lehrplan stand, schlug er sich wacker.

Ich beobachtete ihn auch gründlich. Er hatte ein hübsches Gesicht – ebenmäßige Züge, hellbraunes lockiges Haar, die Nase war vielleicht etwas zu spitz und zu lang, aber nicht zu sehr. Die Hautfarbe war etwas dunkler als die eines Kaukasiers, und er war ziemlich groß für unseren Jahrgang – was jedoch durch seine mollige Statur kaschiert wurde. Dennoch stand fest, daß er recht gut aussehen würde, wenn er die Pausen dazu nutzte, abzuspecken.

Außerdem war mir aufgefallen, daß Randy Schwartz Theophilus musterte. Bis Mitte letzten Jahres war Randy in der B-Schicht gewesen, und der Rest von uns kannte ihn nicht sehr gut – er war ziemlich verschlossen –, und es kursierten häßliche Gerüchte, wonach seine Familie die Schicht eher *auf Befehl* als auf eigenen Wunsch gewechselt hatte. Er war intelligent und erzielte gute Noten, aber er schien keine wirklichen Freunde zu haben, und viele von uns fürchteten sich sogar vor ihm.

Während ich ihn nun beobachtete, fiel mir ein düsteres Glühen in seinen Augen auf – in den nächsten Tagen würde etwas geschehen, das stand fest. Randy war Klassenbester in Mathe, in allen drei Disziplinen – Einzel-, Paar- und Pyramiden-Mathe –, seit er in unsere Klasse gekommen war. Das halbe Geheimnis seines Erfolges bestand darin, daß er *wirklich* gut war.

Die andere Hälfte erklärte sich dadurch, daß er die Scheiße aus jedem herausprügelte, der besser abschnitt als er.

Als ich an diesem Abend nach Hause kam, war Papa noch auf einer Sitzung des Komitees, und Mutter hatte gerade den neuen Roman ihrer Lieblingsautorin erhalten, einer Frau namens Olson, die diesen langatmigen, langweiligen Kram über Menschen schrieb, welche in den fünfziger oder siebziger Jahren des zwanzigsten Jahrhunderts in Kleinstädten lebten, die inmitten von Kornfeldern lagen; an die Namen dieser Städte erinnere ich mich nicht.

Diese Geschichten waren vor allem deshalb so uninteressant, weil das Getreide heute im Orbit angebaut wird, wo es kein Ungeziefer und keine Dürre gibt, dafür aber viel mehr Sonnenlicht; die ganze Arbeit wird von Robotern erledigt. Wer will denn überhaupt noch wissen, wie es damals gemacht wurde? Ich habe einige dieser Bücher gelesen und den Eindruck bekommen, daß das Leben seinerzeit gefährlich, langweilig, stupide und unhygienisch war – man stelle sich einmal vor, verweste Tierscheiße mit den bloßen Händen anzufassen! (Man nannte es zwar ›Kompost‹, aber ich habe mich informiert – es war wirklich Scheiße.)

Mutter versank schier in den Hochzeiten, Affären und Scheidungen der Familien Cabell, Ratigan, Fuentes und Schultz, und irgendwie trug dieser ganze Kram zum Sinn ihres Lebens bei. Dieser Sinn manifestierte sich immer in Sprüchen wie: ›Dies ist unser, denn wir sind das Land, und wir haben kein Recht darauf, bis wir uns ihm hingegeben haben‹, oder: ›Jeder von uns ist Teil dieser unserer Erde, und indem wir sie teilen, teilen wir alles‹ oder in sonstigem nichtssagenden Mist. Interessant wird es immer ab der ersten Zeile des letzten Absatzes; dann tut nämlich jeder das, was er schon seit drei Megabytes tun wollte – in der Regel ficken, manchmal morden, und zwar jemanden, mit dem man nicht gerechnet hat. Wie dem auch sei, sie war tief in das Buch versunken, und so sagte ich: »Mutter?«

»Hmm?«

»Gutes Buch, ja?«

»Ja.« Sie schaute auf und lächelte mich an. »Tut mir leid, es ist Zeit zum Abendessen.«

»Ja. Und du hast keinen Hunger«, sagte ich. »Du kannst ruhig weiterlesen – es sei denn, du glaubst, daß du Hunger bekommst, bevor wir zurück sind.«

Sie strahlte mich an. »Du sorgst dich wirklich um deine Mutter.«

»Ich weiß.« In der Küche rief ich die Speisekarte auf. »Es gibt Tintenfisch und Nudeln mit Käsesauce. Möchtest du Spaghetti oder Makkaroni? Zu trinken gibt es Kaffee oder Zitronensaft.«

»Spaghetti«, antwortete sie. »Und wenn es nicht zu viele Umstände bereitet, beide Getränke.«

»Sicher«, sagte ich.

Tom schwebte aus seinem Zimmer in den Gemeinschaftsraum und hängte sich die Notebook-Tasche um. »Alles klar. Ein Arbeitsessen kommt auch.«

Als wir uns der Tür zuwandten, sagte Mutter: »Ich weiß, ich bin ein Gierschlund. Bringt mir einen Imbiß mit und einen extra großen Kaffee. Ich weiß zwar, daß wir gefriergetrockneten haben, aber der schmeckt nicht so gut wie der frischgemahlene. Benehmt euch – ich möchte mein Abendessen nicht im Bau abholen.«

Wir traten auf den Korridor, und die Tür glitt hinter uns zu. »Ich wünschte, diese Olson würde öfter als nur jedes Jahr einen Roman herausbringen«, sagte ich. »Dann ist Mutter wenigstens beschäftigt.«

»Solange sie uns nicht zwingt, das zu lesen«, gab Tom zu bedenken. »Diese verrückten Geschichten – jeder ist immer so allein, und alles ist so geheimnisvoll. Ich bekomme Alpträume davon. Aber es ist immer noch besser, als wenn Mutter nach der Schule auf uns warten würde.«

Wir ergriffen das Netz im Korridor und hangelten uns daran entlang. Keiner sagte etwas auf dem kurzen Weg zur Cafeteria, nicht einmal, als wir dort angekommen waren. Die örtlichen Cafeterien sind wie große rotierende Trommeln angeordnet, mit einem Durchmesser von zwanzig Metern, und die Schwerkraft dort beträgt etwa ein zwanzigstel Gravo, was gerade bei Suppe oder krümeligen Sachen praktisch ist. (Obwohl ich vermute, daß es nicht ganz einfach ist – zu Besuch weilende Erdschweine sauen sich während der ersten paar Tage immer ein. Sie sagen, der Anblick von Leuten, die direkt neben ihnen auf dem Kopf stehend essen, würde sie irritieren.)

Wir suchten uns ein kleines Séparée für zwei Personen aus und verstauten die Taschen in den Schließfächern unter den Sitzen. »Man könnte meinen, wir hätten eine Verabredung«, sagte Tom.

»Red nicht – jetzt, wo wir hier zusammensitzen, erweckst du nämlich den Anschein, dich gegenüber Susan ›Nagetier‹ um eine Stufe verbessert zu haben.«

»Susan ist in Ordnung«, sagte er, und schon lag ein Streit in der Luft. Wir wählten ein Abendessen aus, und Tom gab die Arbeitsessen-Bestellung für Mutter ein.

»Eklig. Ich kann bald keinen Tintenfisch mehr sehen«, sagte ich, nur um überhaupt etwas zu sagen; so schlimm war der Tintenfisch nun auch wieder nicht.

»Das Agrar-Team sagt, sie würden wie verrückt züchten; also wirst du bald gar nichts mehr sehen.« Er führte eine große Portion Spaghetti zum Mund. »Schade, daß die Kaninchen und Austern nicht genauso paarungsfreudig sind.«

»Genau.« Dann widmeten wir uns für eine Weile schweigend dem Essen. »Tom?«

»Ja.«

»Wir haben einen neuen Jungen in der Klasse.« Ich erzählte ihm von Theophilus Harrison, aber er schien gar nicht zuzuhören, was ungewöhnlich ist für Tom.

Nach einer Weile hielt ich es nicht mehr aus. »Tom, was bedrückt dich?«

Sein Lächeln war schief und säuerlich. »Vor dir kann man auch gar nichts verbergen, was? Nun, es ist nichts Schlimmes, aber es beschäftigt mich doch. Es macht mir zu schaffen, daß ich in CSL so schlecht bin. Vor allem deshalb, weil ich in den anderen Fächern doch gut bin.«

Das war nichts Neues. Tom war quasi ein Genie, aber seit dem Alter von vier Jahren war er in CSL der Schlechteste seiner Klasse. Seine Sprachbegabung war verblüffend – die meisten von uns nehmen nur *eine* zusätzliche Sprache außer dem obligatorischen Englisch, Spanisch, Japanisch und Esperanto, aber Tom zeigte nicht nur in diesen vier gute Leistungen, sondern auch in Russisch, Suaheli und Arabisch. Außerdem schrieb er, zeichnete und sang und war der Champion der A-Schicht im *Flip-Flop*-Rennen. Aber das einzige, woran er dachte, war seine Schwachstelle.

Nun, ich mußte ihn etwas aufmuntern. Er haßte es zwar, weshalb ich vorsichtig sein mußte, aber ich konnte kaum dabeisitzen, während mein Bruder Trübsal blies.

Wir nahmen Mutters Arbeitsessen in Empfang. Tom verstaute es in der Computer-Tasche, und wir gingen wieder zu unserem Wohnbereich zurück. Als wir noch etwa hundert Meter von der Tür entfernt waren, sagte ich: »Ich muß mit dir über Theophilus sprechen.«

»Wer ist das?«

»Der Neue in meiner Klasse.«

Er grunzte. »Freunde dich mit ihm an, lach über seine Witze, und wenn in den Pausen eine Kontaktsportart stattfindet, sorg dafür, daß er in deine edlen Teile rennt.«

»Ich will doch nicht mit ihm schlafen!«

»Das ist gut, denn, offen gesagt, so edel sind deine edlen Teile gar nicht.« Dann lachte er wie ein Irrer und setzte sich von mir ab; ich verfolgte ihn, aber Tom war am Netz schon immer schneller gewesen als ich. Also erreichte er die Tür vor mir, und in Mutters Anwesenheit konnte ich ihm nicht den Tritt geben, den er eigentlich verdient hatte.

Dankend nahm sie von Tom das Essen entgegen, aber sie war so offensichtlich bestrebt, sich wieder ihrem Buch zu widmen, daß wir direkt auf unsere Zimmer gingen. »Entschuldigung«, sagte Tom, legte den Arm um mich und drückte mich leicht. »Wie war das noch gleich mit diesem Thiophylase?«

»Theophilus.« Ich erzählte es ihm noch einmal, während er die CSL-Hausaufgaben vorbereitete. Nach einer Weile versuchte er mich zu ignorieren, aber ich redete einfach weiter, bis er die ganze Geschichte kannte – schließlich wollte ich nicht nur für Tom dasein, wenn er Hilfe brauchte, sondern ich wollte auch *seinen* Rat.

»Niemand gibt dem Neuen eine Chance«, sagte ich schließlich. Tom wirkte nun völlig frustriert und stand anscheinend kurz vor dem Eingeständnis, Hilfe zu benötigen.

»Das ist immer der Fall bei Leuten, die anders sind«, sagte Tom.

So einen Schwachsinn erzählte er immer, wenn er

wollte, daß ich sein Zimmer verließ. In drei Monaten würde er die Erwachsenen-Prüfung ablegen, und das letzte halbe Jahr war er schon ganz verzweifelt, weil er in CSL so schlecht abschnitt. Ich wünschte nur, er wäre nicht so starrköpfig – bei dem Gedanken, sich von seiner ›kleinen Schwester‹ helfen zu lassen, bekam er schier einen Rappel. (Dabei bin ich nur neunzehn Monate jünger als er, verdammt.)

Der Rechner meldet sich schon seit etwa tausend Bytes. Die KI weist darauf hin, daß CSL auf der Erde nicht bekannt sei. Na schön:

Es steht für ›Cybernetik, Semiotik und Logik‹ und befaßt sich mit Prozeduren, Datenstrukturen, Machbarkeitstheoremen, generalisierter Symbolmanipulation, Systemmodellen, polytextueller Kommunikation und solchem Zeug. Wem das nicht klar ist, der muß hochkommen und den Kurs belegen – vertraut mir, es ist ganz leicht, nur nicht für Tom.

Ich hätte ihm sofort sagen können, was zu tun war – er ließ gerade ein regionalisiertes CA-Programm ablaufen, und die Basis seiner Master-Schablone war eindeutig von drei Viren befallen. Aber er war zu stur, um sofort Hilfe anzunehmen; weil ich jedoch wußte, daß er sie brauchte, blieb ich bei ihm, bis er darum bat.

Er startete den vierten Testlauf derselben Logik – Tom versuchte die Viren immer durch bloße Iteration zu eliminieren, als ob es von selbst besser würde –, und natürlich hatte er genauso wenig Erfolg wie zuvor. »Hast du denn keine Hausaufgaben?« fragte er mich, ohne vom Bildschirm aufzuschauen.

»Ich habe sie schon gemacht.« Es juckte mich in den Fingern, die Tastatur an mich zu reißen und das Problem zu beheben; das Konzept hatte er wohl begriffen, aber mit der Ausführung haperte es. »Ich glaube, Theophilus wird einfach nicht fair behandelt.«

»Niemand wird fair behandelt«, meinte Tom. »Wer das von sich behauptet, hatte nur Glück.«

Ich liebe meinen Bruder, sicher, aber seine Einstellung …

Er pfuschte etwas zusammen, wodurch das eigentliche Problem aber nicht behoben wurde. Es tat mir in der Seele weh, ihn bei dieser Stümperei zu beobachten, aber wenn ich jetzt etwas sagte, würde er mich rausschmeißen und es nie hinbekommen.

Immerhin erhielt er jetzt eine Lösung für das erste Problem, und dann drehte er sich um und schaute mich an. »Was soll ich nun wegen dieses neuen Jungen unternehmen?«

»Ich weiß nicht. Du bist älter und weiser – praktisch schon erwachsen. Erteile mir einen fundierten Ratschlag.«

»Ich bin noch nicht mal vierzehn, also nicht gerade im weisen Alter. Ich weiß auch nicht. Akzeptiert ihn einfach. Helft ihm, sich zu integrieren. Das ist vorerst alles, was mir dazu einfällt.«

»Darauf wäre ich auch von selbst gekommen«, sagte ich.

»Siehst du, wie klug du schon bist? Du brauchst mich doch gar nicht mehr.« Er ließ das zweite Problem laufen und scheiterte. Er atmete tief und langsam durch, um sich zu beruhigen, wie Papa es uns beigebracht hatte. Schließlich sagte er: »Aber ich brauche dich. Wie komme ich damit klar?«

Ich mußte wirklich an mich halten, nicht zu sagen: »Es ist doch so einfach.« Wie dem auch sei, nach drei Minuten hatte ich das Problem behoben.

KAPITEL ZWEI

17. DEZEMBER 2025

Ich dachte, mit der Ablieferung der Arbeit wäre alles erledigt gewesen; aber nach einer Woche – gestern – bestellte Dr. Lovell mich in ihr Büro. Als ich dort erschien, hatte sie meinen Text schon in den Rechner geladen, und da wurde mir klar, daß es sich um eine größere Sache handelte, als ich zuerst angenommen hatte. Ich ergriff eine Halteschlaufe, setzte mich und harrte der Dinge, die da kommen würden.

»Gleich vorweg, Melpomene, so kann das nicht an die Kultusbehörde weitergeleitet werden. Nicht einmal die Passagen, wo du versucht hast, einen Gedanken auszuformulieren, sind dir gelungen.«

Dazu hatte mein Wortschatz nicht ausgereicht.

»Und ob du es glaubst oder nicht, an einigen Stellen werden die Menschen auf der Erde *Anstoß* nehmen.«

Nun, ich hatte eigentlich geplant, den Text noch einmal von den für Public Relations zuständigen Künstlichen Intelligenzen redigieren zu lassen, aber ich hatte noch eine Menge anderer Hausaufgaben zu erledigen und ohnehin nicht damit gerechnet, daß dieser Text angenommen werden würde. Trotz der scheinbaren Bedeutungslosigkeit der Sache verspüre ich nun ein leichtes Unbehagen. Das Maß an Sympathie, die ich Dr. Niwara entgegenbrachte, empfinde ich an Antipathie für Dr. Lovell, die ziemlich cryo ist, aber es widerstrebt mir, in der Gegenwart einer Lehrerin eine Sache nur halbherzig zu erledigen.

»Und dann wäre da natürlich noch das Thema der Arbeit«, fuhr sie fort.

Das war die Krux. »Es tut mir leid«, sagte ich. »Ich wußte wirklich nicht, worüber ich sonst hätte schreiben sollen. Ich wollte Ihnen keine Schwierigkeiten machen.« Beim nachfolgenden Gedanken fröstelte ich. »Sie haben es doch nicht etwa rausgeschickt, oder?«

Sie schüttelte den Kopf. »Natürlich nicht. Und natürlich ist dir kein anderes Thema eingefallen.« Es geschieht nur selten, daß Dr. Lovell einmal lächelt, aber zumindest versuchte sie es und sagte dann: »Keine Sorge, Melpomene, du hast nichts zu befürchten. Deswegen bist du nicht hier.«

In einer Hinsicht war das eine große Erleichterung – aber andererseits wußte ich auch schon, was Ärger mit der Schule bedeutet. Worum auch immer es ging, ich wußte es nicht.

»In Ordnung«, meinte ich. Mit dieser Aussage konnte ich sicher nichts falsch machen.

»Wie hast du dich denn gefühlt, nachdem du diesen Aufsatz geschrieben hattest?« fragte sie.

Jetzt wußte ich Bescheid. Hier sprach nicht Dr. Lovell, meine Lehrerin, sondern Dr. Lovell, Mitglied des CPB. Ich vermißte Papa – und Dr. Niwara und all die anderen Erwachsenen – mehr als je zuvor. »Nun, ich habe da wohl einige Dinge zur Sprache gebracht, die mir vorher nicht ganz klar gewesen waren. Ich glaube, daß ich jetzt etwas besser über mich selbst Bescheid weiß.«

Das war noch nie dagewesen. Sie lachte. »Du bist *wirklich* Cornelius Murrays Tochter.«

»Gibt es daran vielleicht etwas auszusetzen?«

»Nein, ganz und gar nicht.« Sie schüttelte den Kopf. »Ich bin mit der ganzen Sache nur etwas überfordert, Melpomene. Es tut mir leid, daß ich eine so schwierige Gesprächspartnerin bin. Ich sollte wohl aufhören, auf den Busch zu klopfen und dir endlich sagen, was anliegt. Dann kannst du dich dazu äußern.«

»Gut, keine Einwände.«

»In Ordnung. Der CPB interessiert sich für ein kleines Problem, an das du vielleicht nie gedacht hast. Was wird geschehen, wenn die Menschen auf der Erde – präziser, die Menschen im Westen – herausfinden, daß wir *wirklich* hier oben leben? Sie können das Schiff nicht lahmlegen – nach *mut*AIDS und dem Eurokrieg ist die menschliche Zivilisation dazu einfach nicht imstande; es sei denn, sie würden binnen weniger Dekaden in großem Umfang die Ressourcen des Weltraums erschließen – aber sie könnten die Besatzungen nur befristet einsetzen, und das wäre fünfmal so teuer.«

Mir stockte der Atem, und der Magen verkrampfte sich. »Sie meinen – sie wollen, daß wir alle das Schiff verlassen? Und … für jede Reise soll eine neue Besatzung zusammengestellt werden …?« Ich spürte, wie meine Augen feucht wurden. »Könnten sie das denn tun?«

Sie streckte den Arm aus und ergriff meine freie Hand – es war zwar eine unbeholfene Geste, aber ich wußte, was sie damit sagen wollte, und *das* half. »Ja, das könnten sie. Aber sie werden es nicht tun – wenn wir es richtig anstellen. Das Problem ist, daß wir mit einem zu kurzen Zeithorizont kalkuliert haben. Wir hätten erkennen müssen, daß ihr – alle, die hier geboren und aufgewachsen sind – euch stark von den Menschen auf der Erde unterscheidet und daß beide Parteien den Unterschied bemerken, sobald sie Kontakt miteinander aufnehmen. Und weil sie wissen, daß ihr ihre Geschichte kennt, fragen sie sich mit einer gewissen Nervosität, welche Art von Menschen ihr wohl seid. Wenn ihr in ihren Augen exotisch, ungewöhnlich und bunt seid – dann gibt es keine Probleme.

Aber wenn sie euch für verschroben, unmoralisch und verrückt halten … nun, dann ist fast alles möglich.

Wir glauben, daß ihre Einstellung hauptsächlich vom ersten Eindruck bestimmt wird, den sie von euch bekommen. Weil eine Begegnung auf Dauer nicht zu vermeiden ist, besteht das Problem also darin, wie das Rendezvous der Erdenmenschen mit diesen … äh …«

»Aliens aussehen soll«, half ich ihr aus der Verlegenheit.

»Diese Bezeichnung hatten wir tatsächlich benutzt, aber wir wußten nicht, wie ihr darauf reagieren würdet.« Sie überreichte mir einen Computerausdruck. »Ich weiß, daß du schon so gute Kenntnisse in CSL hast, um das zu verstehen. Es handelt sich hierbei um eine memetische Simulation von Bevölkerungs-Perzeptions-Profilen für sechs unterschiedliche ›Erstkontakte‹. Ja, so nennen wir das.«

Schnell erkannte ich die den Kurven und Linien der Grafik zugrunde liegende Struktur. »Warum als Hardcopy?«

»Warum wohl? Es gibt eine Anzahl Leute, insbesondere recht junger und indiskreter Leute, die sich mit Computern sehr gut auskennen.« Sie ließ diese Feststellung lange im Raum stehen, um eine eventuelle verräterische Reaktion bei mir zu provozieren. »Bei einem Ausdruck haben wir die Dateien direkt vor Augen und müssen sie nicht im Netz lassen, wo sie womöglich angezapft werden.«

Die Grafik, die ich in Händen hielt, zeigte ein Szenario, das sich in allen ›guten‹ Richtungen deutlich von den anderen unterschied. Ich schaute nach unten auf die Legende und sah, worum es sich handelte. »Aha – ein Buch, ein Schulbuch …«

»Die Oberschicht setzt die Maßstäbe für die Unterschicht, sowohl was Meinungen betrifft als auch Moden. Oberschicht-Kinder lesen mehr und glauben auch mehr von dem, was sie lesen. Und Meinungen, die im ersten Lesejahrzehnt erworben werden, sind tief verwurzelt und von hoher emotionaler Intensität.«

»Großartig, aber wer soll das denn schreiben und veröffentlichen?«

»Die NAC hält große Anteile an der Kultusbehörde – und hat im übrigen genug Geld, um sich alles zu beschaffen, was sie braucht.« Und dann offenbarte sie mir, wer dieses Buch schreiben sollte.

Also bin ich nun Autorin. Ich sage es mit meinen eigenen Worten und versuche, die Milliarden zorniger Menschen zu vergessen, die mir über die Schulter schauen. Nun, ich hoffe, euch gefällt es, denn mir gefällt es mit Sicherheit nicht.

Obwohl ich mich nach meinen gestrigen schriftstellerischen Aktivitäten sogar etwas besser fühlte.

Wie dem auch sei, seit ich vor einer halben Stunde die Hausaufgaben erledigt hatte, sitze ich hier und schreibe, ohne indes das zu schreiben, was ich schreiben soll – welch ein gräßlicher Satz –, aber ich glaubte eine Erklärung dafür schuldig zu sein, weshalb ich die zulässige Anzahl der Wörter so weit überschritten habe. Und zwar nicht der Kultusbehörde, sondern euch, den Lesern.

Das ist der Grundgedanke, rückhaltlose Offenheit.

Was für eine schreckliche Vorstellung.

Der nächste Morgen begann mit Einzelunterricht in Nicht-Euklidischer Geometrie; ich wette, es ist überall das gleiche. Man stöpselt sich in eine KI ein, und die hilft einem bei Problemen und erläutert den Lösungsweg.

Um zu verhindern, daß Langeweile aufkommt, unterbricht die KI oft den Vortrag – das nennt sich dann ›Dialog‹, und dafür sind mindestens zwei Wochenstunden vorgesehen.

Die KI, mit der ich es an diesem Morgen zu tun bekam, hieß PLEL, ein sturer Pedant, bei dem der Unterricht keinen Spaß macht.

... MELPOMENE, DU HAST ANSCHEINEND EIN GUTES INTUI-

TIVES VERSTÄNDNIS FÜR DIE PROBLEMATIK DES NEUNDIMENSIONALEN RAUMS.

... DANKE.

... MACHT DIR DAS SPASS?

... ICH GLAUBE, ICH MAG DISKRETE DIMENSIONEN LIEBER ALS STETIGE. DIE BEWEISFÜHRUNG ERSCHEINT MIR ELEGANTER.

... WAS BEDEUTET »erscheint mir eleganter«?

Und so weiter. Manche von uns glauben, die KI täten das, um ihre pädagogische Kompetenz oder die Beherrschung der natürlichen Sprache zu verbessern; manche glauben auch, auf diese Art würde der CPB uns überwachen, mit den allgegenwärtigen Kameras und durch stichprobenartiges Abhören der Kommunikation.

Es war eine große Erleichterung, als Dr. Niwara verkündete: »Die KI berichten, daß ihr alle außerordentliche Fortschritte macht. Wenn ihr möchtet, könnten wir heute morgen Paar-Mathe spielen, um zu sehen, wie ihr mit wechselnden Situationen zurechtkommt. Ich lasse in fünf Minuten abstimmen.«

Sofort ertönte überall das Klappern der Tastaturen.

Ich gab ein:

... JA, HÖRT SICH GUT AN.

Und dann schickte ich es mit meiner Signatur ab; inzwischen wurden auf dem Bildschirm die Mitteilungen der anderen eingeblendet:

... ALLES, UM DIESE LANGWEILIGE KI LOSZUWERDEN! Gwenny Mori.

... ICH HABE HEUTE BOCK – SICHER. Bekka Hayakawa.

... OKAY. Randy Schwartz.

Und so weiter, bis schließlich:

... WESHALB TUN WIR DAS? Theophilus Harrison.

... WIR WOLLEN EINEN KONSENS FINDEN, UND DESHALB ENTSCHEIDEN WIR ALLE, WIE WIR ABSTIMMEN. Mim Baum.

... WOZU EINEN KONSENS SCHON VOR DER ABSTIMMUNG? Theophilus Harrison.

... WOZU ABSTIMMEN, WENN ES KEINEN KONSENS GIBT? Mim Baum.

Gut, Mim. Provoziere ihn, Fragen zu stellen und dadurch zu lernen. Ich tippte ein:

... WIR MÖCHTEN NICHT GEGEN UNSERE FREUNDE STIMMEN.

... KONSENS WOFÜR? Roger Coelho.

Roger war immer daran gelegen, schon vorab einen Konsens zu erklären. Ich glaube, er befürchtete, die Leute würden ihn nicht mögen, und deshalb wollte er ihnen schon zustimmen, noch bevor die anderen überhaupt selbst eine Entscheidung getroffen hatten.

Aber diesmal war es durchaus sinnvoll, zumal ohnehin jeder dafür war. Als Dr. Niwara wenige Minuten später zur Abstimmung rief, gingen alle Hände nach oben. Sie grinste – ich liebte ihr Grinsen. »Das war aber ein kurzer Multilog. In Ordnung, hier sind eure Partner ...«

Auf meinem Bildschirm wurde der Name PENNY GRAHAM eingeblendet; sie war ganz gut in Mathe, wie ich auch – in Paar-Mathe hatte sie sechzehn Punkte und ich vierzehn.

(Noch eine Meldung vom Rechner. Die Schulen auf der Erde mußten wirklich seltsam sein – sie kannten kein Paar-Mathe; ohne dieses Fach konnte ich mir die Schule kaum vorstellen. Den Unterlagen zufolge machten die Schüler auf der Erde *alles* allein. Wozu gingen sie dann überhaupt noch zur Schule? Nun, wie dem auch sei, bei Paar-Mathe handelt es sich um einen Wettbewerb, bei dem mit einer Zeitvorgabe versehene mathematische Probleme zu lösen sind und wo die beiden Partner danach beurteilt werden, wie schnell sie die richtige Antwort finden; jede Art der Zusammenarbeit ist erlaubt. Beide erhalten dann die Durchschnittspunktzahl.)

Weil neben mir ein paar Bänke frei waren, nahm Penelope ihr Notebook und setzte sich neben mich. (Warum nur nannte jemand mit einem so melodischen und klangvollen Namen wie ›Penelope‹ sich ›Penny‹? Und mich rief sie immer ›Mel‹.)

»Schau'n wir mal, was anliegt«, sagte sie. »Randy Schwartz ist mit Gwenny Mori zusammen; die Sieger stehen also schon fest.«

»Es sei denn, Theophilus schlägt Randy so wie gestern.«

»Keine Chance. Er bildet ein Team mit Barry Yang. Barry muß ungefähr fünfundzwanzig Punkte haben.«

»Sechsundzwanzig«, korrigierte ich nach einem Blick auf den Bildschirm. »Mehr als Chris Kim und Dmitri Onegin, aber weniger als alle anderen.«

Unsere Computer piepsten leise, als der Zentralrechner sich zuschaltete, und dann ging es los. Ich mag Paar-Mathe mit Penelope, weil wir fast gleich gut sind; es gibt also keinen Sieger und keinen Verlierer.

Wir beschäftigten uns überwiegend mit unseren eigenen Problemen und arbeiteten nur bei den schwierigen Fragen zusammen. Im Hintergrund hörte ich Randy und Gwenny streiten – der Fluch der geballten Intelligenz in einem Team –, und neben mir hörte ich, wie Miriam Chris Kim etwas zu erklären versuchte, der von Mathe nun gar keine Ahnung hat.

Schließlich war es vorbei. Dr. Niwara verlas die Ergebnisse. Penelope und ich hatten in etwa wie erwartet abgeschnitten – unsere Leistung war konstant geblieben. Miriam hatte Chris mitgezogen, und obwohl sie sich um einen Punkt verschlechtert hatte, hatte er sich um fünf verbessert. Sie drückten sich.

»Nett«, flüsterte ich. »Junges Glück ...«

»Daß Miriam in diesem Jahr so zugelegt hat, ist für Chris wahrscheinlich noch erfreulicher als seine eigene Verbesserung«, mutmaßte Penelope.

»Wie es aussieht, ist das sogar der *Grund* für die Verbesserung.« Ich weiß zwar nicht, ob sie mich gehört hatte, aber just in diesem Augenblick drehte Dr. Niwara sich um, und wir machten eine unschuldige Miene.

Sie fuhr mit der Bekanntgabe der Noten fort, wobei

sie die beiden erstplazierten Teams wie immer bis zum Schluß aufhob.

Sieger waren Theophilus und Barry. Gwenny und Randy waren Zweite.

Alle waren völlig perplex.

Nachdem wir uns wieder gesetzt hatten, überspielte Miriam mir eine private Mitteilung auf den Bildschirm:

... PAUSE HEUTE = *AEROCROSSE*. TH = TOT. D'ARTAGNAN.

... POS-DEF. WAS KANN ICH TUN? erwiderte ich.

Vorsichtshalber signierte ich mit meinem Codenamen ›Hornblower‹.

... WIR KÖNNTEN ...

Ein Piepston am Podium machte Dr. Niwara darauf aufmerksam, daß eine private Verbindung zwischen dem Klassenzimmer und einer externen Stelle geschaltet war. Wir hatten uns aber schon lange vorher in die Alarmschaltung eingeloggt und brachen die Verbindung sofort ab, als sie entdeckt wurde. Es mußte Dr. Niwara fast zum Wahnsinn treiben, aber anscheinend ignorierte sie das Piepsen – aber es brach nicht ab und zeigte damit an, daß jemand ihre Autorität untergrub.

Ich schaute zu Randy Schwartz hinüber. Sein Gesicht war so rot wie der Feuerstrahl des Haupttriebwerks, aber er war noch viel gefährlicher, weil er sich nämlich mitten unter uns befand.

Trotzdem würde Randy etwas Zeit bleiben, sich abzukühlen, denn vor der Aufnahme stand noch etwas anderes auf der Tagesordnung: die allwöchentliche Erd-Horror-Stunde, wo wir alle stillsitzen und dumm auf unsere Computerbildschirme starren mußten. Nun sah ich zum erstenmal in meinem Leben einen Sinn in dieser Übung.

Die Erd-Horror-Stunde ist so unsäglich blöd, daß ich mir nicht einmal sicher bin, ob ich euch damit behelligen soll. Sofern das überhaupt jemand sagen kann, soll sie uns wohl verdeutlichen, wie gut wir es hier oben haben, oder vielleicht sollen wir dadurch motiviert werden, die Erde zu retten, oder was auch immer.

Die offizielle Bezeichnung lautet ›Der aktuelle Stand der Krise: Die Lage auf der Erde heute‹, und das erscheint dann auf unseren Bildschirmen, und wir müssen es eine ganze Stunde lang betrachten. Danach wird der Inhalt auch noch abgeprüft. Währenddessen sind unsere Computer blockiert, so daß wir uns dem Vorgang auch nicht entziehen können.

Davon abgesehen, daß Randy sich während dieser Stunde abkühlen konnte, hatte die Sache noch den einen Vorteil, daß sie als Frühwarnsystem fungierte, wenn bei Mutter und Papa wieder einmal die Sicherungen durchbrannten. Immer, wenn sich in der Nähe der Ruinen von Chicago, wo sie aufgewachsen waren, ein Vorfall ereignete, waren sie die nächsten paar Tage nicht zu genießen – so verrückt sich das auch anhören mag.

Andere Eltern rasten schließlich auch nicht gleich aus, wenn aus dem Dreckloch, dem sie entstammen, schlechte Neuigkeiten zu vermelden sind, aber wenn die Allgemeinheit etwas tut, muß das noch lange kein Beweis dafür sein, daß es auch sinnvoll ist. Schließlich war es schon zwanzig Jahre her, und wenn die Erwachsenen sich so darüber aufregten, daß alles zerstört war, dann hätten sie von vornherein keinen Krieg führen dürfen, rechtzeitig etwas gegen AIDS unternehmen sollen, bevor es sich in *mut*AIDS verwandelte, und den Klimaschutz verbessern müssen. Ehrlich gesagt, sie erinnern mich an Dreijährige im Kindergarten, die alles kaputtmachen und dann losheulen, weil die Sachen nun kaputt sind. Ich hoffe nur, daß ich als Erwachsene nicht so bescheuert bin.

Diese Woche lautete das Thema ›Tendenz zu Mißernten‹. Das ist immer so traurig, und wenn die Leute so viele verendende Tiere sehen, verursachen sie nicht die üblichen Geräusche, bei denen Dr. Nirwana immer mit strengem Blick durch die Reihen geht. Verendende Rinder haben einen so traurigen Blick – mit ihren großen braunen Augen.

Ich kann mir einfach nicht vorstellen, wie die Menschen es übers Herz bringen, sie zu essen … ich meine, Schweine und Kaninchen haben kleine Knopfaugen und häßliche kleine Gesichter, und wen kümmert es schon, was mit ihnen geschieht, aber wenn man das Leiden dieser armen großen Tiere sieht …

Sie laberten uns die Ohren voll über all die Orte, an denen es Mißernten gegeben hatte. Ich verwechsle immer China und Chile, aber beide Länder schien es gleichermaßen erwischt zu haben, zusammen mit dem größten Teil Nordamerikas und Eurasiens. Die Stimme trug immer wieder dieselben Erklärungen vor, als ob wir schwer von Begriff wären, daß die Winter nun so kalt seien und die Sommer so heiß und daß das Wasser nach der Schneeschmelze abfloß, noch bevor der Boden auftaute und es in ihm versickerte.

»Baut doch Speichertanks, ihr närrischen Erdlinge«, hörte ich Kwame hinter mir murmeln. Dies war einer der wenigen Punkte, wo ich ihm beipflichtete.

»So leicht ist das nun auch wieder nicht«, sagte Dr. Niwara leise, und die Darstellung auf den Monitoren verwandelte sich in ein Standbild. Ein Stöhnen ging durch den Raum, als wir erkannten, daß sie von ihrer Option Gebrauch machte, den Vortrag zu unterbrechen und selbst Erklärungen zu geben. Sie ignorierte die Unmutsbekundung und sagte: »Kwames Frage ist berechtigt, aber die Antwort lautet, daß die Erde viel zu groß ist, als daß wir trotz unserer fortgeschrittenen Technologie genug Speichertanks für ihren Wasserbedarf errichten könnten – und vor allem wollen wir die Erde nicht mit Speichern verunstalten, die vielleicht nur gebraucht werden, bis eine neuerliche Klimaveränderung eintritt. Wenn diese Speicher dann fertiggestellt sind, wird vielleicht etwas ganz anderes gebraucht. Also sieht die Antwort so aus, daß es keine Antwort gibt – außer Leiden und Sterben.«

»Könnte man dann nicht wenigstens diese armen Kühe schlachten und hungrige Menschen damit ernähren?« fragte Penelope.

»Diese Kühe werden im Frühling vor den Pflug gespannt«, erläuterte Dr. Niwara mit einem ungeduldigen Unterton. »Wenn du zugehört hättest: diese Erklärung kam schon auf der Tonspur …«

»Aber weshalb bauen sie dann nicht einfach mehr Traktoren?« fragte sie, wobei sie Dr. Niwara ins Wort fiel – niemand von uns hätte das gewagt, aber plötzlich erkannte ich, daß Penelope aufgebracht war.

»Ein Traktor benötigt einen Fahrer, einen Mechaniker und vor allem jemanden, der einen Bauernhof betreibt – und solche Dinge lernt man nicht über Nacht«, erwiderte Dr. Niwara. So, wie sie die Tastatur bearbeitete, überprüfte sie wohl, ob wir beim Test nach der Erd-Horror-Stunde geschummelt hatten. »Nun, da die Erde wieder über ausreichend Energie und kompakte Kraftwerke verfügt, werden Traktoren auf die Felder geschickt und Fachkräfte ausgebildet – aber zur Zeit wissen die meisten Leute nur, wie man einen Ochsen vor den Pflug spannt, und außerdem stehen für die benötigten Anbauflächen nicht genug Traktoren bereit. Wäre es dir vielleicht lieber, die Menschen würden überhaupt nicht arbeiten und kein Getreide anbauen, als wenn sie Ochsen einsetzten?«

Penelope schüttelte den Kopf; Tränen glitzerten in ihren Augen. »Die Ochsen haben einfach so traurig geschaut. Ich weiß nicht, was sie sonst tun könnten, aber das ist *falsch*.«

Dr. Niwara setzte sich auf die Stuhlkante und sagte: »Wißt ihr, im Moment habe ich ein großes Problem. Ich habe euch alle über verhungernde Kinder und Erwachsene lachen sehen, besonders, als manche von euch« – sie schaute Kwame an – »unreife, taktlose Bemerkungen über sie gemacht haben. Ich habe euch gesagt, und das Video hat euch gesagt, daß trotz all unserer Bemühungen und des Einsatzes buchstäblich Tausender Rettungs-Hubschrauber jede *Stunde* auf der Erde mehr Kinder an Cholera, Typhus und Dysenterie sterben, als dieses Schiff Besatzungsmitglieder hat – Krankheiten, die seit hundert Jahren heilbar sind –, und mir ist aufgefallen, daß ihr auch nicht einen Augenblick lang Trauer gezeigt habt. Nicht einmal die Tatsache, daß ihr alle noch jung seid und praktisch niemand von euch mehr Großeltern hat, scheint in euer Bewußtsein zu dringen.

Ich habe euch gezeigt, daß die ganze Arbeit, welche die Menschen in vielen Jahren in diese Städte investiert hatten, völlig umsonst war – ich habe euch das Video mit den schwarzen Wolken gezeigt, die von der Wüste Amazoniens bis nach Arabien wanderten und den Zyklon von '21, der über ein halbes Jahr lang in der Äquatorzone tobte und mehr als zehn Millionen Todesopfer forderte –; erinnert sich denn überhaupt noch jemand von euch an die Menschen, die in Peru von der Brandung gegen die Pier geschleudert und zermalmt wurden?«

Ich erinnerte mich durchaus noch daran, aber ich glaubte nicht, daß mir das in diesem Moment einen Punkt eingebracht hätte. Und im übrigen hatte ich keine Ahnung, worauf sie überhaupt hinauswollte.

Sie wußte es vielleicht selbst nicht, denn nachdem sie die Belegschaft ein letztes Mal lange gemustert hatte, überließ sie uns wieder der Erd-Horror-Stunde. Wir sahen noch mehr verendende Kühe, und dann erschien eine recht interessante Grafik, die zeigte, wie ein Kampfstoff zur Vernichtung von Reiskulturen sich nach der Bombardierung der Labors für biologische Kriegsführung in Manila und Jakarta über alle Reisanbaugebiete verbreitet hatte; mit der abwärts gerichteten Kurve für die Reisernte schnitt sich eine nach oben schießende Kurve mit der Legende ›Unterernährung‹, aber die interessanten Grafiken wurden alle in diese Bilder mit verhungernden, zerlumpten Menschen eingeblendet, die staubige Straßen entlanggingen. Ständig sah ich sie barfuß durch den Dreck schlurfen, und das war so degoutant, daß ich gar nicht erfaßte, worum es überhaupt ging – ich meine, wenn sie erst einmal die Lager erreicht hatten, gab es doch Weltraum-Getreide in Hülle und Fülle. Sie mußten nur den Marsch fortsetzen … ich bin sicher, daß das unter der hohen Schwerkraft kein Vergnügen war, aber ich hatte irgendwie den Eindruck, daß sie daran gewöhnt waren.

Vielleicht besteht der Zweck aber auch nur darin, Schuldkomplexe wegen unseres guten Lebens hervorzurufen. Ich habe mit Papa darüber gesprochen, und der meint, man wolle uns ›motivieren‹, die Weltraumproduktion hochzufahren, bevor die Lage auf der Erde noch desolater wird – aber ich verstehe nicht ganz, was das mit uns zu tun hat. Wenn die Weltraumindustrie und der Weltraumbergbau sich nicht entwickeln, wenn das Terraforming auf dem Mars nicht funktioniert, wird der *Fliegende Holländer* keine Fracht transportieren und ausgemustert werden – aber wir dürfen nicht zulassen, daß dem Schiff so etwas widerfährt. Schließlich ist es unsere *Heimat*.

Für wie dumm hält man uns eigentlich, daß man glaubt, wir müßten jede Woche eine Stunde damit verschwenden, uns wegen jedes verhungernden Aussätzigen, oder wie auch immer man sie heutzutage nennt, wegen jedes abgebrannten Waldes und jeder ausgestorbenen Spezies auf der Erde ein schlechtes Gewissen zu machen, nur damit wir motiviert werden, das System aufrechtzuerhalten?

So sehr ich mich auch über die Atempause freute, die diese Stunde für Theophilus darstellte, so überkam mich doch bald wieder die übliche Langeweile und Gereiztheit. Der Anlaß für die Erd-Horror-Stunde war so obskur wie immer. Es war die Rede von einer Vergletscherung ostafrikanischer Berge, und es wurden Aufnahmen von Sturzfluten gezeigt, die nach dem Bruch von Eisbarrieren zu Tal rasten; das war lustig anzusehen, aber dann brachten sie diese degoutanten Nahaufnahmen – ein Löwe lag tot im Schlamm und hatte die Tatzen auf den Bauch gelegt, eine Pavianmutter trug ihr totes Junges mit sich herum, und eine Rotte verzweifelt dreinblickender Menschen bestellte mit primitiven Hacken den Boden. Nach Dr. Niwaras Ausbruch verkniff ich mir die Bemerkung, daß sie sich doch ein paar elektrische Gartenwerkzeuge kaufen sollten, aber es lag mir auf der Zunge.

Endlich war diese erbärmliche Vorstellung vorüber, aber es dauerte noch zehn Minuten, bis wir an der Reihe waren, durch die Korridore zu den Großen Gemeinschaftsräumen zu gehen; und so befand Dr. Niwara, daß wir unsere Studien bezüglich der Erdschweine noch vertiefen sollten. »Theophilus«, sagte sie, »wenn das möglich wäre, möchte ich, daß du der Klasse noch ein wenig davon erzählst, was du unten auf der Erde gesehen hast.«

Er stand auf, als ob sie von ihm verlangt hätte, sich als Freiwilliger für eine Demo-Kastration im Labor zu melden, und ging langsam und bedächtig zur Stirnseite des Raums. Ich war mir nicht sicher, ob er noch immer Probleme mit dem Gehen oder nur keine Lust hatte. Vielleicht traf beides zu.

»Äh ... nun, ich komme aus dem Bergland von Georgia, einem Bundesstaat der USA. Und ... äh ... so schlimm war es dort eigentlich gar nicht. Ich erinnere mich zwar, daß wir während des Zyklons einige große Stürme hatten, und auf den Videos hieß es immer, daß Städte wie New Orleans, Tampa und andere ins Meer gespült worden wären; aber dort, wo ich lebte, fiel bloß die Schule aus, weil es so heftig stürmte, daß die Stromleitungen unterbrochen wurden.

Ich meine, ich habe das alles auch auf Video gesehen, aber mein Vater ist Spezialist für Niedergravitations-Wasserwirtschaft, und meine Mutter ist Volkswirtin, und deshalb ging es uns nicht allzu schlecht… außer, daß wir ein paarmal in einiger Entfernung Maschinengewehrfeuer hörten, weil die Polizei *Vags* eliminieren mußte. Wir hatten ein Mädchen an der Schule, dessen Mutter umkam, als *Vags* ihre Fähre bei der Landung abschossen – sie tun das, um die Leichen zu fleddern, was ich für ziemlich abscheulich halte, wenn ihr mich fragt.«

Vor lauter Anspannung knabberte Dr. Niwara am Daumen; ich vermute, Theophilus redete ihrer Ansicht nach am Thema vorbei.

»Was sind denn *Vags?*« fragte Chris Kim – vielleicht der einzige im Raum, der sich nicht scheute, seine Unkenntnis zuzugeben.

»Ach, weißt du, wie diese wandernden Leute auf dem Video, das wir eben gesehen haben. Menschen ohne Geld, die sich zu Banden zusammenschließen. Sie haben keine Arbeit und weigern sich auch, in die Lager zu gehen, denn sie betrachten sich nicht als Flüchtlinge; sie wollen Schadenersatz für die Häuser und Geschäfte und die anderen Dinge, die sie angeblich verloren haben. Ich wette, die meisten von ihnen täuschen diese Verluste nur vor. Im Grunde sind sie bloß Diebe und Räuber. Und sie sind gar kein so großes Problem – als die Firma meines Vaters Whitfield erwarb, um dort ihr Hauptquartier zu errichten, zogen sie einfach eine hohe Mauer um die Stadt und stellten viele Wachen ein. Es hat nie Probleme gegeben; nur einmal ist eine Rakete im Park eingeschlagen und hat den Ententeich verwüstet.« Sein Blick wurde traurig und entrückt. »Das war wirklich eine Schande. In diesem kleinen Teich hatte es dreißig oder vierzig weiße Enten gegeben, ein idyllisches Bild, aber am nächsten Tag war dort nur noch eine Schlammkuhle, und die Enten hingen tot in den Bäumen oder lagen zerfetzt auf dem Boden.«

Das war irgendwie interessant – und traurig –, aber nun wurde er von Dr. Niwara unterbrochen. »Ähem ... ich glaube, wir haben uns für diese Woche genug mit diesem Thema befaßt. Vielleicht könntest du uns noch etwas von dir erzählen, bevor wir in die Pause gehen?«

Das versprach interessanter zu werden. Am meisten interessierten uns seine schulischen Leistungen. Sein Lieblingsfach war Mathe – kein Wunder –, aber er machte sich nicht viel aus Gemeinschaftskunde und Literatur. Er sprach mit einem lustigen Akzent und beherrschte Englisch und Spanisch, aber kein Esperanto oder Japanisch; also würde er auch nach der Erwachsenen-Abschlußprüfung noch Sprachunterricht nehmen müssen.

Die ganze Zeit, während Theophilus dieser Befragung unterzogen wurde, starrte Randy ihn haßerfüllt an. Mein Computer meldete sich:

... WARUM WIRST DU NICHT SEINE MENTORIN? ER BRAUCHT EINEN FREUND. D'Artagnan.

Hornblower meldete pos-def.

In der Nachmittagspause fuhren wir alle mit dem Omnivator nach oben ins Zentrum des Pilzes.

(Dämlicher Rechner! Wieder so ein blöder Hinweis.) Der Pilz ist dieses große Metallding mit der Form eines Pilzes, der oben aus dem *Fliegenden Holländer* herausragt. Er rotiert, so daß wir einen Ort mit hoher Schwerkraft haben. Wir müssen ihn jeden Tag aufsuchen und viel Sport treiben, um Muskelschwund vorzubeugen. Außerdem sollen wir dadurch auf einen späteren Besuch auf der Erde vorbereitet werden, aber weshalb soll man sich in eine Umgebung mit hoher Schwerkraft, Keimen und ohne Temperaturkontrolle wagen, wenn man sie auch hier im Video beobachten kann?

Wir spielten *Aerocrosse* in der Großen Gemeinschaftshalle, einem zylindrischen Raum mit einen Durchmesser von etwa fünfzig und einer Höhe von zweihundert Metern. Diese Kammer befindet sich im Hauptkörper, also im Asteroiden.

Der Aufstieg in den Omnivatoren dauerte ziemlich lange, und wo sonst immer herumgealbert und gekichert wurde, hörte man heute nur Geflüster, das sich ausschließlich um ein Thema drehte.

»Was glaubst du, wird Randy mit ihm machen, Mel?« hauchte Miriam mir ins Ohr.

»Alles, womit er straffrei ausgeht.«

Wir erreichten eine Kreuzung und stießen uns von einer netzverkleideten Wand zur anderen ab. Theophilus fiel zurück – er hatte sich noch immer nicht an das Hangeln gewöhnt. Obwohl ich versuchte, Verständnis für ihn aufzubringen, wunderte ich mich dennoch, daß er sich so schwertat. Ich meine, wir alle konnten doch auch so gut *gehen* wie er.

Papa bezeichnet den Umkleideraum der Gemeinschaftshalle immer als ›Zoo‹. Einfach jeder hat etwas zu sagen. Heute bewunderten wir Miriams neues Kreuz – Ahorn, der in einem Bonsai-Tank gezogen worden war. »Sogar die Löcher für die Schnur sind gezüchtet«, sagte sie stolz. »Und das Netz besteht aus strukturiertem Monomyl.«

Das weckte natürlich die Begehrlichkeit der anderen. »Ist das aber schön, Mim. Ich muß meinen Vater überreden, daß er mir auch eins kauft«, sagte Gwenny. Sie schob sich das hellbraune Haar zurück und schüttelte es – es fiel ihr bis auf die Schultern, wirklich lang, und man konnte meinen, die Keime würden sich darin tummeln, aber den Jungs schien es zu gefallen –, bevor sie sicherheitshalber hinzufügte: »Armer Papa, ich sehe ihn kaum noch, wo er jetzt in vier Komitees sitzt.«

»Ich weiß, was du meinst«, sagte Penelope. »Obwohl es nur um Technikkram geht, ist es doch zeitraubend.

Meine Mutter hat überhaupt nie Zeit für mich – bei den ganzen Sachen, die sie immer veröffentlicht.«

Carole nickte. »Ja, ihre Arbeiten erscheinen auf der ganzen Erde, nicht wahr? Nur gut, daß sie eine solche Beschäftigung hat, wenn sie schon keinen schiffsspezifischen Beruf ausübt.«

Dankbar für diese Unterstützung lächelte Gwenny Carole an und machte ihr Komplimente wegen ihres neuen Kleids. Währenddessen zeigte Miriam Penelope ihr neues Kreuz. Weil es aber nie viel zu erzählen gibt, ist eine solche Runde immer schnell beendet.

Vor einem Jahr hatte ich die Gelegenheit gehabt, mich in Szene zu setzen, und während ich mein schlichtes Fiberglas-Kreuz mit Miriams schönem Exemplar verglich, wollte ich schon etwas über Papas Arbeit einfließen lassen – der CPB ist so wichtig, daß der Bürgermeister und der Rat nur mit Zustimmung des CPB aktiv werden dürfen.

Aus diesem Grund hatte Mutters Stelle in der Abteilung für Langfrist-Wirtschaftsprognosen auch immer das Potential für einen kometenhaften Aufstieg umfaßt.

Aber ich hielt mich dann doch zurück, denn andernfalls wäre sicher zur Sprache gekommen, daß Mutter die Stelle gekündigt hatte. Sie arbeitete schon seit zehn Monaten nicht mehr und verbrachte fast die ganze Zeit damit, zu Hause zu sitzen und zu lesen; die Leute bezeichneten sie als asozial, auch wenn sie mir das nicht ins Gesicht sagten.

Ich war völlig in Gedanken versunken und merkte gar nicht, daß ich mich nicht mehr bewegte und alle anderen sich umzogen, bis Carole an mir vorbeiging; ich schaute auf und sah, daß ich fast allein war. Hastig zog ich mich um, aber trotzdem betrat ich als letzte die Gemeinschaftshalle.

Dr. Niwara schaute mich belustigt an, und ich befürchtete schon, sie würde wieder etwas von Tagträumen erzählen, aber sie sagte nichts. »Und … jetzt sind alle da – gut, Melpomene, du stellst auf.«

Das ist keine großartige Sache. Man bringt nur die Tore nach oben, hängt sie ein und pumpt sie mit der Preßluftdose auf. Aufgeblasen haben sie einen Durchmesser von einem Meter und ein Gewicht von etwa zweihundert Gramm; wenn das Spiel läuft, dauert es bei niedriger Schwerkraft fast zehn Minuten, bis sie zu Boden fallen; zusammengefaltet passen sie in eine Gürteltasche, und man kann einfach nach oben springen und schwimmen. Außerdem waren es noch nie so wenige gewesen – durch den Zugang von Theophilus bestand die Klasse nun aus achtundzwanzig Schülern, wodurch sich sieben Viererteams statt neun Dreierteams ergaben.

Als ich wieder unten war, hatten die Spielführer bereits ihre Teams ausgewählt. Ich war bei Barry Yang in Team Sechs, zusammen mit Kwame (Im Ohrhörer hörte ich, wie sie über ihn lästerten!) und Ysande Kravizi, einem stillen, fast scheuen Mädchen. (Obwohl sie im Rückblick doch nicht so scheu war. Sie legte die Erwachsenen-Abschlußprüfung so früh ab, daß sie noch mit dreizehn heiratete. Manchmal verblüffen die Leute einen schon.)

Es war ein halbwegs brauchbares Team – ich beherrsche Kunststücke in der Luft, die andere nicht können, Barry verkörpert die seltene Synthese aus Größe und Schnelligkeit, und Ysande hat ein exzellentes Ballgefühl. Kwame ist jedoch eine Niete und stellte somit unser schwaches Glied dar.

Miriam war Mannschaftskapitän und hätte mich auswählen können, wenn sie sich nicht zuerst für Gwenny Mori entschieden hätte. Aber Gwenny ist eine ausgezeichnete Spielerin. Und dann wurde ich von Barry Yang ausgewählt, der indes ein besserer Mannschaftskapitän war als Miriam, auch wenn er ein Kumpel von Randy Schwartz war.

Es war keine Überraschung, daß Theophilus als letzter vom letzten Mannschaftskapitän, Paul Kyromeides, ausgewählt wurde. Niemand wußte, ob er spielen konnte oder nicht; auf jeden Fall hatte er tags zuvor keine gute Figur in der niedrigen Gravitation gemacht.

»Gut«, sagte Dr. Niwara. »Gehen wir noch einmal die Regeln durch.« Das hatten wir schon seit drei Jahren nicht mehr getan, aber das wußte Theophilus ja nicht. »Weiß jeder, wer sein Mannschaftskapitän ist? Achtet darauf, daß ihr euch auf der Team-Frequenz befindet, und auf eurem Kreuz steht die Team-Kennung.« Ich sah, daß Paul Theophilus und die beiden anderen Teammitglieder zusammenrief, um sicherzugehen, daß alle Bescheid wußten.

»Und so läuft es«, fuhr Dr. Niwara fort. »Die Teams Eins bis Sechs haben die Tore Eins bis Sechs; an allen Seiten der Tore leuchten eure Team-Nummern. Team Sieben hat kein Tor.

Wir spielen mit drei Wurfbällen. Jeder Ball trägt die Signatur des Kreuzes, das ihn zuletzt berührt hat. Wird ein Tor erzielt, geht besagtes Tor an das vom Ball identifizierte Team über. Das wird als ›Eroberung‹ bezeichnet.

Wenn ein Ball ins Tor geht, habt ihr zwei Sekunden, um ihn mit einem Ball zu treffen, der eure Signatur trägt. Dann geht das Tor an die andere Mannschaft. Eure Gesamtpunktzahl errechnet sich aus allen Eroberungen, abzüglich der Tore, welche die anderen Mannschaften von euch erobert haben.

Hört auf euren Mannschaftskapitän. Er wird euch sagen, welche Tore zu verteidigen oder zu erobern sind. Die Allianzen zwischen den Teams ändern sich ständig.

Ihr dürft andere Spieler anrempeln, sie aber nicht schlagen, treten oder klammern.

Und noch etwas – das Wichtigste. Der Kapitän des Schiffs meldet, daß die Schwerkraft heute unter 0,008 Ge liegt; die Tore werden also relativ schnell absinken, und ihr müßt heftig paddeln. Ihr solltet es vermeiden, die ganzen zweihundert Meter bis zum Boden zu fallen – ihr könntet so hart aufkommen, daß ihr euch den Knöchel verstaucht. Wenn es euch nicht gelingt, in der Mitte der Halle zu bleiben und mit den Flossen die Wand zu erreichen, geratet nicht in Panik – es dauert über eine Minute, bis ihr unten aufkommt. Stellt die Flossen senkrecht zur Bewegungsrichtung und scheut euch nicht, um Hilfe zu rufen. Ruft einfach ›Ich falle!‹.

Mannschaftskapitäne, achtet auf den Punktestand und aktualisiert eure Strategie.« Sie musterte die Wand, wo wir alle an Sicherheitsgurten hingen oder auf den Landeplattformen saßen. »Noch Fragen?«

Keine Fragen.

Dann ging alles sehr schnell. Die Leute verteilten sich auf die Tore – jedes Team mußte vor Beginn des Spiels sein Tor berühren, wobei Team Sieben auf dem Boden der Gemeinschaftshalle wartete – und dann betätigte Dr. Niwara den Schalter, worauf das Katapult ein paarmal rotierte und die drei Bälle in die Halle schoß. Wir jagten ihnen nach; diejenigen, die leer ausgingen, stellten die Armflossen auf, krümmten den Rücken und segelten zu den Lande-Plattformen hinüber. Dann sprangen sie wieder nach oben.

Paul erhaschte einen Ball und schlug eine Rolle, bevor er die Plattform erreichte; dann schoß er in die Höhe und landete an der Rückseite des Tors von Team Fünf. Er schwang sein Kreuz und schlug den Ball gegen die größere Sphäre des Tors. Nach zwei Sekunden wechselte die rote ›5‹ zu einer purpurnen ›7‹. Paul postierte Theophilus am Tor, wahrscheinlich um es ihm leicht zu machen.

Doch bevor Theophilus noch Position beziehen konnte, eroberte Randy Schwartz das Tor für Team Drei, wobei er horizontal von der Wand hereinkam, einkurvte und so schnell wieder abdrehte, daß Theophilus ihn nicht mehr erwischte.

All das registrierte ich aus dem Augenwinkel und versuchte gleichzeitig, mich vor Prellbällen und Überraschungsangriffen in acht zu nehmen. Von den Teams Zwei und Drei gleichzeitig attackiert, hatten wir alle Mühe, unser Tor zu verteidigen.

Barry wies uns an, das Tor weiter nach oben zu verlegen, und Drei griff unvermittelt Zwei an, was uns eine Atempause verschaffte; wir befanden uns nun ganz oben, und die Bälle flogen zum größten Teil weit unter uns durch die Halle.

»Zieh Mel und Kwame ab, Kwame führt«, ertönte Barrys Stimme in meinem Ohrhörer. »Greift das Tor an, das Drei gerade erobert hat.« Ich hielt es für ein schlechtes Manöver, besonders von einem so guten Spieler wie Barry, zwei Leute von unserem Tor abzuziehen, aber er war der Chef. Ich flog hinter Kwame her, schwamm dann zur Decke, schlug eine Rolle und stieß mich nach unten ab.

Manchmal gelingt es einem, im Sturzflug einen Ball abzufangen, und dann taucht man hurtig zum Boden und bricht zum Ziel durch. Genau das war unser Plan.

Kwame segelte am Tor von Drei vorbei, aber eine Sekunde bevor der Ball auf dem Boden auftraf, erwischte er ihn und warf ihn mir zu. Mein Kreuz gab ein dumpfes Geräusch von sich, als ich die Sicherung betätigte und der Deckel sich schloß. Kwame schaffte es, gegen ein in Flugrichtung stehendes Elasto-Brett zu prallen und schoß wie eine Rakete in die Höhe; so tolpatschig, wie er nun einmal war, hatte ich schon befürchtet, er hätte sich den Knöchel verstaucht, aber anscheinend wurde er immer besser.

Er schoß auf das dreißig Meter über ihm stehende Tor Drei zu. Ich wich etwas zur Seite aus und streckte mich zu einem Sturzflug auf Tor Drei, wobei die Beinflossen durch die Luft schnitten. Vielleicht gelang es uns, sie in die Zange zu nehmen – die Verteidigung gegen einen solchen Angriff war extrem schwierig, vor allem, wenn, wie in diesem Fall, ein Angreifer von oben kam.

Randy Schwartz verteidigte das Tor von oben. Theophilus, der unbeholfen durch die Luft ruderte, flog zwischen uns hindurch, und mit einem festen Tritt stieß Randy sich von seinem Tor ab, bugsierte es nach unten auf Kwame zu und rammte den Kopf mitten in Theophilus' Bauch.

Theophilus krümmte sich vor Schmerzen, taumelte und knallte mit dem Hintern gegen die gegenüberliegende Wand, wobei er nur knapp die Kante einer Plattform verfehlte. Das Tor, auf dem noch immer die große grüne ›3‹ glühte, glitt so weit an Kwame vorbei, daß er es nicht erreichen konnte, und traf auf dem Boden auf. Dann stieg es wieder zu Randy empor, der sich drehte und es in Empfang nahm.

Ich war außer mir vor Zorn. So fest ich konnte, warf ich den Ball gegen Randys Helm. Dadurch klapperten ihm vielleicht die Zähne, und ich fühlte mich auf jeden Fall besser.

Durch reinen Zufall traf der Ball als Querschläger das Tor Vier. Die dunkelbraune ›4‹ verschwand und wich einer hellrosa ›6‹, als Kwame hinüberflog, um das Tor zu bewachen. Weil Vier den Ball nicht gefangen hatte, konnten sie auch keinen Konter durchführen, und das Tor gehörte uns.

Somit waren wir eins von zwei Teams mit zwei Toren, und Barry verkündete, daß wir uns mit dem anderen Spitzenteam verbündet hätten – Team Drei, Randys Truppe. Ich brach den Sturzflug ab, landete auf einer Plattform und stieß mich zu Kwame ab, um unser neues Tor weiter nach oben zu verlegen. Neben uns schob auch Randy das Tor von Team Drei nach oben.

Bald hing ein Klumpen aus vier Toren an der Decke, der von einer Schale aus acht Leuten umgeben war. Wir traten Luft, sprangen von Plattform zu Plattform und hängten uns mit den Füßen in die Sicherheitsgurte.

Sechzehn Angreifer – Team Sieben schien der gegnerischen Allianz nicht anzugehören – kamen auf uns zu und bewarfen uns mit Bällen, wobei sie versuchten, sie so zu beschleunigen, daß sie unerreichbar für uns waren. Dann prallten sie von der Decke ab und fielen wieder ins Territorium der Angreifer zurück.

Ich schwang mich auf eine Plattform und stellte fest, daß ich mich auf Hörweite neben Randy befand. »Tut mir leid, daß ich dich so erwischt habe«, sagte ich. Es tat mir natürlich nicht leid, aber ich hasse es, mit jemandem in Fehde zu liegen.

»Kein Problem. Guter Karomm-Schuß. Deine aggressive Spielweise gefällt mir. Du bist ein echter Berserker.«

Ein Kompliment von Randy Schwartz hatte ungefähr den Seltenheitswert eines Schweins, das aus einem Ei schlüpft. Und es war so nett von ihm gesagt, daß es mir zunächst die Sprache verschlug. Als ich ein ›Danke‹ stammeln wollte, hatte er den Blick schon abgewandt. Dann zeigte er mit dem Finger und rief: »Unter dir!«

Gwenny Mori hatte sich von einer unteren Plattform abgestoßen und kam mit heftigen Schwimmstößen auf uns zu. Sie versuchte durchzubrechen und die Tore zu zerstreuen, aber sie traf nicht.

Randy und ich gingen in den Sturzflug, um sie abzufangen, und nahmen Gwenny in die Zange, als sie gerade zielen wollte. Sie verlor den Ball und tauchte hundert Meter ab, bevor sie in den Gleitflug überging.

Paul Kyromeides fegte an uns vorbei, ergriff den Ball und eroberte das Tor von Team Zwei.

»Er ist ein wirkliches Ein-Mann-Team«, sagte ich.

»Das muß er auch«, bemerkte Randy. »Dieses neue Erdschwein kennt das Spiel noch nicht. Aber du hast recht – Paul spielt immer so. Er ist zwar ein netter Kerl, aber kein Mannschaftsspieler.«

Wir trennten uns und postierten uns an verschiedenen Stellen. Ich warf nun öfter als zuvor einen Blick auf

Randy und sah ihn dabei mit anderen Augen. Die Erkenntnis, daß er auch eine menschliche Seite hatte, überraschte mich.

Barry meldete sich über den Ohrhörer: »Mel und Kwame, könnt ihr für zwanzig Sekunden ohne mich und Ysande auskommen?«

»Sicher, aber wirklich nur zwanzig«, sagte ich.

»Pos-def«, erwiderte Kwame. »Wasch dir aber die Hände, wenn du fertig bist.« Das war exakt das dumme Zeug, das er immer von sich gab. Exakt.

Barry ging gar nicht darauf ein; auf sein Handzeichen schlugen er und Ysande eine Rolle, stießen sich mit den Füßen ab und gingen mit heftigen Tritten in den Sturzflug.

Erst dann erkannte ich, daß es ihnen gelungen war, zwei von drei Bällen zu bekommen. Barry hatte bemerkt, daß Theophilus weit unter dem Tor hing, was immer ein Fehler ist, denn die meisten Angriffe kommen von oben. Während der kurzen Zeit, in der seine Sicht behindert war, legten Barry und Ysande den größten Teil der Entfernung zum Tor zurück. Als Theophilus sich in Bewegung setzte und versuchte, sich zwischen sie und das Tor zu schieben, war es schon zu spät. Barry rammte ihn mit der Schulter, woraufhin er trudelnd abstürzte, und Ysande traf mitten ins Tor. Dann rollte sie es zu Team Sechs hinüber.

Theophilus, der durch die Wucht des Aufpralls bis zum Boden hinabkatapultiert worden war, versuchte, sie zu verfolgen; das war zwar tapfer, aber sinnlos, denn er hatte gar keinen Ball. Er verschätzte sich derart, daß er trotz seiner irdisch kräftigen Beine nur eine Höhe von 130 Metern erreichte; dann war die Bewegungsenergie aufgezehrt, und er stürzte wieder ab.

»Ich falle! Ich falle!« Die Leute lachten ihn nur aus.

Dr. Niwara schoß in die Höhe – bei der Pausenaufsicht trug sie immer ein Tornistertriebwerk auf dem Rücken –, schnappte sich Theophilus und beförderte ihn zum Blauen Punkt, dem am Eingang befindlichen Sammelplatz für Verletzte.

Dr. Niwara schrie fast ins Mikro: »In Ordnung! Das war's! Das Spiel ist aus. Kommt alle runter.«

Wir ließen die Luft aus den Toren und stopften sie in die Behälter, damit die nächste Klasse sie benutzen konnte; die Bälle kamen in ein kleines Regal an der Tür. Da standen wir nun und vermieden es, uns in die Augen zu schauen. Wir wußten nicht, was nun kommen würde und hatten uns nichts zu sagen.

Sie schaute sich um und ließ den Blick auf jedem von uns ruhen. »Helme ab, damit ihr mich hört. Klarer Fall von unterlassener Hilfeleistung. Jemand hat ›Ich falle!‹ gerufen, und niemand machte Anstalten, ihm zu helfen. Ihr habt nur gelacht. Macht ihr das auch so, wenn ein Freund sich in Schwierigkeiten befindet? Wenn ja, dann wird dieses Schiff bald auseinanderfallen, nachdem ihr die Erwachsenen-Abschlußprüfung abgelegt habt.«

Sie hatte völlig recht. Theophilus hatte sich zwar nicht in Lebensgefahr befunden, aber er war in Panik geraten und hatte um Hilfe gerufen. Wir hatten sie ihm verweigert. Schweigend und mit gesenkten Blicken gingen wir in die Umkleidekabinen.

Als ich die Flossen von Armen und Beinen abstreifte und den Helm sowie das Kreuz in den Spind warf, setzte Miriam sich neben mich. »Möchtest du noch immer, daß wir ihm helfen?«

»Ja. Du kennst mich doch, Mim. Hornblower an die Front.«

Ihr Lächeln verriet Sehnsucht. »Hmmm. Aber gutaussehende Jungen, die Hilfe brauchen, sind nicht sehr populär.«

»Ich finde, er sieht gut aus. Er müßte nur ein wenig abnehmen. Er hat ein hübsches Gesicht.«

Sie kicherte. »Andere Dinge sind aber auch hübsch. Ist dir etwas aufgefallen, als er über ›damals in Georgia‹ sprach?«

»Was soll mir aufgefallen sein?«

»Melpomene. Hast du denn die ganze Zeit nur sein Gesicht betrachtet? Sagen wir mal so, seine Antenne war ausgefahren.«

Seit kurzem war das die einzige Stelle, auf die Miriam bei Jungs achtete; ich hielt das für peinlich, aber weil sie anscheinend schon so viel reifer war als ich, wollte ich mich deswegen nicht wie ein kleines Kind benehmen. »War er wirklich so groß?« fragte ich.

»Pos-def. Riesig.«

»Er kommt von der Erde, mußt du wissen. Sie sind dort ziemlich altmodisch. Wahrscheinlich weiß er nicht einmal, wozu es gut ist.«

Miriam knuffte meinen Arm. »Nun, dann sollte jemand es ihm zeigen. Aber zuerst zeigen wir ihm, wozu die Flossen gut sind. *Das* weiß er nämlich auch nicht.«

Auf dem Rückweg nahmen wir Theophilus zwischen uns. Ich holte tief Luft und sprach ihn an: »War dieses Spiel neu für dich?«

»In den Ferien habe ich es schon ein paarmal in Supra Tokio gespielt, aber damals war es leichter. Es fand nur im freien Fall statt, und es spielten nur Kinder von der Erde mit – niemand kannte die genauen Regeln.«

»Für das erste Mal war es gar nicht schlecht«, sagte Miriam die Unwahrheit. »Hättest du heute abend Zeit zum Üben? Kein *Aerocrosse*, sondern nur Fliegen in niedriger Schwerkraft?«

Er wirkte gleichermaßen verdutzt und erfreut. »Ich … ja, ich hätte Zeit. Um 20:00 ist der Förderunterricht zu Ende. Ist das zu spät?«

»Ißt du dann noch zu Abend?« fragte ich.

»Nein. Der Förderunterricht schließt einen Besuch in der Esperanto-Cafeteria mit ein. Und ich kann meinen Leuten auch eine Nachricht hinterlassen – sie werden sich freuen, wenn ich Freundschaften schließe.«

»Schön«, sagte Miriam. »Der Raum, in dem wir Trainingszeit beantragen müssen, liegt in dieser Richtung – Freizeitlobby, Gemeinschaftsdeck Zwei. Wir treffen uns dort um 20:15.«

»Danke«, sagte er. Er hörte sich glücklich an – und ich fühlte mich gut.

Dr. Niwara kam zu uns. »Gibt es Probleme? Oder haltet ihr nur ein Schwätzchen?«

Ich wollte schon etwas sagen, aber Theophilus kam mir zuvor. »Es ist meine Schuld. Ich habe Schwierigkeiten, nachzukommen, und sie wollten mir nur helfen.«

Da meldete Miriam sich. »Die Wahrheit ist, wir *haben* ein Schwätzchen gehalten, und deshalb hat er Schwierigkeiten.« Eilig ging sie mit Theophilus voraus, und ich folgte ihnen.

Dr. Niwara hielt sich neben mir. »Melpomene«, sagte sie leise. Mir gefiel es, wenn sie uns so nannte, wie wir genannt werden wollten.

»Ja, Ma'am?«

»Was wolltest du eben sagen?«

»Was Miriam auch gesagt hat. Es ist die Wahrheit.«

»Gut. Das hatte ich gehofft …«

Sie streckte den Arm aus, drückte meine Schulter und beschleunigte. Ich bemühte mich, ihr zu folgen.

Nach dem Imbiß hatten wir Projektunterricht; diesmal (Hurra!) wurden Gruppenarbeiten geschrieben, in vier Siebener-Teams. Leider handelte es sich bei der KI-Jury um STRUNK, FLESCH und ELLSWORTH. Das ist immer ganz schön langweilig, pos-def, denn diese drei KI sind pedantisch und halten sich stur an die Regeln; ORWELL und SPENCER mag ich viel lieber. Wenigstens erfolgte die Beurteilung diesmal nach dem Rangkoeffizienten und nicht nach dem Mittelwert, der ein starkes Team begünstigt. Zum Glück war ich Leiterin von Team Eins.

Miriam und ich waren immer gut bei Gruppenarbeiten, so daß ich sie zuerst auswählte, obwohl sie Gwenny einmal mir vorgezogen hatte. (Ja, das war läppisch. Ich trug es ihr auch nicht nach – unsere Freundschaft mußte das aushalten, vor allem wenn man bedachte, wie Gwenny sich im Umkleideraum diskreditiert hatte.)

Wir sprachen jetzt nur noch über den Wettbewerb. Ich vergaß auch Theophilus, der in Vanyas Team war. Unser Team war das beste, wobei unsere Aufsätze den ersten Platz (ich), den zweiten (Miriam), den vierten und achten errangen. Unser schlechtestes Ergebnis war Platz vierzehn. Der Wettbewerb dauerte fast den ganzen Tag.

»Nicht schlecht«, sagte Miriam, während wir draußen auf dem Korridor auf Theophilus warteten. »Aber wir hätten uns mehr Zeit für die Korrektur von Sylvestrinas Aufsatz nehmen sollen. Sie hätte Platz Sechs belegt, wenn sie noch zwei Punkte mehr für das Layout bekommen hätte.«

»Sie hat es schwer«, sagte ich. »Aber sie hat sich deutlich verbessert. Ich glaube, heute war sie zum erstenmal unter den zehn Besten.«

»Ich weiß. Ich meinte auch nur, sie hätte sich sicher sehr gefreut, wenn sie noch besser abgeschnitten hätte.« Wir klammerten uns ans Netz und beobachteten die Tür.

»Es wundert mich, daß du ihm angeboten hast, heute abend zu trainieren«, sagte ich. »Donnerstag ist doch der Privat-Tag.«

Sie schnitt eine Grimasse. »Ich hasse Wettbewerbe.«

»Ich auch«, erklärte ich. »Aber auf sie bereite ich mich immer intensiver vor als auf alles andere.«

»Wir haben eine Menge gemeinsam«, stellte sie fest. »Vielleicht sollten wir Freundinnen werden. Ach, scheiß drauf; Mel, er braucht unsere Hilfe.«

»Ja. Vielleicht etwas Anleitung ...« Just in diesem Moment trat er aus der Tür und schaute sich um. Wir winkten, und er kam auf uns zu.

Da legte sich von hinten eine Hand auf seine Schulter. Er drehte sich um.

Randy Schwartz' Faust krachte in Theophilus' Gesicht. Er fiel nach hinten und breitete die Arme aus, um sich abzufangen.

Wir beide rannten los. Theophilus schlug die Hände vors Gesicht; Tränen flossen, aber er war mit einem blauen Auge davongekommen.

Ich schaute zu Randy hoch, der noch immer über seinem Opfer stand.

Er hatte einen merkwürdigen Gesichtsausdruck; man konnte fast meinen, er wäre es gewesen, der den Schlag abbekommen hätte. Er starrte mich kopfschüttelnd an und ließ dabei die Arme baumeln – in diesem Augenblick wußte ich, daß der Vorgang ihn genauso überraschte wie alle anderen, ja sogar erschreckte. Er wirkte so verstört, daß ich gegen meinen Willen Mitleid für ihn empfand und fast das Bedürfnis verspürte, aufzustehen, ihn beiseite zu nehmen und mit ihm zu reden.

Dann wandte er den Blick von mir ab, drehte sich um und hastete den Korridor zu den Omnivatoren entlang, wobei er fast noch gestolpert wäre.

KAPITEL DREI

Beim Abendessen sagte Mutter: »Heute habe ich die Mutter eines deiner Klassenkameraden getroffen, Melpomene.«

»Ja, wen denn?«

»Mrs. Harrison, Theophilus' Mutter. Sie ist eine sehr interessante Person.«

»Bei welcher Gelegenheit bist du ihr denn begegnet?« fragte ich sie. Mutter verließ die Wohneinheit nur selten, und deshalb war es ein gutes Zeichen, wenn sie unter die Leute ging.

»Ach, sie tritt meine alte Stelle an. Man hat mich beauftragt, sie ein paar Tage einzuarbeiten.« Sie verzog das Gesicht. »Ich bin froh, wenn die Synthese von Schweinefleisch endlich funktioniert – langsam habe ich genug von diesem Experimentalmampf.«

Papa lachte. »Da bekomme ich immer Gewissensbisse; ein armes kleines Stück Muskelfleisch, das sein ganzes Leben in einem Tank verbracht hat und nie die Gelegenheit bekam, sich in einem authentischen Schwein zu verwirklichen.« Erneut lachte er; irgendwie klang es aber nicht ganz echt.

Mutter schüttelte den Kopf. »Cornelius, ich bitte dich. Ich bin durchaus naturverbunden, aber noch lange kein Öko. Auf jeden Fall ist Mrs. Harrison eine höchst interessante und kultivierte Person, und ich würde vorschlagen, daß wir uns mit der Familie bekannt machen.«

Uns mit der Familie bekannt machen. In letzter Zeit überkamen Mutter oft solche bizarren Anwandlungen;

es klang wie in den Olson-Romanen, »damals, als ein Mann noch ein Mann war; die Halme bogen sich unter der Last der Sojabohnen, die Dörfer wurden von Hinterwäldlern bewohnt, und das Leben war voll signifikanten Schmerzes leerer, bedeutungsloser existentieller Nichtigkeit«, wie Tom sich immer ausdrückte.

Um das Gespräch auf ein interessanteres Thema zu lenken, sagte ich: »Es war sicher schön, deine alten Kollegen wiederzusehen. Wie geht es ihnen denn?«

Sie zuckte die Achseln. »Nun, ich hatte nie viel mit ihnen zu tun.«

In der Regel halte ich sie nur für meschugge, aber manchmal redet sie wirklich wie eine Asoziale. »Hattest du denn keine Zeit, dich mit ihnen zu unterhalten?«

»Ehrlich gesagt, Melpomene, habe ich den Job auch deswegen aufgegeben, weil die Leute uninteressant waren. Ihre Gespräche drehten sich nur um den Beruf und die Familie; es war unmöglich, in der Abteilung für Langfrist-Wirtschaftsprognosen zu arbeiten, ohne daß in der Frühstückspause über Zwanzig-Jahres-Kolonisierungspläne diskutiert wurde. Niemand interessiert sich dort für Kunst oder Politik oder *überhaupt etwas.* Natürlich haben Mrs. Harrison und ich auch hauptsächlich über den Job gesprochen, aber in der Mittagspause hatten wir eine lange Unterhaltung. Sie und ihr Mann kommen aus interessanten Kreisen auf der Erde.«

Es lag mir schon auf der Zunge, ihr zu sagen, daß die meisten aus diesen ›interessanten Kreisen‹ dem Großen Sterben zum Opfer gefallen waren und daß die Harrisons einfach nicht fein genug waren für uns; wir Murrays pflegen nämlich nur Umgang mit direkten Nachkommen gewählter Präsidenten und anderer führender Politiker. Solchen Käse gaben die Personen in den Olson-Büchern ständig von sich.

Aber ich versuchte, ihr Mut zu machen; sie würde

den Wohnbereich wenigstens für ein paar Tage verlassen. »Das ist interessant. Ich werde Theophilus heute abend darauf ansprechen.«

»Heute abend?«

»Miriam und ich treffen uns mit ihm zum Sport. Er muß fliegen lernen. Willst du mitkommen, Tom?« Auf diese Art könnte ich Tom in die Sache involvieren; ich wußte, daß mein Bruder mit einigen guten Ideen aufwarten würde, wenn es mir gelang, ihn für Theophilus' Probleme zu interessieren. Er hatte immer gute Ideen, wenn man erst einmal sein Interesse geweckt hatte.

»Ich hätte schon Lust, aber wir haben heute abend eine Sitzung. Pyramiden-CSL.« Seinem Gesichtsausdruck nach zu urteilen hatte Tom gerade das Ende der Welt verkündet.

Während der letzten Monate vor der Erwachsenen-Abschlußprüfung stehen viele Abendsitzungen auf der Tagesordnung; nur für den Fall, daß es jemanden von euch interessiert: ich hatte auch nicht mehr Freude daran als er.

Und schon gar nicht, wo ich zusätzlich noch dieses Buch schreiben mußte. Es ist schon ziemlich spät; also mache ich jetzt Schluß und schreibe morgen weiter – wenn ich Zeit finde.

17. DEZEMBER 2025

Ich bin wieder da; vor ein paar Minuten hatte ich eine Kleinigkeit gegessen. Ich konnte nicht schlafen.

Noch einmal zurück zur Unterhaltung. Ich wollte Tom gerade Glück wünschen für sein CSL, als Mutter sich wieder darüber ausließ, wie schrecklich es wäre, daß wir so viel arbeiten müßten und wie viel Ferien sie in unserem Alter gehabt hätte. (Was mich betrifft, so würde ich mit so viel Zeit gar nichts anzufangen wissen.) Ich griff nur unter den Tisch und drückte Toms Hand.

Nach einer Weile war Mutter fertig, und ich sagte, daß ich vor dem Treffen mit Theophilus und Miriam noch ein paar Hausaufgaben machen müsse. Also durfte ich die Cafeteria früher verlassen. Als ich ging, verbreitete sie sich noch immer lauthals über die Freuden ihrer ›normalen‹ Kindheit, und Papa und Tom aßen schweigend und starrten auf ihre Teller, weil sie Blickkontakt mit den Leuten an den anderen Tischen vermeiden wollten. Ich kam mir wie ein Deserteur vor.

Ich war etwas zu früh in der Freizeitlobby, aber Miriam war auch schon da, und so gingen wir die Liste mit den kleineren Sporthallen durch. Im Moment hatte die B-Schicht Schule, und deshalb war die Große Gemeinschaftshalle natürlich belegt – ganz davon abgesehen, daß sie sowieso nicht für nur drei Leute geöffnet würde.

»Ich frage mich, ob Randy Schwartz wohl seine Freunde vermißt«, sagte ich.

»Was kümmert's dich?«

»Nun, vielleicht ist das der Grund, warum er ein solcher … äh …«

»Schläger und Depp ist?« Miriam schüttelte den Kopf. »Jetzt mal im Ernst, Melpomene. Du machst dir wirklich über jeden Gedanken. Warum nimmst du nicht einfach zur Kenntnis, daß Randy Schwartz böse und gemein ist, und läßt es dabei bewenden? Ich bin sicher, daß er an dich keinen Gedanken verschwendet.«

Ich hob die Schultern. »Das war nur so ein Gedanke. Er sieht seine alten Freunde wahrscheinlich nicht mehr, und es fällt ihm schwer, neue zu gewinnen …«

»Nun, wenn er vielleicht damit aufhören würde, den Leuten ins Gesicht zu hauen …«

»Miriam!«

»Was erwartest du denn von mir? Gut, er ist einsam. Aber wessen Schuld ist das denn? Er kann seine alten Freunde doch noch beim Frühstück und Abendessen sehen oder in den Freischichten. Er lebt noch immer in

Block B mit ihnen zusammen – er wurde beim Schichtwechsel nicht verlegt. Es ist ja nicht so, als ob er auf ein anderes Schiff gegangen oder gerade von der Erde gekommen wäre ...«

»Ja, aber ... nun, er ist ganz allein dort unten. Während seiner Wachphase ist der Korridor fast die ganze Zeit abgedunkelt. Wenn er Zeit hätte, seine Freunde zu sehen, heißt es für sie ›Licht aus‹. Und wenn er mit ihnen essen will, muß er bis kurz vor der Sperrstunde warten, und sie müssen sofort essen, wenn die Schule aus ist. Also sieht er sie vielleicht; andererseits sieht er sie auch wieder nicht, wenn du weißt, was ich meine.«

»Ich glaube schon. Trotzdem meine ich, daß es Leute gibt, die deine Sympathie eher verdient hätten.«

Ich mußte noch immer an Randys schockierten Gesichtsausdruck denken, nachdem er Theophilus geschlagen hatte; ich antwortete nicht.

Wir suchten uns eine große leere Kammer aus, einen Lagerraum weit unten in der Nähe der Haupttriebwerke, und ich signierte mit meinem Daumenabdruck.

Theophilus erschien wenige Minuten später. »Hallo, bin ich etwa zu spät? Tut mir leid – ich habe mich beeilt ...«

»Du bist nicht zu spät. Entspann' dich«, sagte Miriam. »Hast du deine Ausrüstung dabei?«

»Hier in der Computer-Tasche.«

»Gut. Wir haben einen langen Abstieg vor uns; wir nehmen den Expreß-Omnivator.«

Als wir die kleine Kabine betraten, sagte Theophilus: »Ich möchte mich bei euch für die Einladung bedanken, Leute. Ich hatte mich ziemlich einsam gefühlt ...«

»So sind wir eben«, sagte Miriam. »Fahrende Damen. Wir können einem Ritter in Not einfach nicht widerstehen.«

»Obwohl wir hoffen, daß eine Nacht mit uns dich nicht in Not bringen würde«, ergänzte ich.

Miriam errötete, und Theophilus kicherte. Soviel zu seiner Unschuld.

Als wir den Omnivator verließen, hatten wir noch hundert Meter zu gehen. Zur Zeit gibt es viele leere Räume im Schiff – bisher transportieren wir nur Wechselschicht-Personal und Nachschub für die Marsstationen –, und die Sektoren unterhalb der Wohnbereiche und Agrarzonen werden nur von Kindern benutzt, die in den kleineren, unter Druck stehenden Laderäumen spielen.

Und natürlich von Liebespaaren. Ich hoffte, wir würden durch unser Erscheinen in dieser Kammer niemand den Abend verderben.

Wie erwartet, war der Raum aber leer, wahrscheinlich wegen der darin installierten Überwachungskamera. Die Kammer befand sich noch im Rohzustand; die Wände wiesen noch die körnige und glänzende Anmutung auf, die von den Vakuum-Extrudern und der Sprüh-Beschichtung herrührte. Die Lichter wurden überall reflektiert, wie verschwommene Sterne, die sich in der Unendlichkeit verloren.

»Gut«, sagte ich. »Fangen wir an. Die Armflossen werden so angelegt – so ist es richtig, die Breitseite nach außen –, und die Beinflossen werden im Fünfundvierzig-Grad-Winkel nach hinten ausgestellt. Sie müssen fest sitzen, dürfen aber auch nicht drücken.«

Wir überprüften ihn; die Flossen saßen richtig. »Gut, Helme auf und los.«

»Ihr tragt Helme, auch wenn es nicht vorgeschrieben ist?« fragte er. »Ich dachte, ihr hättet sie nur aufgesetzt, weil Niwara dabei war.«

Ich war etwas überrascht, daß er ihren Titel wegließ. Es erschien mir unhöflich, aber vielleicht war das auf der Erde so üblich. Wir sagten immer ›Dr. Niwara‹. »Gut«, sagte ich, »zum einen, wenn du einen Kopftreffer erhältst – ab und zu passiert das jedem von uns –, tut es längst nicht so weh. Und überhaupt *ist* es Vorschrift, wenn man frei fliegt. Das sind die Regeln.«

»Ich dachte nur, weil niemand uns sieht«, sagte er, als ob das eine Erklärung gewesen wäre.

Ich war verwirrt; ich wußte nichts von einer Regel, die nur dann zu befolgen war, wenn man beobachtet wurde. Ich schaute Miriam an. Sie zuckte die Achseln und hob leicht die Hände – ich glaube nicht, daß Theophilus es gesehen hatte. Vielleicht noch so eine Eigentümlichkeit von der Erde; ich begriff nicht, weshalb jemand eine Regel verletzen sollte, und noch weniger verstand ich, weshalb man einen Schlag gegen den Kopf riskieren sollte; offensichtlich hatte Theophilus aber keine Probleme damit. »Nun, wenn du es so siehst: mit großer Wahrscheinlichkeit werden wir über diese Kamera beobachtet«, sagte sie.

»Ich wollte schon fragen, ob das Kameras sind.«

Ich verdrehte die Augen; Miriam blinzelte mir zu.

»Wir sollten endlich losfliegen«, sagte ich. »Denke daran, daß die Flossen nur eine Kraft von ein paar Newton entfalten, selbst wenn du mit aller Kraft schwimmst – weil du *selbst* jedoch höchstens fünf Newton wiegst, reicht das aber aus. Du kannst eine hohe Geschwindigkeit erreichen.«

»Aber es dauert eine Weile, bis du ein Gefühl dafür entwickelst«, ergänzte Miriam. »Wenn du also merkst, daß du es richtig machst, hör nicht auf – warte ein paar Sekunden, bis der Effekt sich einstellt.«

»Wir fliegen jetzt nach oben und zeigen es dir«, sagte ich. »Stoß dich leicht ab und mach dann ein paar Froschsprünge.« Ich stieg auf; Theophilus folgte, und Miriam bildete die Nachhut, falls er Probleme bekam. Die Halle war nur etwa fünfzig Meter hoch, so daß es ganz leicht war, an die Decke zu springen, aber es genügte, ihm ein Gefühl dafür zu vermitteln.

Beim Aufstieg wurde er so übermütig, daß er in der Luft herumkickte, wie er es bei uns in der Großen Gemeinschaftshalle gesehen hatte. Leider wußte er nicht, wie man abbremste oder stoppte, und so beschleunigte er, bis er mit dem Kopf gegen die Decke knallte und von ihr abprallte. Er wirbelte herum, wobei er mit Armen und Beinen wedelte, und versuchte dann Luft zu treten. Er rotierte zwar langsam, aber er verlangsamte den Abstieg so weit, daß er sanft auf dem Boden aufkam.

Miriam und ich hatten unterdessen kehrtgemacht, um nach ihm zu sehen; er wirkte etwas derangiert.

»Immerhin beherrschst du jetzt die Kopf-Bremse«, sagte ich scherzhaft, aber er wandte sich abrupt ab, und ich erkannte, daß der Witz nicht so gut gewesen war. Als er sich wieder umdrehte, sah ich, wie er sich ein Grinsen abrang, und schämte mich für diesen Spott.

»Tut mir leid«, sagte ich. »Das war unsere Schuld. Wenn du in der Luft herumkickst, mußt du abbremsen und oben eine Rolle schlagen. Das verringert die Geschwindigkeit, und durch die Drehung kommst du mit den Füßen zuerst auf.« Sie zeigte ihm den Salto.

Dann flogen wir erneut nach oben, und diesmal machte er es richtig. Er mußte sich nur etwas abstrampeln, um einen Sicherheitsgurt zu erreichen; dann packte er ihn mit der linken Hand und legte sie auf den Bauch, so daß beide Füße gleichmäßig an die Decke gezogen wurden.

»Mit den Füßen ist es angenehmer als mit dem Kopf«, sagte er.

Miriam lachte und umarmte ihn; das schien ihn zu irritieren. Mutter sagt, daß die Leute auf der Erde sich nicht oft berühren; also war es vielleicht das, oder möglicherweise lag es auch an der Art, wie sie sich dabei an ihm gerieben hatte.

Das erinnerte mich daran, wie sehr die Dinge sich im letzten Jahr verändert hatten. Miriam war in die Pubertät gekommen und hatte sie im Schnelldurchlauf hinter sich gebracht – vor einem Jahr hatte sie noch meine Statur gehabt, schlank und klein (Tom hätte ›dürr‹ und ›winzig‹ gesagt). Fast über Nacht war sie mehrere Zentimeter in die Höhe geschossen, breite Hüften bekommen und diese üppigen Brüste ausgeformt. Den Taillenumfang hatte sie aber beibehalten, verdammt.

Egal, wir übten jetzt Gleiten und zeigten ihm, wie man mit leichten Flossenschlägen steuert. Das ist ziemlich schwierig, denn man muß ein feines Gespür für den Grenzbereich entwickeln – wenn man außer den Handgelenken und Knöcheln auch noch Arme und Beine einsetzt, überzieht man und taumelt wie ein Papierflugzeug durch die Halle.

Nach zwei oder drei dieser wilden Manöver hatte er den Bogen raus – und dann war es die reine Freude, ihn durch die Halle jagen zu sehen. Wir applaudierten, und er packte den Gurt an einem Landepunkt und verneigte sich.

Ich war der Ansicht, daß Miriams Kichern in keinem Verhältnis zu dieser Verbeugung stand.

»Eigentlich könnten wir auch schon das volle Programm durchziehen, zumal du wegen der hohen Schwerkraft auf der Erde die Beine dafür hast«, sagte ich. »Es ist im Grunde wie Gleiten, nur daß man die Flossen zur Stabilisierung benutzt und sich mehr dreht, um Auftrieb zu bekommen. Das einzige Manöver, das du noch lernen mußt, ist die Rolle – und wenn du die beherrschst, kannst du wirklich lustige Sachen machen.« Ich schoß in der Halle umher und erzielte sechs Karommtreffer in Folge, bevor ich direkt vor ihm landete.

Da war etwas in seinem Lächeln, das mir das Gefühl vermittelte, er hätte mich gerade umarmt; in diesem Moment hätte ich alles für ihn getan. »Es macht sicher viel Spaß, aber ich weiß nicht, ob ich das jemals schaffe«, sagte er.

»*Ich* kann es auch nicht«, sagte Miriam. »Mel will sich nur darstellen.«

Das stimmte, aber zumindest hatte ich das, was ich darstellte, auch gelernt, und nicht nur auf der Brust wachsen lassen.

Bevor ich ihr das auf diplomatische Art beibringen konnte, fuhr Miriam fort: »Aber sie hat natürlich recht. Deine Stärke liegt an der Wand. Du schlägst eine Rolle …« Sie kippte ab und driftete langsam zur entgegengesetzten Wand. »Schau, der Trick besteht darin, sich abzustoßen und dann die Füße in Flugrichtung auszurichten, so daß man mit ausgestreckten Beinen am Ziel ankommt. Dadurch wird die Rotation verhindert und man nutzt die Beine als Dämpfer, so daß der Aufprall abgefedert wird. Auf diese Art kann man alles machen, von der Vollbremsung bis zur Beschleunigung.« Sie landete und kam auf uns zu.

»Ist es so richtig?« fragte er. Er sprang auf die entgegengesetzte Wand zu, zog aber die Beine an, so daß er sich langsam überschlug. Er streckte die Beine aus, aber da war es bereits zu spät. Er trudelte durch den Raum und landete auf Händen und Knien.

»Du mußt die Füße direkt auf die Körpermitte zuziehen«, sagte ich.

Nach einem weiteren Versuch hatte er den Bogen raus. Dann zeigten wir ihm alle Techniken, die wir kannten; er lernte schnell, und es machte Spaß.

Nachdem er sich so verbessert hatte, spielten wir noch Fangen. Miriam stellte sich seltsam ungeschickt an, aber vielleicht geschah das auch mit Absicht, um sein Selbstvertrauen zu stärken. Ich hätte das wohl auch tun können, aber einen Wettkampf nehme ich nicht auf die leichte Schulter; ich spiele, um zu gewinnen, oder überhaupt nicht.

Zweimal kam sie bei der Landung so hart auf, daß es sicher schmerzte, und dann stieß sie sich wieder zu Theophilus ab, so daß er eine Chance bekam, sie zu erwischen. Das gelang ihm tatsächlich, obwohl sie es leicht hätte verhindern können.

Als wir schließlich Schluß machten, wußten wir, daß wir von nun an in den Pausen viel bessere Chancen haben würden. Wir hatten nur noch eine Stunde bis zur Sperrstunde; also eilten wir zum Omnivator, meldeten uns in der Freizeitlobby bei Mrs. Onegin, Dmitris Mutter, ab und rannten zusammen nach Block A.

Wie sich herausstellte, war seine Familie in Miriams Korridor untergebracht worden; also gingen wir noch ein Stück gemeinsam, bevor sie sich von mir trennten. Theophilus schien jetzt viel besser mit den Netzen zurechtzukommen, und ich lobte ihn deswegen.

»Weshalb fliegen die Leute denn nicht einfach durch die Korridore?« fragte er.

»Das ist verboten«, erwiderte ich.

»Aha.« Das verwirrte ihn anscheinend. »Und warum ist das verboten?«

Ich überlegte einen Moment; ich wußte es nicht. »Aus verkehrstechnischen Gründen, nehme ich an. Manchmal müssen Gruppen von zwanzig Leuten aneinander vorbei; weil die Korridore nur einen Durchmesser von drei Metern haben, ist es viel sinnvoller, wenn die Leute sich an den Wänden fortbewegen, statt mitten durch die Luft zu fliegen. Außerdem begrenzt das Netz die Geschwindigkeit, so daß man schnell anhalten kann und nicht mit Leuten aus der Gegenrichtung zusammenstößt.«

Miriam drängte sich zwischen uns und fing mit einem Mathe-Problem an: Theophilus schien sich geschmeichelt zu fühlen, daß jemand ihn um Hilfe bat. Das empfand ich als unhöflich, vor allem deshalb, weil sie sowieso noch mit ihm allein sein würde, aber ich vermute, daß dieses Problem ihr gerade durch den Kopf geschossen war. Obwohl es ziemlich banal war und sie zudem in Mathe noch besser ist als ich.

Ich bog bei Korridor Zwölf ab, und sie gingen weiter; sie unterhielten sich so angeregt, daß sie mein Verschwinden wohl nicht einmal bemerkt hatten. Ich ging an der Peripherie unseres Gemeinschaftskorridors entlang – bis auf drei vielleicht sechzehnjährige Pärchen mit Babies war er verlassen – und betrat dann den Gang zu unserer Wohneinheit.

Ich schlüpfte durch die Tür und wollte gerade in Toms Zimmer gehen, um zu sehen, wie es gelaufen war, als Mutter mich im Flur abfing. »Hoffentlich hast du auch alle Hausaufgaben gemacht, bevor du gegangen bist.«

»Ja, habe ich.« So blöd war ich nun nicht, mich auf diese Art drankriegen zu lassen.

Sie schwebte zu mir herüber und flüsterte mir etwas ins Ohr; wenn die Videos recht haben, beneide ich die Erdlinge wirklich um den Platz, den sie zur Verfügung haben. Unsere Wohneinheiten sind so klein, daß man trotz der Schallisolierung jedes Geräusch hört. Die Wände von Papas Praxis sind mit einer dicken Schallisolierung verkleidet, um seinen Patienten Diskretion zu gewährleisten, aber überall sonst hört man alles, was lauter ist als ein Flüstern. »Tom ist auf seinem Zimmer«, hauchte sie mir ins Ohr. »Ich weiß aber nicht, ob er dich sehen will, Melly – ich meine, Melpomene.« Sie mußte gemerkt haben, daß ich mich versteifte. »Er ist sehr aufgeregt.«

»Was ist denn los?«

»Er hat in Pyramiden-CSL sehr schlecht abgeschnitten und noch dazu einigen anderen die Note verdorben.«

Ich nickte. »Danke, daß du mir es gesagt hast. Er wird sicher mit mir sprechen wollen.« Ich packte einen Handlauf und schwang mich an ihr vorbei zu seiner Tür.

»Das weißt du doch gar nicht«, sagte sie; das war überflüssig, denn natürlich wußte ich es. »Dräng dich nicht auf, wenn er dich nicht sprechen will – laß ihm seine Privatsphäre.«

»In Ordnung«, sagte ich des lieben Friedens willen.

»Als ich jung war, hatte ich auch gern einmal meine Ruhe.«

Selbst wo ich Mutter nun schon so lange kenne, ist mir das unbegreiflich. Die Erwachsenen sagen immer solche Sachen. Ich meine, Privatsphäre heißt doch nur, daß man ganz für sich allein ist, ohne Freunde, die sich um einen kümmern und mit denen man Spaß hat. Wer braucht das denn? Tom und ich schlossen die Türen nur deshalb, weil sie darauf bestand.

Und das war wieder einmal typisch für sie, ihn in diesem Zustand allein zu lassen. Papa glaubt, daß sie ›unzureichend an das soziale Neokonstrukt adaptiert ist‹.

Ich glaube, daß sie spinnt.

»Du klopfst vorher an«, befahl sie mir.

Tom öffnete die Tür und sagte: »Melpomene, komm bitte rein.« Sofort war ich drin, und er schloß die Tür; Mutter stand wie ein Karpfen mit offenem Mund da. Manchmal hasse ich sie wirklich.

Ich sah, daß er geweint hatte, und wurde noch wütender auf Mutter. Wie konnte sie ihn nur sich selbst überlassen – um Himmels willen, weshalb muß man erst warten, bis die Leute einen um Hilfe *bitten?*« Ich legte die Arme um ihn, und er weinte sich aus. Es dauerte lange, wobei ich seinen zitternden Körper spürte und heiße Tränen auf meine Schulter tropften. Ich wartete nur.

Als er schließlich aufhörte zu schluchzen, sagte ich: »Es gibt viele Dinge, in denen du gut *bist.* Man kann nicht in allem ein Genie sein.«

»Das ist es nicht«, sagte er mit abgewandtem Blick. »Ich halte es nicht aus, daß jeder so verdammt verständnisvoll tut. Alle wissen, daß ich den Notendurchschnitt der Gruppe verschlechtert habe, aber sie haben so viel Sportsgeist, daß man den Eindruck hat, sie würden sich nur wegen meiner Befindlichkeit Sorgen machen.«

»Nun, sie sind eben deine Freunde. Vielleicht machen sie sich wirklich Sorgen um dich.«

Er schaute mich nicht an. »Sicher sind sie das. Aber ich kann dir sagen, was sie denken. Ich weiß, daß die Teamleiter mich bei CSL immer erst zum Schluß auswählen. Ich halte es einfach nicht aus, der Schlechteste im letzten Team zu sein!«

Er fing wieder an zu weinen, und ich wußte nicht, was ich sonst noch sagen sollte; zumindest nichts, was ihm geholfen hätte. Also hielt ich ihn nur, streichelte ihm mit einer Hand den Rücken und sagte, daß ich ihn mochte, auch wenn er nicht gut wäre in CSL, und was man sonst noch so sagt, wenn jemand sich so schlecht fühlt. Im ersten Moment zeigt das scheinbar nie eine Wirkung, aber wenn es mir schlecht geht, hilft allein schon der Trost, auch wenn ich nicht aufhöre zu weinen.

»Jetzt geht es mir etwas besser«, sagte er schließlich. »Ich wünschte, ich hätte eine Ahnung, weshalb ich solche Probleme mit CSL habe.«

»Wie viele Punkte hast du denn erreicht?«

»Vierzehn von hundert.« Er schaute weg; ich fürchtete schon, er würde wieder weinen und streichelte seinen Hals und die Schultern. »Das ist ein gutes Gefühl, danke. Statistisch war mein Ergebnis praktisch Null, vielleicht ein reiner Zufallseffekt der Bewertungsprozedur. Ich hätte ebensogut gar nicht zu erscheinen brauchen.« Er seufzte. »Jetzt muß ich wieder an die Arbeit.«

»Du wirst aber nicht die ganze Nacht aufbleiben und CSL machen, oder?«

Er schaute konsterniert drein. »Weshalb glaubst du …«

»Weil du das in solchen Fällen immer tust. Du bist dann unausgeschlafen und bringst am nächsten Tag in der Schule keine Leistung.« Er sah mich nur an. »Das hattest du doch vor, nicht wahr?«

Er schniefte. »Ich hasse es eben, so schlecht in CSL zu sein, und ich will etwas dagegen tun.«

Die Tür ging auf, wobei mein Bein gegen die Wand schlug, und Mutter steckte den Kopf herein. »Melpomene, du regst deinen Bruder doch nur auf…«

»Raus, Mutter! Ich rege mich zwar auf, aber ich will, daß Melpomene bleibt. Wen ich nicht hier haben will, das bist du.«

Sie schlug die Tür zu.

Tom seufzte. »Gut, ich gebe es zu. Ich wollte an den CSL-Problemen arbeiten. Wenn schon nichts anderes, hilft mir das beim Einschlafen, denn irgendwann bin ich fix und fertig.«

»Warum wichst du dir nicht einfach einen ab?«

»Das kann ich nicht, wenn ich mich aufrege.«

»Nun, dann nimm eine Schlaftablette, aber quäle dich nicht die ganze Nacht mit CSL herum! Dadurch bekommst du nur noch mehr Probleme.«

»Ja.« Er holte die Flasche mit Pillen aus der Hausapotheke, nahm sich eine und sagte: »Siehst du? Ab ins Reich der Träume.«

»Schon besser«, sagte ich. »Jetzt nimm sie auch.«

Er schnitt zwar eine Grimasse, schluckte die Pille aber. »Ich klappe lieber die Tischplatte hoch und ziehe das Bett heraus. Die Wirkung wird in zehn Minuten einsetzen.«

Ich stand auf. »Gut. Aber wenn du später wieder aufwachst oder trotz der Pille nicht einschläfst und dich ausweinen willst, dann komm zu mir oder Papa. Aber im Gegensatz zu Papa schlafe ich nicht bei Mutter, und es macht mir nichts aus, wenn du mich weckst.«

Er hob die Hand, als ob er vereidigt würde. »Absolut. Beim ersten Anzeichen einer Krise ab zu Melpomene. Meine Schwester, mein Kuscheltier.«

Ich streckte ihm die Zunge heraus. »Tu es einfach. Und versuche, den Test endlich abzuhaken.«

»Ich bin für immer kuriert. Geh jetzt. Das Bett muß fertig sein, wenn ich mich in ein paar Minuten glücklich und benebelt fühle.«

»Gute Nacht.« Ich umarmte ihn; er drückte mich auch, und dann überbrückte ich den einen Meter bis zu meinem Zimmer. Vor dem Schlafengehen würde ich noch einmal nach ihm sehen.

Ich versuchte noch etwas zu lernen, aber es war noch eine Stunde bis zur Schlafenszeit, und ich wollte sie nicht in dieser kleinen Gefängniszelle verbringen, auch wenn Mutter das von mir erwartete. Sie erzählte immer davon, wieviel Zeit sie auf diese Art verbracht hätte, allein auf dem Zimmer, nur mit ihren Büchern und Magazinen, als sie in meinem Alter gewesen war. Das erklärte einiges. Ich wollte nicht bei ihr im Wohnzimmer sein. Sie tat ohnehin nichts anderes, als dazusitzen und zu lesen.

Blieb nur noch Papa.

Wie immer war er im Büro. Trotz Mutters Ermahnungen, mehr Zeit mit der Familie zu verbringen, zog er sich in der Regel gleich nach dem Abendessen ins Büro zurück. Ich stieß einfach die Tür auf, obwohl ich wußte, daß ich eigentlich anklopfen sollte. Aber ich war des bizarren Verhaltens der Erwachsenen überdrüssig. »Papa?«

»Hallo, Melpomene. Komm rein. Was hast du denn auf dem Herzen?«

Ich schloß die Tür hinter mir und schwebte zu einem Stuhl hinüber. »Es handelt sich zum Teil um Tom und zum Teil um ... gewisse Dinge.«

»Allgemeine Dinge?«

»Genau.«

Er saß da und schaute mich an, ohne etwas zu sagen. Das ist eben das Problem mit den Psychos. Im Gegensatz zu normalen Menschen gibt es bei ihnen kein informelles Geplauder, bei dem man seine Gedanken sammeln könnte.

Also tat ich das, was ich immer tat – ich eröffnete die Unterhaltung und wartete, bis er reagierte. »Tom schämt sich so, weil er daran schuld ist, daß die Gruppe in CSL schlecht abgeschnitten hat. Er muß sich zwar keine Vorwürfe anhören, und es macht sich auch niemand über ihn lustig, aber trotzdem fühlt er sich schlecht.«

»Ich weiß«, sagte er. »Er wollte auch nicht mit mir auf einen späten Imbiß in den Hauptspeisesaal gehen.« In der letzten Zeit hatte sich das zwischen den beiden nämlich schon zu einem richtigen Brauch entwickelt. »Glaubst du denn, ich könnte etwas für ihn tun?«

»Ich weiß nicht, Papa.« Wenn ich darüber nachdachte, war alles so verwirrend. Ich schaute auf meine neuen blauen Hausschuhe und rieb sie aneinander. »Ich glaube … nun, weshalb sollte es jemanden außer Tom kümmern, wie gut er in CSL ist?«

Er starrte lange auf den Bildschirm an der Wand. Papa gehört zu den wenigen Leuten, deren Bildschirm ständig mit einer Außenkamera verbunden ist; ich wußte zwar nicht, was er beobachtete, denn wenn wir uns nicht gerade in der Nähe des Mars oder der Erde befinden, gibt es nichts zu sehen außer weißen Punkten vor einem schwarzem Hintergrund. Schließlich sagte er: »Nun, du hast die richtige Frage gestellt und bist also auch alt genug, die Antwort zu erfahren. Wenn du sie ohnehin nicht schon weißt. Weshalb *sollte* es jemanden außer Tom kümmern, wie gut er in CSL ist? Und, präziser, weshalb sollte Tom sich darum kümmern, wie die anderen darüber denken?«

»Standing.« Das war offensichtlich. »Immer, wenn so etwas geschieht, verliert er an *Standing*. Sie sind zwar alle sehr nett zu ihm, aber sie wissen, daß er versagt hat, und er weiß, daß er versagt hat; so einfach ist das.«

»Hmmm.« Papa nickte mir zu. Man nennt das ›einen Wink mit dem Zaunpfahl‹. Ich hatte das in Papas Unterlagen gelesen. Das tut der Sprecher immer dann, wenn er glaubt, der Adressat würde für die Botschaft empfänglicher, wenn man ihm den Eindruck vermittelt, er hätte das selbst schon gewußt. Ich muß in solchen Fällen immer an etwas ganz anderes denken.

»Schau«, sagte ich, »so sieht es aus. Niemand verliert gern an *Standing.*«

»Wußtest du schon, daß die Kinder auf der Erde diesen Begriff gar nicht kennen? Es existieren zwar verwandte Begriffe wie ›Klassenbester‹, ›Ehre‹ und ›Gesicht‹, aber *Standing,* so wie du es kennst, gibt es nur hier im Weltraum.«

Ich zuckte die Achseln. »Die Erdschweine sind schon seltsam.«

»Hmmm.« Er schaute wieder auf den Bildschirm.

Ich hasse das. Aber ich kann einfach nicht aus meiner Haut. »Nun«, nahm ich einen neuen Anlauf, »Tom fühlt sich schlecht, wenn er *Standing* verliert. Es macht ihm zu schaffen, denn er möchte ein hohes *Standing,* zumal er es in den anderen Fächern auch hat. Dieses Ungleichgewicht ärgert ihn. Ich glaube, wenn man sich immer nur wie ein Trottel vorkommt, gewöhnt man sich irgendwann auch daran.«

»Kennst du denn Kinder, die sich immer wie Trottel vorkommen?«

»Sicher. Carole. Und sie hat sich wirklich daran gewöhnt, oder zumindest *scheint* es so. Sie lächelt immer und ist fröhlich und hat viele Freunde. Wir alle mögen sie.«

»Und wie ist ihr *Standing?*«

»In jeder Hinsicht Null.«

»Ihr *STANDING.*« Er hatte das Wort prononciert ausgesprochen, sich nach vorne gebeugt und schaute mich so an, wie Tom eine nicht ganz korrekte Grafik mustert. »Nicht die schulischen Leistungen. Wie ihr euch untereinander einschätzt.«

Ich wußte natürlich, was er meinte, und in Anbetracht der allgegenwärtigen Mikrofone und Kameras wäre ich auch nicht erstaunt gewesen, wenn er es schon gewußt hätte – aber ich kam mir noch immer wie ein Denunziant vor. Also stellte ich mich dumm. »Und was hat das mit Tom zu tun?«

»Welches Standing fürchtet Tom zu verlieren?«

Ich saß für einen Moment da und schaute ihn an. Wenn er diesen Raubvogel-Blick aufsetzt, ist die Sache wirklich wichtig für ihn. Er war im Debattierclub des College gewesen und hätte fast Rechtswissenschaften studiert, und das merkte man.

»Gut«, sagte er. »Ich weiß, was du meinst. Richtig, weil Tom sonst überall ein Spitzen-*Standing* hat, drückt diese Peinlichkeit sein *Standing* – sein *reales Standing*, wenn man es so nennen will – gegen Null. Man verliert immer an *Standing*, wenn man den Leuten einen Angriffspunkt bietet.« Da mußte ich wieder an Mutter denken, und mich überkam ein Anflug von Zorn. »Aber ich begreife immer noch nicht, wie du darauf kommst, daß mit Tom etwas nicht stimmt. Natürlich ist es wichtig für ihn, was seine Freunde denken! Aber warum müssen sie so eklig sein und ihn blamieren ...«

»Haben sie ihn denn verspottet oder auf ihm herumgehackt?«

»Nein, aber er weiß, wie sie über ihn denken, und das kränkt ihn – und ich halte das für unfair.« Ich war ziemlich aufgebracht und verwirrt und wußte gar nicht, weshalb.

Er nickte mehrmals. Offensichtlich versuchte er sich an etwas zu erinnern, das ihm nicht einfallen wollte. »Oh, verdammt, Melpomene, ich wußte nie, wie ich es dir sagen sollte, obwohl ich viel darüber nachgedacht habe. Du willst dich für den Fortgeschrittenen-Lehrgang in Soziologie bewerben, nicht wahr? Mit Schwerpunkt Verwaltung oder Psychologie?«

Ich nickte.

Er seufzte. »Nun, dann könnte ich genauso gut ...« Seine Stimme wurde undeutlich.

»Was ist denn los?« fragte ich. Er hatte plötzlich einen so merkwürdigen Gesichtsausdruck – das hatte ich ja noch nie ... *er hatte Tränen in den Augen.*

»Papa!«

»Ich muß mit dir über etwas reden. Es steht auf dem Plan – ist sogar schon überfällig, und der CPB reißt mir den Arsch auf, wenn ich es nicht bald erledige.« Er holte tief Luft und schaute mir in die Augen. »Melpomene, ich weiß, daß du ehrgeizig bist. Wie würde es dir gefallen, die Chance für eine Blitzkarriere zu bekommen – wo du schon mit neunzehn einen hohen Posten bekleidest?«

»Wirklich?! Pos-def! Ich meine natürlich, ja! Ist eine neue Stelle eingerichtet worden – ich dachte, ich würde alle offenen Stellen auf dem Schiff kennen …«

Erneut nickte er. »Das ist das Problem. Es ist nicht hier auf dem *Fliegenden Holländer.* Die Stelle ist im synchronen Marsorbit, im großen Hafen von Deimos. Möchtest du das Schiff verlassen, nicht bei diesem Mars-Rendezvous, sondern beim nächsten? Du wärst dann erwachsen und könntest dort leben …«

Mir stockte der Atem; ich fühlte mich, als ob ich einen Schlag in den Magen bekommen hätte. »Papa, ich kann nicht – sag nicht …« Die Welt verschwamm um mich herum, das Blickfeld wurde von einem roten Rand eingefaßt, und ich glaubte schreien oder mich übergeben zu müssen.

Er legte die Arme um mich, tröstete und hielt mich, während ich schluchzte. »Entspanne dich. Tief durchatmen. Tut mir leid, daß ich dir das angetan habe – manchmal fasse ich es selbst noch nicht. Nein, du mußt nicht gehen.« Er musterte mich besorgt. »Bist du in Ordnung?«

Ich holte aus, um ihm mit aller Kraft ins Gesicht zu schlagen; er hielt die Hand fest und drückte sie an meine Seite. »Ganz ruhig …«, flüsterte er und hielt mich.

Ich weinte und wußte nicht, weshalb; es war erschreckend. Wie hatte ich nur versuchen können, Papa zu schlagen? Aber er hatte doch gesagt … er hatte vorgeschlagen …

»Schon gut«, sagte er. »Das war vorprogrammiert. Damit war zu rechnen. Tief durchatmen.«

Langsam beruhigte ich mich wieder. »Erkennst du es jetzt? Wie tief diese Dinge verwurzelt sind?« fragte er. »Ich hätte es wissen müssen – schließlich habe ich daran mitgearbeitet. Du bist die perfekte Mitarbeiterin für Nihon America, so perfekt, wie wir dich nur konditionieren können. Du willst das Schiff nicht verlassen. Alles, was dir wichtig ist, ist hier, und alles, was für dich zählt, ist das reibungslose Funktionieren des Schiffs. Wir können dir keine Weisheit oder einen edlen Charakter verleihen, aber wir können dafür sorgen, daß du hierbleiben willst, und wir können bewerkstelligen, daß dein ganzer Lebenszweck in der Teamarbeit besteht.«

»Dreckige Scheiß-Assis«, sagte ich und holte wieder gegen ihn aus. Diesmal reagierte er etwas zu langsam, und ich erwischte ihn an der Backe. Das mußte gesessen haben, aber er reagierte nicht. »Und aus diesem Grund fühlt Tom sich beschissen wegen seiner Leistungen in CSL. Weil er darauf programmiert worden ist!«

Er seufzte. »Natürlich ist er das.« Ich bemerkte – und wunderte mich über den Anflug von Genugtuung, den mir das verschaffte –, daß seine freie Hand zuckte, als ob er einen weiteren Schlag abwehren wollte. »Natürlich ist er das«, wiederholte er. »Und du bist wütend deswegen. Du hast ein Recht darauf. Auf der besten aller Welten wäre so etwas vielleicht nicht geschehen …«

»Erzähl mir jetzt nur nicht, du hättest keine Wahl gehabt«, sagte ich.

Plötzlich wirkte sein Gesicht hart wie Stein. »In Anbetracht der Vergangenheit *hatten wir keine Wahl.* Du hast ja keine Vorstellung davon, wie schrecklich das Leben nach dem Großen Sterben und dem Eurokrieg war. Die Reorganisation … für viele von uns …«

»Ich bin Viertbeste in Geschichte. Verschone mich

damit! Gut, ihr mußtet die Schiffe am Fliegen halten, weil ihr Weltraumressourcen brauchtet. Was, zum Teufel, gibt euch aber das Recht, an meinem Bewußtsein herumzupfuschen?«

»Nichts«, sagte er. »*Nichts* gab uns das Recht. Wir mußten es tun, also taten wir es. Ich erinnere mich an das letzte große Weihnachten, die Erklärung der Universellen Abrüstung, als die Menschen in den Straßen tanzten und Vater mich bei den großen Paraden auf den Schultern trug ... und am nächsten Weihnachten hatte *mut*AIDS zugeschlagen, und meine Eltern wurden irgendwo in einem Massengrab beerdigt, und ich verbrachte Weihnachten in der Schule, zusammen mit vielen anderen Kindern, die auch ihre Eltern verloren hatten. Genau zehn Jahre danach streifte ich durch Belgien und suchte nach einer amerikanischen Einheit – nach überhaupt einem überlebenden Amerikaner. Das darauffolgende Weihnachten verbrachte ich in einem Evakuierungslager in der Normandie – und fuhr auf einem koreanischen Frachter, der mit europäischen Flüchtlingen beladen war, zurück in die Staaten, denn damals waren die Vereinigten Staaten nicht in der Lage, ihre Soldaten selbst heimzuholen.« Ich hatte ihn noch nie so wütend – und gleichzeitig so ruhig – darüber sprechen hören. »Ich weiß nicht in allen Einzelheiten, wie deine Mutter überlebt hat; ich will es auch gar nicht wissen. Sie weiß es auch nicht von mir und hat mich nie danach gefragt. Wir wissen nur, daß jeder, der überlebte, ein Mensch war, der das tat, was er tun mußte. Erwarte also kein Fünkchen Mitleid und erwarte auch nicht, daß wir uns um die wertvollen Rechte von dir und deinen Freunden scheren. Wir tun das, was wir tun müssen; und wenn wir es dann getan haben, machen wir uns vielleicht auch Gedanken darüber, wie ihr darüber denkt.«

Darauf herrschte ein langes Schweigen.

»Das passiert jedem«, sagte er. »Der einzige Unterschied besteht darin, daß die anderen Menschen durch Zufallsereignisse geprägt werden. Du wurdest konstruiert. Und wir haben dir eine Menge erspart. Wußtest du schon, daß intelligente Kinder auf der Erde von ihren Schulkameraden zusammengeschlagen werden, nur weil sie ihnen zu klug sind?«

»Sicher. Heute nachmittag habe ich das selbst erlebt.«

Er starrte mich mit offenem Mund an; eigentlich hasse ich diesen Gesichtsausdruck, aber diesmal gefiel er mir direkt.

»Du erzählst mir jetzt alles darüber«, sagte er schließlich krächzend und schaltete den Recorder ein.

Also erzählte ich ihm alles über Theophilus und Randy. Während die Aufnahme lief, gab er noch eine Menge in den Computer ein, aber er stellte nicht viele Fragen … ich mußte die Geschichte wohl gut vorgetragen haben.

»Das ist aber interessant«, sagte er, als ich fertig war. »Behalte sie im Auge; damit hatten wir nicht gerechnet.«

»Ich wüßte nicht, weshalb ich für dich spionieren sollte«, sagte ich. »Und ich möchte noch immer wissen, weshalb du Toms Bewußtsein so manipuliert hast, daß es ihm zum Nachteil gereicht. Haßt du ihn, oder was?«

»Wir alle haben ein Interesse an Toms Leistungen in CSL, denn alles, was er nicht sehr gut kann, schränkt sein Einsatzprofil ein, und alles, was er gut kann, kommt uns allen zugute.

Wenigstens das ergab einen Sinn. »Aber weshalb habt ihr es dann so eingerichtet, daß er echte Probleme damit hat? Ich meine, es ist doch offensichtlich … ihr könntet uns einmal die Woche ein Memo oder so etwas in die Schule schicken. Du weißt schon, wie die Hinweise, beim Sport einen Helm zu tragen und sich die Zähne zu putzen.«

»Es ist offensichtlich für dich, weil wir ›an deinem Bewußtsein herumgepfuscht haben‹. Aber es ist nicht für jeden offensichtlich. Die meisten Menschen auf der Erde würden es genauso sehen wie du – seine Leistungen sind seine Sache. Sicherlich sieht deine Mutter es auch so, und deswegen tut sie sich auch so schwer, mit seinen Gefühlen umzugehen.«

»Sie spinnt«, sagte ich. »Das ist ihr Problem.«

Das ärgerte ihn, aber er versuchte, es vor mir zu verbergen. Es dauerte einen Moment, bis er fortfuhr: »Es spricht eine Menge für ihren Standpunkt – es bedeutet vielleicht, daß mehr Menschen glücklicher sind, aber es bedeutet auch, daß die Leute weniger Unterstützung bekommen, wenn etwas schiefgeht.

Aber ob die Leute nun glücklicher werden oder nicht, hier oben, mit unserer begrenzten Population und den knappen Ressourcen sowie dem Zwang, Gewinne zu erzielen, mit denen wir unsere Importe bezahlen, dürfen wir solche Ideen gar nicht erst aufkommen lassen. Sie könnte das Ende des Schiffs bedeuten. Und wenn das Schiff stirbt, stirbt die Zivilisation mit ihm – so einfach ist das. Das Ökosystem der Erde verkraftet keine weitere Schwerindustrie mehr, und ihre Ressourcen befinden sich zu dicht an der Gravitationsquelle; und es sind viel zu viele Menschen, als daß sie nur mit Landwirtschaft und erneuerbaren Energien überleben könnten. Wir *müssen* in den Weltraum expandieren, selbst wenn es hundert Jahre zu *früh* kommt. Also brauchen wir die Schiffe, und Tom muß mit seinen Gefühlen zurechtkommen.«

»Er hat wohl kaum eine andere Wahl«, sagte ich.

»Überhaupt nicht.« Er seufzte. »Aber nichts ist perfekt. Diese Entwicklung mit dem neuen Jungen – nun, das hat mich schockiert, und der CPB wird auch schockiert sein. Ich habe keine Ahnung, was in diesem Fall zu tun wäre. Ich würde es begrüßen, wenn du mich auf dem laufenden hältst.«

Ich schüttelte den Kopf. »Wenn du mich gestern gefragt hättest, hätte ich ›pos-def‹ gesagt. Aber jetzt …

nein. Ich habe keine Lust, für den CPB zu spionieren.«

»Und würdest du es für den *Fliegenden Holländer* tun?«

»Das ist nicht dasselbe. Zumindest nicht immer.«

Ich faßte es nicht, daß ich Papa auf diese Art widersprach. Andererseits war dies das erstemal, daß ich wirklich *selbst* etwas tat, wenn ihr wißt, was ich meine.

Ich sagte ›Gute Nacht‹ und ging dann hundemüde in mein Zimmer zurück. Mutter war völlig in ihr Buch versunken, so daß ich leise Toms Tür öffnete. Er schlief oder stellte sich zumindest schlafend. Dann ging ich in mein Zimmer, klappte den Tisch und den Stuhl in die Wand und ließ das Bett herunter.

Ich stellte mich in die Umkleideecke, zog Springerkombi und Hausschuhe aus, warf sie in den Wäscheaufbereiter und stellte das Raumthermostat auf ›nackt schlafen‹. Dann schwebte ich an die Decke, packte die Expandergriffe, entspannte sie und ließ sie los; hierauf atmete ich tief durch und driftete auf das Bett.

Normalerweise schlafe ich so schnell ein, daß ich die Landung auf dem Bett gar nicht mehr spüre, aber diesmal mußte ich mich trotz meiner Müdigkeit ausstrecken und dreimal fallen lassen, bis ich endlich einschlief.

KAPITEL VIER

Am nächsten Tag reagierte D'Artagnan nicht auf Hornblowers Nachrichten. Ich hatte nicht einmal Blickkontakt mit Miriam, und weil es an diesem Tag keine Pause gab, war es mir auch nicht möglich, mit ihr zu sprechen. Vielleicht litt sie auch an Schlafmangel.

Die zweite Hälfte des Nachmittags verbrachten wir mit Pyramiden-Mathe, und ausgerechnet ich mußte ein Team mit Randy Schwartz bilden. Das Leben war schon hart und ungerecht.

In Pyramiden-Mathe kommt die Bewertung folgendermaßen zustande: die Hälfte der eigenen Punktzahl plus einem Viertel der eigenen Punktzahl und der des Partners plus einem Achtel der Punktsumme der Vierergruppe und so weiter. Allerdings wird der Klassendurchschnitt paritätisch mit den Durchschnittspunktzahlen der Teams gewichtet, so daß es im Grunde auf ein und dasselbe hinausläuft. Jede Stelle, von der Einzelperson bis zu ganzen Teams, tritt jeweils gegeneinander an. Anders ausgedrückt: je näher dir jemand in der Team-Struktur steht, desto relevanter ist sein Ergebnis für dich.

Offiziell gab es zwei Sechzehner-Teams; weil wir aber nur achtundzwanzig Schüler waren, erhielten in jeder Achtergruppe zwei Leute eine Doppelpaarung, um dem Bewertungsschema gerecht zu werden; sie bekamen den Durchschnitt der beiden Ergebnisse. (Mit einem Diagramm könnte ich euch das anschaulicher erklären.) Dr. Niwara sagte zwar immer, diese Doppelpaarungen würden zufällig zustande kommen, aber in Wirklichkeit teilte sie dazu immer die schwachen Schüler ein, um sie auf diese Art zu fördern.

(Sie machen das genauso, Dr. Lovell, und wir alle wissen es; reden wir also Klartext.)

Wie dem auch sei, das Entscheidende bei Pyramiden-Mathe ist, daß man, um selbst eine gute Note zu erhalten, auch dem Partner zu einer guten Note verhelfen muß. Weiterhin muß man darauf hinarbeiten, daß das Viererteam eine gute Note bekommt und so weiter, bis am Ende jeder in der Klasse daran interessiert ist, daß der andere eine hohe Punktzahl erreicht. Eigentlich gefällt mir das auch, weil wir alle so eng zusammenarbeiten müssen.

Ich war mir nur nicht pos-def sicher, ob ich mit Randy Schwartz zusammenarbeiten wollte. Wir setzten uns stumm gegenüber und warteten darauf, daß die ersten Problemstellungen eingingen.

Beim dritten Problem wußte ich nicht mehr weiter. »Randy?«

»Brauchst Hilfe? Gut, schau'n wir mal … äh … negativer Beweis? Nimm an, daß das Ergebnis falsch ist, und zeige die Problematik auf, die sich daraus ergibt?«

Erneut ging ich das Problem durch; es war offensichtlich. »Danke – ich glaube, ich habe es.«

Wir machten uns wieder an die Arbeit, aber es sah so aus, als ob ich auch bei allen anderen Aufgaben Hilfe benötigte. Er wurde zappelig und geriet aus dem Konzept, als er mir zu helfen versuchte. Schließlich wurde es so schlimm, daß ich ihn fragte: »Randy, stimmt etwas nicht?«

»Nein … äh … ich …« Er schüttelte den Kopf. »Es ist nur, mir steht heute nicht der Sinn nach Mathe oder sonst etwas, Mel. Aber wir müssen es tun, also … he, das hier ist einfach. Schau, du kannst beweisen, wenn es für ein Ellipsen-Paar gilt, dann gilt es auch für jedes Ellipsen-Paar, klar? Das ist wirklich trivial.«

Ich brauchte zwar eine Minute, um das nachzuvollziehen, aber er hatte recht; der Beweis war einfach. »Was jetzt?« fragte ich. Er beschäftigte sich wieder mit seiner eigenen Arbeit und schien sich über die Frage zu wundern. »Oh. Wo du das jetzt bewiesen hast, mußt du nur noch zeigen, daß es auch für zwei Kreise mit Einheitsradius gilt. Auf diese Art fällt der ganze komplizierte Kram weg.«

»Das ist ja fast schon Betrug.«

»Ist es, ein kleines bißchen. Aber es funktioniert – hier ist ein Diagramm ...«

Er rollte die Maus zwischen den Handflächen, ein seltsamer Trick, den er immer beim Erstellen von Grafiken anwandte. Noch während das Diagramm auf dem Bildschirm erschien, erkannte ich das Prinzip und wollte ihm schon sagen, daß ich es jetzt allein schaffen würde, doch dann fragte er mich: »Möchtest du lieber mit Mel oder Melpomene angeredet werden?«

Vor lauter Verblüffung mußte ich erst einmal schlucken, bevor ich erwidern konnte: »Äh ... alle nennen mich Mel, aber Melpomene wäre mir lie-lieber.« Mit acht Jahren hatte ich zum letztenmal gestottert; heute hatten wir beide einen schlechten Tag.

»Ich versuche, ihn mir zu merken.« Er nickte. »Das ist ein schöner Name.«

»Danke.« Dann trat eine lange Pause ein; ich wußte nicht, was ich sonst noch hätte sagen sollen, und er sah anscheinend durch den Bildschirm hindurch. »Äh ... ich glaube, wir machen uns lieber wieder an die Arbeit«, sagte ich, wobei meine Verlegenheit mit jeder Sekunde wuchs.

»Genau.« Er widmete sich wieder seinem Monitor. Ich weiß nicht, womit er sich an diesem Tag befaßte – er arbeitete so schnell, daß ich nicht folgen konnte, und überhaupt hätte ich es ohnehin nicht verstanden.

Ich löste das Problem zwar, brauchte aber so lange dafür, daß das Team kaum davon profitierte. Wir hatten noch eine Stunde, und die Aufgaben wurden immer schwieriger, so daß mir das Schlimmste nicht nur noch bevorstand – es würde eine Menge Schwierigkeiten geben.

Während die Probleme komplexer und schwieriger wurden, arbeiteten wir immer öfter in Vierer- oder gar in Achtergruppen. Manchmal wechselte Randy zu Carole oder Barry, um sie und damit das gesamte Team zu retten.

Ich war froh, daß ich beschäftigt war und kaum Zeit hatte, mit Randy zu sprechen oder an ihn zu denken. Wenn er nur nicht solch ein übler Schläger wäre. Ich fragte mich, weshalb er so geworden war, wo er doch einen Freund hatte, mit dem er reden konnte. Nach dem Angriff auf Theophilus hatte er so verloren gewirkt, als ob er gar nicht verstünde, wie er das überhaupt hatte tun können... Und dann hatte er doch wirklich gefragt, wie ich genannt werden wollte; das hatte noch kein anderer getan, und wenn ich es Freunden wie Miriam sagte, vergaßen sie es in der Regel wieder.

Ich schaute auf den Bildschirm, und mir stockte der Atem. Die in der unteren Ecke eingeblendete Uhr zeigte, daß schon über eine Minute verstrichen war. Statt mich mit Mathe zu befassen, hatte ich an Randy gedacht. Ich hatte nur dagesessen und das Problem auf dem Bildschirm nicht registriert. Ein ganzes Drittel der möglichen Punkte war bereits verloren.

Und nichts auf dem Bildschirm ergab auch nur ansatzweise einen Sinn.

»Randy – äh... Hilfe!«

»Sicher.« Eilig kam er zu mir herüber – dadurch ging es mir etwas besser, aber sein Gesichtsausdruck beim Blick auf den Bildschirm gefiel mir nicht. »Teufel. He, Kollegen, jeder, der Zeit hat, herkommen und Melpomene helfen.« Ich hörte, wie die Leute sich hinter uns versammelten und das Problem vom Monitor ablasen, aber ich hatte nur Augen für Randy.

»Gut, gut, gut«, sagte er im Monolog, fast als Singsang, während er das Problem in Angriff nahm. »Keine einfache Lösung. Scheinbar unmöglich. Aber für solche Sachen gibt es immer einen Trick. Muß ihn nur finden. Suche nach etwas ganz Bestimmtem …«

»Für die Lösung braucht man nur p und q«, assistierte ich. Das war aber auch schon alles, was ich dazu beitragen konnte.

»Ja, könnte sein, bei einem Standard-Problem gäbe es vier Variablen und neun Konstanten, aber das hier … Ha! Diese zwei Bereiche sehen so aus, als ob man sie ausdrücken könnte … genau. Wenn man ausklammert, ist der eine p plus p Quadrat, der andere p minus p Quadrat, und das Verhältnis zwischen den Seiten ist pq durch pq minus q, also … nun, versuch das mal.«

Ich tat wie geheißen, ohne indes auch nur zu ahnen, worauf er überhaupt hinauswollte.

»Ist das Dreieck also p hoch q durch zwei?«

»Genau«, bestätigte er. »Jetzt haben wir drei Winkel in dieser Projektion; wenn wir nun p und q in Bezug zu ihnen setzen …«

Nun, mit vereinten Kräften boxten wir uns schließlich durch. Natürlich stammten alle Ideen nur von Randy, aber zumindest war ich nun imstande, seine Gedankengänge soweit nachzuvollziehen, um gewappnet zu sein, falls Dr. Niwara bei den Partnern nachhakte – obwohl das in den letzten Jahren kaum noch der Fall gewesen war. Ich glaube, sie hielt uns wohl für reif genug …

Mit nicht einmal mehr zwei Minuten auf der Uhr mußte ich mich ordentlich anstrengen, um überhaupt noch einen Punkt zu erzielen. Ich fühlte mich ziemlich schlecht – mein untätiges Herumsitzen hatte das Team den Bonus für die Lösung des Problems gekostet.

Ich wollte mich schon entschuldigen, als Randy sagte: »Nein, ich habe selbst Zeit vergeudet, weil ich es besonders elegant machen wollte. Nettes Problem – ich wünschte nur, wir wären nicht ausgerechnet an einem Pyramiden-Tag damit konfrontiert worden, als wir gegen die Uhr arbeiten mußten.« Er berührte mich leicht an der Schulter. »Wie dem auch sei, wenn sie dir heute noch mal eine solch schwere Aufgabe stellen, heißt das, du bist ein Genie, und das will etwas heißen.« Er wandte sich ab und kümmerte sich um Ysande.

»Wenn du wieder mal Hilfe brauchst, melde dich«, sagte Kwame van Dyke. »Wenn du es selbst nicht schaffst, suche jemanden, der es kann.«

Randy fuhr herum. »Laß sie in Ruhe! Sie hat sich gut gehalten.«

Mit einemmal wurde es sehr still, und ich wünschte, er hätte das nicht gesagt. Die anderen starrten ihn an, und ich glaube, er wünschte sich jetzt auch, nichts gesagt zu haben, aber er entspannte die Fäuste und erklärte ganz nüchtern: »Hilfe war nicht früher möglich, weil ich mit Roger zusammengearbeitet hatte.«

Das stimmte zwar nicht ganz; aber immerhin hatte er neben Roger gesessen, der gerade mit einem Problem beschäftigt war, so daß niemand sich die Mühe machen wollte, ihn zu fragen. »Und weil keiner von euch etwas zur Lösung des Problems beizutragen wußte, wäre es völlig sinnlos gewesen, wenn sie euch angefordert hätte. Wir hätten die Punkte also auf jeden Fall verloren.«

Sein Blick wanderte von Kwame zu den anderen und dann wieder zurück zu Kwame. »Wenn ihr Leute bedrängt, die Probleme haben, dann werden die Probleme nur noch größer. Das bringt nichts – wir müssen uns auf die Punkte konzentrieren, die noch zu holen, und nicht auf die, die schon verloren sind. Jetzt macht selbst ein paar Punkte, wenn ihr schon so clever seid.«

Ich hielt seine Argumentation für ziemlich gut – zumindest war ich vom Haken. Als Randy ihm den Rücken zudrehte, flüsterte Kwame, welche schlimmen Sachen ich machen würde, um Randy meine Dankbarkeit zu beweisen. Weil Kwame aber immer solche Sachen sagt, hörte niemand hin.

Ich drehte mich wieder zum Bildschirm um und rief die nächste Frage ab. Sie sah aus wie eine Variation der vorherigen Aufgabe, aber nun sollte ich nur sagen, ob das Problem lösbar sei. Fast hätte ich ›Ja‹ eingegeben, denn ich hatte gerade den Lösungsweg der letzten Frage mitverfolgt und dachte, jetzt müßte ich sie entsprechend beantworten, als ich stutzte. »Randy«, sagte ich, »noch einmal zum letzten Problem – wenn die horizontalen und vertikalen Projektionswinkel gleich groß wären, wäre das überdifferenziert?«

»Ja. Warum?«

Ich tippte ›Nein‹ ein. Das gab dicke Punkte. Nach diesem letzten Problem hatte die KI wohl vermutet, daß ich entweder kläglich versagen oder mir vor lauter Angst sehr viel Zeit lassen würde. »Danke«, sagte ich. »Ich habe es.« Dann widmete ich mich dem nächsten Problem.

Nun hatten wir keine Zeit, uns abzusprechen, denn beim letzten Teil ging es um Geschwindigkeit. Sie blenden diese komplizierten Grafiken ein, mit blau markierten Strecken und Winkeln, wobei einige Strecken und Winkel mit roten Fragezeichen versehen sind. In diesem Fall wird kein Problem definiert, und man muß auch nicht rechnen – über dem Fragezeichen gibt man einfach einen Schätzwert für die Strecke oder den Winkel ein; je schneller und genauer man ist, desto mehr Punkte gibt es. Dies ist der einzige Bereich in Mathe, für den ich ein Talent habe.

Bei der Abschlußwertung am späten Nachmittag lag Randy auf Platz Zwei und ich auf Platz Sieben – ein schlechtes Ergebnis für ihn und ein sehr gutes für mich. Theophilus war Erster, und überhaupt war das andere Team besser; Miriam wurde sogar Fünfte. Außer seinem Talent in Mathe war Theophilus anscheinend auch ein guter Mentor.

Ich versuchte, eventuellen Verdruß schon im Ansatz zu unterdrücken. »Es tut mir wirklich leid, Randy«, sagte ich an der Tür.

Er wirkte überrascht. »Was denn?«

»Ich habe unser Ergebnis verschlechtert, vor allem bei diesem einen Problem. Mit Partnern wie Gwenny oder Padraic hättest du viel besser abgeschnitten ...«

Er zuckte die Achseln. »Macht nichts. Man kann nicht immer die Nummer Eins sein – diese Erfahrung ist vielleicht ganz gut für mich. Ich bin nämlich ein verdammt schlechter Verlierer.«

Dann traten wir hinaus in den Korridor, und für eine Sekunde trafen sich unsere Blicke. »Bis morgen«, sagte ich, und der Anflug eines Lächelns erschien auf seinem Gesicht.

»Ja, bis morgen. Diese KI wird dich jetzt für ziemlich intelligent halten – die Aufgaben waren wirklich schwer.«

Ich nickte. »Ähem ... danke, daß du mich verteidigt hast.«

»Das war keine Verteidigung. Es geht Kwame nichts an, wie du deine Aufgaben löst. Das ist nur eine Sache zwischen dir und deinem Partner. Kwame ist sowieso nur Trittbrettfahrer bei den anderen, und du bist nicht für seine Punktzahl verantwortlich, wenn er selbst keinen Beitrag dazu leistet.«

Das war zwar alles richtig, aber ich hatte nicht erwartet, es von ihm zu hören. »Kann sein. Auf jeden Fall bedanke ich mich.«

Er nickte. Dann fiel uns nichts mehr ein, und wir standen verlegen da. Schließlich gingen wir in entgegengesetzte Richtungen davon. Das war so ziemlich die verkrampfteste und dümmste Unterhaltung, an der ich jemals beteiligt gewesen war; sie hätte genauso gut in einem Olson-Roman stehen können.

Miriam und Theophilus gingen vor mir, und ich schloß zu ihnen auf. »Hallo, Leute.«

Miriam hatte einen merkwürdigen Gesichtsausdruck, als ob meine Anwesenheit sie störte, und ich wollte schon diskret verschwinden, als Theophilus mich lächelnd begrüßte. Nun war es zu spät. Schweigend gingen wir den Gang entlang und nahmen statt der Omnivatoren die Treppe zum Zentrum des Pilzes. Nachdem wir mehrere Ebenen bewältigt hatten, fragte Miriam plötzlich: »Was hattest du denn mit Randy Schwartz zu bereden?«

»Ach, es ging um die Mathe-Aufgaben. Er war mein Partner. Bei einem schwierigen Problem wußte ich nicht mehr weiter, und er hat mir aus der Patsche geholfen.« Kurz darauf fügte ich hinzu: »Er *ist* auch gut.«

»Fast so gut, wie er glaubt«, bemerkte Theophilus.

Ich hatte keine Ahnung, was er damit meinte. Fast so gut, wie er glaubt? – Wer, wenn nicht er selbst, hätte denn wissen sollen, wie gut er war? Und weshalb ›fast‹? Bei all den Rückmeldungen, die wir erhielten, konnte er sich doch nicht ständig überschätzen.

Miriam kicherte; also mußte es wohl ein Scherz gewesen sein.

»Ted«, sagte sie, »du hast ein böses Mundwerk. Er wird dir wieder eine scheuern, wenn du dich nicht zurückhältst.«

Ich suchte noch immer nach der Pointe, aber allmählich langweilte es mich auch. »Ted?« fragte ich.

»So möchte ich gern genannt werden«, sagte Theophilus. »Ich habe nämlich eine Vorliebe für kurze Namen. Wie eure – Mim und Mel.«

Noch jemand, der mich Mel rief. »Oh.« Ich begleitete sie auf dem restlichen Weg durch den Pilz, und dann warteten wir darauf, daß der Verteilerring uns nach Block A beförderte.

»Was hältst du von Penny Graham?« wandte Theophilus sich an Miriam.

»Ich weiß nicht, du hast den Namen doch genannt.« Sie kicherte. Ich fragte mich, ob sie vielleicht eine Überraschungsparty geben wollten. Auf jeden Fall übte Theophilus einen negativen Einfluß auf Miriam aus – ihre Sprüche waren nicht viel sinnvoller als seine.

»Pfannkuchen«, sagte er.

Darüber mußten beide lachen, und Miriam sagte: »Das sind sie wirklich, mußt du wissen. Ich habe sie im Umkleideraum gesehen, und sie sind nicht nur klein, sondern auch schlaff.«

Ich wußte nicht, weshalb sie sich über Penelopes Brüste unterhielten oder wieso das so lustig war.

»Gut, pos-def Pfannkuchen«, befand Theophilus. »Und wen nehmen wir jetzt?«

»Such du jemanden aus.«

»Das Mädchen, das zwei Reihen vor mir sitzt.«

»Rebecca Hayakawa?«

»Genau die«, bestätigte Theophilus. »Oh – volle Scheiben.«

»Das kapiere ich nicht«, sagte Miriam.

»Als ich hier ankam, wurde gerade ausgerufen, daß es auf dem Panoramadeck etwas zu sehen gäbe ...«

»Ach, jetzt verstehe ich. ›Erde und Mond stehen als volle Scheiben am Himmel ...‹ Aber da fällt mir noch etwas Besseres ein. Wie wäre es mit Stopfen?« regte Miriam an. »So wirkt sie nämlich, wenn sie durch einen engen Korridor geht.«

Weil Rebecca ein so großgewachsenes Mädchen war, achtete sie penibel auf ihr Gewicht und die Figur. Ich war mir sicher, daß sie in Tränen ausgebrochen wäre, wenn sie das gehört hätte, aber die beiden lachten wie die Idioten.

Schließlich tauchte der Eingang von Block A auf, und wir gingen hindurch. Ich wohnte in einem anderen Korridor als die beiden und wollte mich verabschieden, aber sie würdigten mich keines Blickes; also ergriff ich das Netz und hangelte mich fort. Sie waren so in ihr Flüstern und blödes Kichern vertieft, daß sie mich ignorierten. Bevor die Tür sich schloß, hörte ich Miriam noch etwas sagen, das ich nicht ganz verstand.

Dann sagte Theophilus: »He, das ist super. Papa Psycho, Mama Asozial und Zwerg Nase!«

Als ich schließlich unsere Wohnung erreicht hatte, ging ich sofort auf mein Zimmer und wollte bis zum Abendessen lernen, aber ich konnte mich nicht konzentrieren. Gut, ich war nicht sehr groß für mein Alter, und vielleicht sah ich auch jünger aus, als ich war. Und … wirklich, Mutter war ziemlich produktiv gewesen und hing jetzt nur noch zu Hause herum.

Miriam wußte doch, wie sehr mich das ärgerte. Wie konnte sie sich dann nur so darüber lustig machen?

Ich hatte die Zimmertür offengelassen, womit ich Tom signalisierte, daß er eintreten konnte, wenn er Hilfe brauchte oder sich mit mir unterhalten wollte. Plötzlich ertönte das Signal des Interkoms. Ich speicherte die Arbeit ab, mit der ich mich gerade abmühte – ›Abstrakte Mikroökonomie des Orbitaltransfers‹ –, und schaltete eine Audio-Video-Verbindung, indem ich den Monitor auf den Interkom legte. Zu spät fiel mir ein, daß ich noch das Kleid anhatte vom Abend zuvor, und in der Cafeteria hatte es Kaninchen-Lasagne gegeben …

Zum Glück war es nur Miriam, der das nichts ausmachte. »Hallo, Mel, wollte mich nur unterhalten – hast du Zeit?«

»Pos-def, Mim; was liegt an?«

»Nun – sag mal, was ist denn das auf deinem Kleid?«

»Muß wohl vom Abendessen sein«, gestand ich.

Sie schüttelte den Kopf. »Mel*pom*ene. Aber wirklich.«

Miriam machte das schon seit Jahren so, aber aus irgendeinem Grund war es diesmal anders, als ob …

Einen Viertelmeter hinter meinem Kopf wurde die Tür zugeschlagen. Mutter sorgte für meine Privatsphäre, ob ich sie wollte oder nicht.

Seltsamerweise schien Miriam nicht zu wissen, was

sie sagen sollte, obwohl *sie* doch angerufen hatte. »Hast du schon den Kram für den Kunst-Club erledigt?« fragte sie mich schließlich.

»Ja, natürlich.« Ich war Vorsitzende und Miriam Kassenwart; sie wollte von mir wissen, wie viele Mitglieder wir hatten, um Fördermittel zu beantragen. Es dauerte eine Zeitlang, bis das geklärt war.

Dann trat erneut ein sehr langes und sehr verlegenes Schweigen ein. Nachdem ich für ein paar Momente das gesamte Inventar des Zimmers betrachtet hatte, nur nicht Miriams Gesicht auf dem Bildschirm, sagte ich schließlich: »Tom hat bald ein großes Rennen – die Schiffsmeisterschaft. Samstagmorgen.«

»Ach. Hat er denn eine Chance, zu gewinnen?«

»Er will die Schiffsmeisterschaft für Block A verteidigen.«

»Wünsch ihm Glück von mir.«

»Werde ich.«

Wieder Schweigen.

»In der Literaturarbeit nächste Woche«, sagte Miriam, »geht es um Nicks Behauptung, Gatsbys Geschichte handele im Grunde vom Westen. Hast du das mitbekommen?«

»Ja. Es erinnert mich an die Dinge in den Büchern, die meine Mutter immer liest – Verschnitte von Hemingway, Fitzgerald und so weiter. Du bekommst eine Kopie meines Aufsatzes. Vielleicht hilft er dir weiter …« Dann schickte ich die Kopie der Datei ab.

Sie senkte den Blick und überprüfte, ob die Übertragung fehlerfrei erfolgt war. »Danke.«

Wir beide saßen nervös da. Ich dachte schon daran, die Verbindung mit irgendeiner Begründung zu unterbrechen, tat es dann aber doch nicht.

»Wie kommt Theophilus denn zurecht?« fragte ich schließlich.

Sie setzte sich gerade hin und schürzte die Lippen, als ob sie schmollte. Dann sagte sie: »Er möchte gern mit Ted angeredet werden. Das hat er dir doch gesagt.«

»Tut mir leid. Das hatte ich vergessen.«

»Er möchte Ted genannt werden. Er war nur zu schüchtern, das schon früher zu sagen.«

»Es tut mir leid«, wiederholte ich. »Wirklich. Ich hatte nicht mehr daran gedacht.«

»Nun, dann solltest du dich bemühen, aufmerksamer zu sein. Und weshalb hast du heute auf dem Heimweg kein Wort gesprochen? Ich hatte den Eindruck, mein kleiner Bruder würde mich begleiten. Du hast mich in *Verlegenheit* gebracht.«

Ich fragte mich, ob ich mich vielleicht entschuldigen sollte, wußte jedoch nicht, wofür.

Dann sagte sie nichts mehr, und wir saßen nur da und schauten uns an. »Du tust es schon wieder«, sagte sie plötzlich. »Sagst kein Wort. Ehrlich, Mel, du bist meine beste Freundin, aber manchmal wundere ich mich schon über dich. Wir reißen die ganze Zeit Witze – und du stehst nur da wie ein Trottel. Theophilus hat mich schon gefragt, wie die Leute auf die Idee kämen, dich als intelligent zu bezeichnen!«

Miriam hatte noch nie in diesem Ton mit mir gesprochen. Ich wußte nicht, was ich ihr entgegnen sollte. »Und heute hast du wirklich den Vogel abgeschossen«, sprach sie weiter. »Mit Randy Schwartz rumzuhängen. Das war der Gipfel ...«

»Ich habe nicht mit ihm *rumgehängt.*« Meine Stimme klang weinerlich, als ob ich schmollen würde, und ich haßte das. »Ich habe mich nur mit ihm unterhalten. Ich hatte ein paar Fragen wegen Mathe, und er ist gut in Mathe, und er hat mir geholfen.« Und, ergänzte ich in Gedanken, ich wollte verhindern, daß Randy Theophilus – Verzeihung, Ted – in die Korridorwand drosch. Aber langsam fragte ich mich, weshalb mir das überhaupt ein Anliegen gewesen war ...

»Nun, es sah so aus, als ob du mit ihm herumhängen

würdest, und nur das zählt. Darauf will ich hinaus. Machst du dir denn nie Gedanken darüber, wie deine Handlungen auf die anderen wirken? Manchmal bist du richtig blöd …«

Meine Kehle war heiser, und ich brachte kaum ein Wort heraus. »Weshalb redest du so mit mir?« Ich hatte ein Stechen in den Augenwinkeln. Ich befürchtete, vor Miriam zu weinen, und obwohl das sonst nie ein Problem gewesen war, gefiel mir diese Vorstellung auf einmal nicht mehr.

»Es ist nur zu deinem Besten, Mel.« Sie seufzte und verdrehte die Augen. »Wenn du keine Kritik verträgst… egal, nichts für ungut.« Dann lächelte sie leicht. »Tut mir leid. Wirklich. Schau, ich hatte nur angerufen, um dich zu fragen, ob du morgen früh mit mir, Ted und ein paar anderen in Cafeteria Zwölf frühstücken möchtest.«

»Würde ich gern«, sagte ich, »aber du kennst doch meine Mutter. Unsere Familie frühstückt immer gemeinsam in unserer lokalen Cafeteria. Ich kann also nicht kommen.«

Miriam schaute mich erzürnt an. »Du weißt, daß Ted dich nur eingeladen hat, weil ich ihn darum gebeten habe. Ich habe mich wirklich für dich eingesetzt. Ich sage dir lieber nicht, wie er deine Aktion heute nachmittag beurteilt hat.« Dann unterbrach sie die Verbindung.

Ich lehnte mich im Stuhl zurück und brach in Tränen aus. Im Moment stimmte überhaupt nichts.

Da klopfte es leicht an die Tür, und ich hörte Toms Stimme. »Melpomene?«

»Komm rein!« Ich erhob mich vom Stuhl und klappte ihn hoch, so daß er eintreten konnte.

Er kam halb durch die Tür. »Du klingst bedrückt. Brauchst du jemanden zum Reden?«

»Ja. Pos-def.«

Er trat ganz ein, schloß die Tür und nahm auf dem

Besucherstuhl Platz. Ich klappte den Stuhl wieder herunter und setzte mich; als ich aber etwas sagen wollte, fiel mir nichts ein, und mein Hals war wie zugeschnürt, so daß ich keine Luft bekam. Ich saß nur da und schniefte, wobei mir die Tränen über das durch die Demütigung glutrote Gesicht liefen.

Er beugte sich vor und nahm meine Hände. »Wir können auch später reden, wenn du jetzt allein sein willst.«

»Jetzt sprichst du schon wie Mutter.«

Mit den Fingern simulierte er eine Pistole und hielt sie sich an den Kopf, wie in den alten 2-D-Videos.

Ich schniefte, nahm ein Reinigungstuch und wischte mir das Gesicht ab. Jetzt fühlte ich mich wieder besser.

»Ich würde gern reden«, sagte ich. »Aber die ganze Sache ergibt überhaupt keinen Sinn.« Und dann sprudelte es aus mir heraus, wobei ich aus einem unerfindlichen Grund damit anfing, wie Randy Theophilus am Tag zuvor angegriffen hatte. »Hältst du mich für verrückt?« fragte ich. »Oder könnte es sein, daß ich einfach zuviel hineininterpretiere? Er hat so komisch geschaut, nachdem er Theophilus geschlagen hatte – ich weiß gar nicht, weshalb das so wichtig ist …«

Tom zuckte die Achseln. »Er verlor die Beherrschung und tat etwas, wofür er sich hinterher dann schämte. Oder er wußte nicht, was er tat, bis es zu spät war. Oder vielleicht …« – er grinste mich an – »vielleicht war es ihm peinlich, daß *du* Zeugin dieses Vorfalls warst.«

»Du hast doch … das ist das Dümmste, was ich je …«

»Reg dich nicht auf. Ich versuche nur, eine Erklärung zu finden. Hast du den Eindruck, er mag dich?«

Ich wollte schon sagen ›Natürlich nicht‹, aber statt dessen erklärte ich: »Nun ja, manchmal … ich meine, ist er *wirklich* nett. Deshalb – nun …« Ich erzählte ihm von Pyramiden-Mathe und, als Nachbetrachtung, von den Komplimenten, die Randy mir beim *Aerocrosse* gemacht hatte.

Tom hatte dieses gemeine Glühen in den Augen, das besagte, daß er jetzt erst richtig zur Sache kam. »Gut. Nur um das klarzustellen – nichts ist so interessant wie das Liebesleben anderer Leute.«

»Ich habe nichts mit ihm zu schaffen. Er *schlägt* Menschen!«

Tom blinzelte mir zu; das brachte mich erst recht auf die Palme.

Er mußte das bemerkt haben, denn er wurde wieder sachlich. »Ich vermute, daß das auch gar nicht das eigentliche Problem ist.«

»Es ist ein *Teil* davon.« Ich schneuzte mich. »Ich habe mich nach Kräften bemüht, nett zu Theophilus zu sein, aber jetzt wünschte ich, er wäre nie in unserer Klasse erschienen.« Dann erzählte ich ihm den Rest. Als ich auf die Unterhaltung zu sprechen kam, die ich gerade mit Miriam gehabt hatte, mußte ich wieder weinen, und er nahm mich in den Arm und beruhigte mich, bevor ich die Geschichte beendete.

»Das ist wirklich verrückt«, sagte er. »Ich weiß nicht, wie man seine beste Freundin so behandeln kann. Und ich weiß auch nicht, was sie davon hat, außer daß sie mit diesem Theophilus zusammen ist, was mir im übrigen nicht wie ein großer Gewinn vorkommt.«

Ich schniefte noch immer, fühlte mich aber schon viel besser. Nun, wo Tom es angesprochen hatte, kam es mir *wirklich* ziemlich seltsam vor; mit so etwas war ich noch nie zuvor konfrontiert worden. »Vielleicht hat er eine Art ansteckender Geisteskrankheit«, spekulierte ich. »Ich habe keine Ahnung. Aber was auch immer es ist, Miriam hat es ziemlich schlimm erwischt.« Auf einmal überkam mich eine große Müdigkeit. »Ich glaube, jetzt geht es mir wieder besser, zumindest für den Augenblick.«

Tom seufzte. »Na gut, aber es ist dir gelungen, mich zu beunruhigen. Hast du überhaupt noch Zeit, die Hausaufgaben zu machen?«

»Ich werde sie übermorgen erledigen. Morgen ist ›Einzelkämpfer-Tag‹.«

»Für mich auch. Ich arbeite gerade an einer interessanten Sache. Möchtest du es dir einmal anschauen?«

»Klar«, sagte ich, obwohl ein Teil von mir innerlich stöhnte. Seit ich mich erinnere, hatte Tom seine Laborzuteilungen immer nur dafür verwendet, skurrile Objekte anzufertigen, die kaum als Kunstgegenstände und schon gar nicht als Erzeugnisse des Maschinenbaus zu bezeichnen waren. Im Gegensatz zu den meisten anderen hatte er es auch nie für nötig gehalten, an den Projektwettbewerben teilzunehmen.

Die meisten von uns gaben ihr Letztes für diese Veranstaltungen – Miriam und ich waren im letzten Quartal einmal zwei Nächte hintereinander aufgeblieben, um ein Wandgemälde fertigzustellen, wobei wir uns das Zubehör und die Farben überall zusammengeliehen hatten, nachdem unsere Laborzuteilung aufgebraucht war. Und Penelopes verbessertes Tornistertriebwerk sowie Chris Kims neuartiger Sauerstoffreiniger für die Aquakulturtanks waren ein echter Erfolg gewesen – sie gingen jetzt in Serie.

Es verhielt sich indes nicht so, daß Tom von vornherein jeden Wettbewerb ablehnte, und in diesem Bereich verfügte er sogar über ein gutes Potential – ich war sicher, daß er sein *Standing* hyperbolisch hätte verbessern können, wenn er sich auch nur halbwegs Mühe gegeben hätte.

Und doch investierte er jedes Quartal seine Laborzuteilungen in eine bizarre Synthese aus Komponenten von Werkzeugmaschinen und Prozessorchips, inklusive einer scheinbar chaotischen Kollektion anderer Teile. Er verbrachte Stunden damit, diese Elemente zu verschweißen und zu verdrahten, wobei er nach einem unergründlichen Plan vorging, der anscheinend nur in seinem Kopf existierte, und produzierte dann Gegenstände, die Mutter als ›Alien-Artefakte‹ bezeichnete – Säulen aus verschraubten Metallplatten, die mit blinkenden Lampen bestückt waren, pyramidenförmige Gestelle, aus deren Innern ein mysteriöses Stöhnen drang und die mit Bändern aus Aluminium und Kupfer umwickelt waren, sowie ein Sortiment von fünf winzigen Gleitern, die sich in aberwitzigen Spiralen jagten und dabei leise Glockentöne von sich gaben.

Einmal hatte er mich gebeten, ihm bei der Lösung eines CSL-Problems zu helfen, welches er als integrale Komponente seines Projekts betrachtete. Das Problem war indes völlig absurd, genauso wie das Projekt.

Wie dem auch sei, normalerweise hätte ich dankend abgelehnt, aber nun schuldete ich ihm einen großen Gefallen. Weil ich aber nicht übermäßig gespannt war, was er mir diesmal präsentieren würde, hatte er schon die Lücke zwischen unseren Zimmern überbrückt, bevor ich mich überhaupt in Bewegung setzte.

So fügte es sich, daß ich Papa am Rand des Gemeinschaftsbereichs beim Lauschen ertappte.

Er erschrak, nickte mir aber zu und ging dann ohne ein Wort in den Gemeinschaftsbereich zurück.

Das hätte mich eigentlich nicht wundern dürfen. Die meisten Angehörigen des CPB verbrachten nämlich jeden Tag mindestens eine Stunde mit dem stichprobenartigen Abhören von Interkom-Gesprächen. Aber irgendwie war ich doch wütend.

Trotzdem wollte ich nicht gerade jetzt einen Streit provozieren. Ich mußte zeitig schlafen gehen, weil tags darauf der Wettbewerb anstand. Und außerdem fragte Tom sich sicher schon, ob ich vielleicht auf dem Zwei-Meter-Trip von meinem zu seinem Zimmer verschollen war. Also nahm ich mir vor, Vater später zur Rede zu stellen und betrat Toms Zimmer.

Der Raum schien zu siebzig Prozent mit einem Gewirr aus Kabeln, Klemmen, dünnen Aluminiumröhren und rechteckigen Metallplatten angefüllt zu sein. »Hast du den ganzen Kram aus dem Lager geklaut, oder hat es hier einen schrecklichen Unfall gegeben?«

»Ich Glückspilz – daß ich eine so schlaue kleine Schwester habe. Setz dich und laß dich überraschen.«

Dann schaltete er alle Lichter aus. Ich sah nichts – bei geschlossener Tür war es stockfinster. »Ein Lied«, verlangte er.

»Was?«

Ich sah ein kurzes gelbes Flackern, und dann explodierte etwas, das wie ein dreidimensionales Modell einer Spiralgalaxis aussah, vor meinen Augen. Drei pulsierende Schnüre kamen zum Vorschein, die wie ein metallisches Organ aussahen. Mit einem leisen Trällern verwandelte die Spiralgalaxis sich in eine Sphäre aus blauen Punkten, nicht größer als ein *Aerocrosse*-Ball, und löste sich dann auf.

»Oh!« sagte ich. »Das ist wirklich …«

Eine große Fontäne aus Rot- und Gelbtönen eruptierte aus dem Boden und brach sich an der Decke, während eine Melodie, die wie ein Beethoven-Duett für Pikkoloflöte und Banjo klang, verhallte. Die Fontäne brach in einem Wirbel aus grünen Sternen zusammen und stieß dabei furzende Laute aus.

Mit einem Klicken betätigte Tom einen Schalter. Nun war es wieder dunkel. »Die Spracherkennung ist noch nicht ganz ausgereift. Wenn du wirklich etwas sehen willst, dann *sing.*«

Noch bevor ich ihn darauf hinweisen konnte, daß ich nicht gut sang und mich auch davor scheute, hatte er den Schalter wieder betätigt. Aber wenn ich ihm das sagte, würde ich erneut eine solch bizarre Präsentation auslösen, und er würde sich nur aufregen.

Leider fiel mir nur Papas altes Universitäts-Lied ein, und ich sang:

Ich kenne nicht die gottverdammten Worte,
ich kenne nicht die gottverdammten Worte …

Eine rotierende Rose aus winzigen Lichtpunkten erschien vor mir, wobei die Blütenblätter jedoch verschiedene Farben hatten. Ein etwas dissonanter Klang, wie von einem Horn, ertönte.

Weil Tom mir nicht gesagt hatte, daß ich mit dem Singen aufhören sollte, versuchte ich, die Melodie zu begleiten, die aus Toms Maschine drang. Ich sang:

Aber ich bemühte mich zu singen, als ob ich wußte,
was ich tat.

Nun nahm die Musik die Klangfarbe einer Marimba an, und die Rose stülpte sich um, faltete sich zusammen und stürzte in ihren Mittelpunkt.

Also werde ich weitersingen, obwohl ich weiß,
daß es keinen Sinn ergibt.

Plötzlich sackte der sich zusammenziehende Wirbel im Zentrum nach unten durch und fiel zu Boden; dann stieg er in einer pilzförmigen Wolke wieder auf. Die Klänge wurden voluminöser, tiefer, nahmen die Klangfarben eines Pianos und schließlich einer Orgel an.

Plötzlich waren die Lichter und die Musik verschwunden. »Was für eine unglaubliche Idee!« sagte Tom. »Weshalb ist es mir nicht schon früher aufgefallen – egal, macht nichts.« Die Zimmerbeleuchtung schaltete sich wieder ein. »Dein Gesang war eine *Reaktion* auf die Effekte.«

»Es tut mir leid, wenn ich etwas falsch gemacht habe. Du hast mir immer noch nicht gesagt, wozu dieses Ding überhaupt gut ist.«

»Du warst *großartig*. Genau das habe ich gebraucht; ich wußte es nur nicht.« Zögernd kam er hinter der Hardware hervor. »Und was die Maschine betrifft – nun, sie tut einfach, was sie tut. Man könnte sie als eine Art Gehirn im Weltraum bezeichnen. Schwingungen der Verstrebungen und Drähte werden an Mikrofone übertragen. Fotozellen reagieren auf die von den Lasern projizierten Lichtpunkte. All diese Informationen gehen an einen Arbeitsspeicher. Dann scannen die für die Laser und Audio-Ausgänge zuständigen Prozessoren den Speicher und entscheiden anhand dieser Informationen sowie der Musik über die nächsten Schritte.«

Ich wollte Tom nicht sagen, daß er soeben das Prinzip der Quecksilber-Röhre neu erfunden hatte – die Alan Turing im ersten Computer überhaupt eingesetzt hatte. (In Geschichte hatte ich ein Referat darüber gehalten.) »Wozu soll das denn gut sein?« erkundigte ich mich so taktvoll wie eben möglich, während ich versuchte, mich aus dem Raum zu schleichen und schlafen zu gehen.

Er lachte so frei und unbeschwert, wie ich es seit Monaten, ja seit Jahren nicht mehr von ihm gehört hatte. Das freute mich so sehr, daß ich sogar seine Antwort verkraftete: »Genauso, wie das Klavier ein Musikinstrument ist, tut diese Säule aus Draht und Röhren das, wofür sie erschaffen wurde. Und ich glaube, du hast mir gezeigt, welchen Zweck sie erfüllt.«

»Keine Ursache«, sagte ich und wandte mich ab.

»Danke«, sagte er; die Ironie hatte er gar nicht bemerkt. Als ich die Tür zu meinem Zimmer öffnete, hörte ich, wie er an der Tastatur eine offensichtliche Zufallsfolge von Klängen erzeugte.

Fast wäre ich zurückgegangen, um zu sehen, was er da machte. Teilweise hatte es sich nämlich recht melodisch angehört, auch wenn es keinen weiteren Nutzwert hatte. Aber ich hatte die Tür schon geöffnet, und da saß Papa auf meinem Stuhl.

»Komm doch rein!« sagte ich.

»Ich hatte den Eindruck, du wolltest reden.«

Heute abend lief ich mit meiner Ironie ins Leere. Nun, vor zwei Tagen hätte mich das noch nicht gestört – aber jetzt hatte ich wie meine schrullige Mutter das Gefühl, daß meine Privatsphäre verletzt worden war.

Ich frage mich, wie blind geborene Kinder sich nach der Implantation künstlicher Augen fühlen, wenn ihnen zum erstenmal grelle Farben ins Auge springen.

»Was soll ich denn sagen?« fragte ich schließlich.

»Was immer du möchtest.«

Am liebsten hätte ich ihm gesagt, er solle verschwinden und mich in Ruhe lassen. Statt dessen weinte ich aber noch heftiger, als ich es bei Tom getan hatte, und ich konnte nicht aufhören. Ich spürte, daß die Kehle sich wie bei einer Panikattacke verengte, und versuchte, die Atmung zu verlangsamen und zu regulieren, aber zum erstenmal gelang es mir nicht, und ich bekam keine Luft mehr und geriet in Panik.

Er stand auf und legte die Arme um mich. »Atmen«, sagte er. »Atmen.« Aber ich konnte nicht.

Dann flüsterte er etwas – man weiß ja nie, mit welchen Sprüchen sie einen unter Hypnose konditionieren –, und daraufhin schluchzte ich. Ich weinte zwar noch immer so heftig wie bisher, aber ich bekam wieder Luft und war nicht mehr so ängstlich. »Ich verstehe *überhaupt* nichts.«

»Du bist ausgeschlossen worden«, erklärte er. »Ausgeschlossen aus einer Gruppe. Das geschieht hier nicht sehr oft, und du bist noch nie davon betroffen gewesen.«

»Kommt das auf der Erde oft vor?« Ich haßte die Erde mehr als je zuvor.

»Ständig.« Er seufzte. »In der Schule hatten meine Klassenkameraden und ich viel Zeit darauf verwendet, uns gegenseitig auszuschließen.«

Ich lehnte mich auf dem Besucherstuhl zurück. »Hast du das etwa auch manipuliert? Wenn ja, halte ich es für ausgesprochen primitiv und grausam.«

Er schüttelte den Kopf. »Bisher haben wir die Kinder auf dem *Fliegenden Holländer* davor bewahrt. Es ist absolut pathologisch – verletzt jeden, der davon betroffen ist, einschließlich der Verantwortlichen selbst, und ist im übrigen völlig sinnlos. Die Kinder auf der Erde werden dadurch genauso verletzt wie du; weil es dort aber öfter vorkommt als hier, sind die Menschen eher daran gewöhnt und haben Bewältigungsstrategien entwickelt.« Er beugte sich vor und schaute mich an. Er hatte eine Augenbraue hochgezogen und die Lippen zusammengepreßt. »Ich würde gern die ganze Geschichte aus deiner Perspektive erfahren, von Anfang an. Aber du bist aufgeregt, Melpomene, und wir sollten vielleicht später reden. Wenn du dazu bereit bist.«

Ich seufzte und dachte nach. Durch das Weinen hatte ich mich wieder beruhigt – es hilft immer, obwohl es irgendwie peinlich ist. »Ich möchte jetzt reden. Wenn mir wieder die Tränen kommen, können wir immer noch aufhören.«

Papa nickte und ergriff meine Hand; dabei schaute er mir tief in die Augen. Wie gesagt, ich kenne keines der Kommandos, die er für eine leichte Hypnose benutzt, denn ich kann sie nicht anzapfen; ich habe gehört, daß es sich um eine Kombination von einigen Worten handelt, die in keinem natürlichen Kontext gebraucht würden, gefolgt von ein paar unsinnigen Silben.

Er behandelte mich mit der Sequenz, die mein Erinnerungsvermögen aktiviert, oder so kam es mir zumindest vor. Dann sagte er leise: »In Ordnung, erzähle mir alle relevanten Dinge, die sich heute in der Schule ereignet haben. Laß dir Zeit, schweife ab, wenn du möchtest, nimm aber keine Wertungen vor ...«

Als seine Tochter kenne ich diese Formeln so gut wie er selbst. Ich erzählte ihm die ganze Geschichte mit Randy und Pyramiden-Mathe, wie er sich für mich einsetzte, wie ich mit Miriam und Theophilus nach Hause ging und von allem ausgeschlossen wurde, und was sonst noch vorgefallen war. Da ich unter Hypnose stand, berichtete ich nur die Fakten.

Weil man unter Hypnose keine Einzelheit ausläßt, war es fast 23:30, als wir die Sitzung mit der Routineprozedur abschlossen, den Gefühlen Luft zu machen.

Nachdem ich den Tränen noch einmal freien Lauf gelassen hatte, ging es mir viel besser; dann schaute ich auf die Uhr.

»Habe ich dich aufgehalten?« Eine dümmere Frage hätte Papa nun wirklich nicht einfallen können.

»Nun ja, morgen habe ich einen Wettbewerb, und die Schule beginnt um 07:45.«

»Möchtest du eine Suggestion, die Kräfte weckt?«

»Ich glaube, du hast schon genug an meinem Gehirn herumgepfuscht.«

»Tut mir leid, daß ich dir deine Zeit gestohlen habe.«

»Schon gut«, sagte ich. Das stimmte sogar – ich fühlte mich jetzt viel besser, obwohl ich noch immer nicht wußte, was los war. »Ich muß jetzt schlafen – wenn ich morgen etwas müde bin, ist das nicht schlimm.«

Er drückte mich noch einmal und sagte: ›Gute Nacht.‹

Als ich mich ins Bett legte, ging es mir ziemlich gut – ich hatte mich regelrecht leergeweint.

Gerade, als ich mich zu den Expander-Griffen abstoßen wollte, kam mir streiflichtartig der Gedanke, daß ich vielleicht von Randy Schwartz träumen würde. Ich wußte nicht, warum, aber plötzlich stellte ich mir vor, daß ich mit ihm schlafen würde. Ich legte mich aufs Bett und bekam einen Orgasmus, kaum daß ich die Klitoris berührt hatte.

Es war großartig – ich schlief sofort ein. Ich erinnere mich nicht, ob ich von Randy geträumt hatte oder nicht.

Blöder Computer. Ich habe ›Klitoris‹ dreimal definiert, und er fragt noch immer, ob der Begriff jugendfrei sei. Ich glaube, die Mädchen auf der Erde wissen durchaus Bescheid. Aber jetzt liege ich im Bett. Ich werde mich später damit befassen.

KAPITEL FÜNF

22. DEZEMBER 2025

Ich kann mir keinen Reim darauf machen. Mein Buch macht täglich Fortschritte, und jeden Tag fällt mir etwas Neues ein. Ich trete also praktisch auf der Stelle. Außerdem fällt es mir immer schwerer, nur das niederzuschreiben, was tatsächlich geschehen ist. Ich würde am liebsten anmerken, was ich nicht verstanden oder wo ich mich geirrt hatte, denn ich bin sicher, daß der Leser dieses Buches entsprechende Fragen hat, und ich möchte nur sagen, daß ich es jetzt auch verstehe. Nur damals hatte ich es nicht verstanden.

Zudem beeinträchtigte es mich noch beim Lernen für die Erwachsenen-Abschlußprüfung; nicht so sehr wegen des enormen Zeitaufwands, sondern weil es mich ganz verrückt macht und ich dann nicht mehr lernen kann. Am letzten Abend hatte mich das Schreiben so enerviert, daß ich tags darauf unvorbereitet zur Schule ging. Zuletzt war mir das mit acht Jahren passiert. Ich fühlte mich scheußlich.

Mittlerweile habe ich einen großen Stapel unerledigter Sachen vor mir, und dennoch schreibe ich an diesem Buch weiter. Ich weiß nicht, ob ich einfach nicht aufhören kann; auf jeden Fall höre ich nicht auf. Ich hoffe nur, daß Dr. Lovell auch wußte, wovon sie sprach.

* * *

Am Donnerstag fand der Wettbewerb statt. Wir bezeichnen diese Wettbewerbe als ›Einzelkämpfer-Tage‹, weil jeder in einer Kabine für sich allein arbeitet. Eine Zusammenarbeit ist nicht möglich. Man sitzt nur da und versucht das Beste aus dem zu machen, womit die KIs einen traktieren.

Sie zielen immer auf die individuellen Schwachstellen, so daß sie mir in CSL und Geschichte fast überhaupt keine und in Englisch und Esperanto nur ein paar Prüfungsfragen stellten. Dafür nahmen sie mich in Japanisch, Mathe, Physik und Chemie in die Mangel, so daß ich den ganzen Tag beschäftigt war.

Sie mußten herausgefunden haben, daß ich nach dem Problem, das ich mit Randys Hilfe gelöst hatte, ein Faible für Projektions-Geometrie entwickelte, denn sie stellten mir keine diesbezüglichen Fragen; aber das zusätzliche *diffy-q* hätte ich mit Vergnügen auch noch bewältigt.

(Nein, nicht schon wieder. Der Computer meldet sich; also stimmt irgend etwas nicht. Gut, schauen wir mal, ob er diese Definition akzeptiert: *Diffy-qs* sind Differentialgleichungen, also ein Bereich der Mathematik; sie sind langweilig, weil es sich im Grunde nur um eine Trickkiste handelt. Ich haßte sie damals schon und heute auch noch. Der einzige in der Klasse, der damit klarkommt, ist der verdammte Randy.)

Ab und zu setzten sie mir ein wenig Spanisch, Wirtschaftswissenschaften oder Bio vor, und ein paarmal nervten sie mich mit der Geographie der Erde, womöglich zur Erbauung – mal ehrlich, interessiert *ihr* euch vielleicht dafür, wo sich Block B befindet? Weshalb muß *ich* dann in der Lage sein, Australien auf einer Landkarte ausfindig zu machen? Das kommt mir alles ziemlich irdisch vor …

Der ganze Tag wurde diesem Unsinn geopfert. Jeder haßt es, aber man kann sich auch nicht davor drücken, weil die Wettbewerbe in der akademischen Gesamtwertung stark gewichtet werden, und wenn man *Standing* verliert, erfahren das alle. Also machte ich weiter… »Schreibe fünfhundert Worte zum Thema ›Die Tri-Modulation des Orbits des *Fliegenden Holländers* zur Addition einer Jupiter-Passage unter dem Aspekt der Ökonomischen Durchführbarkeit‹.« … »Beweise die Unmöglichkeit einer Projektion der Genus der natürlichen Sprache auf eine starre Hierarchie binärer Regeln.« … »An welche Nationen grenzt die Nichtassoziierte Republik Kurdistan?« … »Schreibe ein modulares Programm mit weniger als zweihundert Zeilen zur Darstellung des Spektrums der wahrscheinlichen Absorptionsraten der Bekennenden Protestanten in die Ökokatholische Bewegung. Spezifiziere die Ausgangs- und Grenzbedingungen für das Modell als Ganzes.« … Der Hausmeister brachte Mittagessen vorbei; ich stellte es neben mir ab und arbeitete weiter.

»Schreibe ein selbstreplizierendes Programm mit Mutationen, welches sich zu einem stabilen, lernfähigen Aggregat entwickelt und das in der Lage ist, das Vier-Farben-Problem zu lösen.« Das machte wenigstens Spaß. Ich überprüfte es zweimal und verbesserte es noch ein wenig, als ich sah, daß ich noch Zeit hatte. Gerade als ich es abschickte und die Note für diese Aufgabe bekanntgegeben wurde, fünfzehn Punkte, war die Zeit für diesen Tag um.

Plötzlich überkam mich Hunger, und ich stopfte mir den Nachtisch, einen Schokoriegel, in den Mund. Dann überflog ich den Tisch, damit ich auch nichts im Prüfungszentrum vergaß – wenn das passiert, dauert es immer eine Ewigkeit, bis man die Sachen zurückbekommt. Ich stellte die Tasse mit Kakao auf WARM und stürzte sie dann kalt hinunter, als der Hausmeister vor meinem Tisch stehenblieb und mir sagte, ich solle mich beeilen. Ich stellte das noch fast volle Tablett und die Tasse auf das Band, und es lief zur nächsten Kabine weiter.

Alle hatten sich draußen in der Halle versammelt und verglichen ihre Noten. Obwohl die Aufgaben individualisiert sind, glauben die meisten Leute noch immer an ›gute‹ und ›schlechte‹ Tage.

Ich schaute mich nach Miriam um, aber sie unterhielt sich drüben mit Theophilus, Gwenny und Kwame, und ich scheute mich, zu ihnen hinüberzugehen. Anscheinend hielten sie auch nach etwas Ausschau.

Mit suchendem Blick kam Randy durch die Tür. Die vier liefen auf ihn zu.

Ich wußte nicht, was sie vorhatten, aber die Art, wie sie sich bewegten, gefiel mir nicht. Ich nahm Kurs auf Randy, wobei die hohe Schwerkraft eine zügige Fortbewegung ermöglichte.

Er schaute auf und lächelte, als er mich sah. Dann tippte Miriam ihm auf die Schulter.

Als er sich umdrehte, wirbelte Theophilus auf einem Bein herum. Das andere Bein hatte er auf Kopfhöhe hochgerissen und trat mit einer Wucht in Randys Gesicht, die bei weitem alles übertraf, was ich bisher erlebt hatte. Randy flog seitlich weg und fiel schwer auf das Deck. So etwas hatte ich noch nicht gesehen.

Ich rannte los – alle anderen auch –; wenn es einen Kampf gibt und er nicht schnell beendet wird, muß nämlich die ganze Klasse dafür büßen. Weil ich ohnehin schon diese Richtung eingeschlagen hatte, traf ich als eine der ersten am Schauplatz ein.

Randy verbarg das Gesicht in den Händen. »Es tut mir leid, daß ich dich geschlagen habe«, sagte er. Man hatte den Eindruck, er würde vor Zorn kochen, aber seine Stimme war ruhig. »Das war eine miese Sache, und ich hatte die Revanche wirklich verdient; also dürften wir jetzt quitt sein.«

»Ach, es tut dir leid«, sagte Theophilus. »Das kann ich mir vorstellen. Ich wette, das erzählt Ihr jedem, den Ihr niederschlagt, Eure Majestät.«

Randy setzte sich auf. Er war noch immer leicht benommen. »Eben darum geht es doch. Ich meine, ich habe dich geschlagen, und ich wußte, daß es falsch war. Deshalb hast du mich auch getreten. Jetzt ist doch alles klar.«

»Jetzt ist doch alles klar.« Beim Spott in Theophilus' Stimme zuckte ich zusammen. »Gut, gut, *gut*. Du hast mich geschlagen, ich habe dich geschlagen, und nun ist alles in Ord-*nung*. Glaubt Ihr das wirklich, Eure Majestät? Damit eins klar ist: ich will deine Entschuldigung nicht. Ich will auch nicht dein Freund sein. Ich habe fünf Jahre Taekwondo trainiert. Die Kinder hier dürfen keinen Kampfsport treiben – deshalb glaube ich nicht, daß du weißt, wie man richtig kämpft. Ich wollte dir nur zeigen, daß ich das jederzeit wiederholen kann. Hast du das verstanden?« Er stand in Angriffshaltung über Randy, bereit, ihn zu treten oder schlagen, falls er sich bewegte. »Sagt, daß Ihr verstanden habt, Eure Majestät.«

Tränen strömten über Randys Gesicht. »Ich verstehe.«

»Du hast geglaubt, du könntest mich behandeln wie alle anderen und mich zusammenschlagen, nur weil ich intelligenter bin als du. Weil Ihr immer der König der Klasse gewesen seid, nicht wahr, Eure Majestät? Jetzt hast du abgedankt. Im Grunde warst du immer nur der primitive alte Klassenschläger, und nun bist du der Ex-Schläger. Nur dumme Menschen schlagen andere.« Als er den auf dem Boden liegenden Randy anlächelte, erinnerte ich mich nicht, jemals einen so glücklichen Menschen gesehen zu haben – und noch nie zuvor hatte ich mich so gefürchtet. »Sag es!«

Offensichtlich wußte Randy nicht, was Theophilus noch von ihm wollte. Er wirkte verwirrt und ängstlich und stand kurz davor, richtig in Tränen auszubrechen.

Der Junge von der Erde drehte sich und trat Randy gegen die Schläfe. »Du bist *wirklich* dumm. Du kapierst es nicht, was? Sag, daß du dumm bist!«

»Warum?« Randys winselnde Stimme verursachte mir Übelkeit.

»Weil es stimmt. Willst du noch einen?« Theophilus holte erneut aus, und Randy kroch keuchend und schniefend weg. Theophilus machte einen Schritt nach vorn und trat auf Randys Hand, um ihn an der Flucht zu hindern. »Du weißt, daß dein *Standing* nur deshalb so hoch ist, weil die anderen Angst haben, besser zu sein als du.«

Ich ertrug den Anblick von Randys Gesicht nicht, konnte den Blick aber nicht wenden. Er sagte nichts, aber der Zorn, den er ausstrahlte, zeigte, daß diese Worte ihn härter getroffen hatten als Theophilus' Fuß.

»Wenn du jetzt nicht sagst, daß du dumm bist, verpasse ich dir noch eine. Ich bring dir schon bei, wer du bist.«

Im ersten Moment hatte es den Anschein, daß Randy sich Theophilus widersetzen würde – aber der hob den Fuß, und Randy blickte auf das Deck. »Ich bin dumm«, sagte er leise. »Ich bin dumm, okay? Ich bin dumm!«

Theophilus stand mit in die Hüften gestemmten Armen und einem Lächeln da, bei dem es mir kalt den Rücken hinunterlief. »Schon viel besser. Jetzt wißt Ihr, was Ihr seid, Eure Majestät. König Dumm.«

»Wie fühlt Ihr Euch nun, Eure Majestät?« fragte Miriam im gleichen Ton, den sie am vorigen Abend auch mir gegenüber schon angeschlagen hatte. In diesem Moment haßte ich sie mehr, als ich einen Menschen jemals gehaßt hatte. Gwenny Mori lachte, und dann lachten auch Theophilus und Miriam, und schließlich stimmte Kwame auch noch mit ein.

Kinder aus der umgebenden Menge lachten auch, was aber eher an der nervlichen Anspannung als an der lustigen Situation gelegen haben dürfte.

»In Ordnung, auseinander«, sagte Dr. Niwara leise, die unbemerkt hinter uns aufgetaucht war.

Randy stand auf und verließ die Arena. Ich hörte,

wie ein paar Leute ihm »König Dumm« und »Eure Majestät« zuflüsterten. Er schaute indes starr geradeaus und ging zielstrebig auf die Omnivatoren zu.

»Ich sagte, auseinander«, befahl Dr. Niwara mit tonloser Stimme. Eine solche Kälte war noch nie von ihr ausgegangen. Wir setzten uns in Bewegung; als ich um die Ecke bog, sah ich, daß Theophilus von einer Menschenmenge umlagert wurde. Die Leute wirkten aufgeregt, nervös – *glücklich.*

Ich bestieg ebenfalls einen Omnivator, gab das Ziel ein – die ganze Strecke bis zu meinem Gemeinschaftskorridor, obwohl der Omnivator dadurch unnötig lange in Anspruch genommen wurde –, und fuhr ab, ohne zu warten, ob vielleicht noch jemand mitfahren wollte. Es war das erste Mal, daß ich so etwas getan hatte. Ich fragte mich, wie oft man das tun mußte, um zu einem Assi abgestempelt zu werden.

Ich schwebte aus dem Omnivator auf die Korridorwand zu und hangelte mich dann so schnell ich konnte an den Netzen entlang. Es war ein wirklich gutes Gefühl – ich hätte mir fast die Hände aufgescheuert, als ich vor der Wohneinheit anhielt.

Mutter saß, wie üblich, am Lesegerät. Normalerweise wäre ich nach der Begrüßung gleich auf mein Zimmer gegangen, aber diesmal riß sie sich von dem Buch los. »Wie war es heute in der Schule?«

Ich zuckte die Achseln. »Eigentlich nichts Besonderes – wir hatten einen Wettbewerb.« Von dem Vorfall mit Randy wollte ich ihr nicht erzählen; wenn Mutter zwischen Mitgefühl und Interpretation wählen kann, entscheidet sie sich immer für letzteres.

»Ich habe Mrs. Harrison nun eingearbeitet. Sie ist eine *sehr* interessante Frau, aber ich bin doch froh, daß ich nicht mehr in dieses Büro zurück muß.«

»Ach.« Ich band die Tasche mit dem Computer los und schleuderte sie leicht gegen Toms Tür, von der sie abprallte und in mein Zimmer flog. Wäre ja auch ein

Wunder gewesen, wenn sie beschlossen hätte, wieder zu arbeiten.

»Sie sagte, daß einige Kinder – eine ›richtige Bande‹, sagte sie – heute morgen zusammen mit Theophilus gefrühstückt hätten. Deine Freundin Miriam Baum soll auch dabeigewesen sein…«

»Ja, Mutter«, sagte ich. »Ich war auch eingeladen, aber ich dachte, du würdest es mir nicht erlauben. Du weißt schon, Frühstück im Kreise der Familie.«

»Nun, aus einem solchen Anlaß hätte ich natürlich nichts dagegen. Wenn er wieder…«

»Ich glaube nicht, daß er mich einladen wird. Wir verstehen uns nämlich nicht besonders gut.« Dann schwebte ich in mein Zimmer; jetzt stand mir wirklich einmal der Sinn nach dieser Privatsphäre, die sie immer predigte.

Fünf Sekunden, nachdem ich die Tür geschlossen hatte, klopfte es. »Melpomene?«

»Ja?«

»Du solltest wirklich Kontakt zu ihm suchen. Er kommt von der Erde und könnte deinen Horizont erweitern…«

»Du meinst, verzerren. Nein danke. Wenn ich ein Assi werden möchte, kann ich mich auch an Angehörige meiner eigenen Familie wenden.«

»Melpomene!«

Als sie die Tür öffnen wollte, stieß ich sie mit dem Fuß zu. Dann setzte ich mich auf den Stuhl und schlug die Hände vors Gesicht. Mehr als alles andere wünschte ich mir, daß ich meine Hausaufgaben schon gemacht hätte – ich hätte sie auch gestern schon erledigt, wenn dieser Vorfall nicht gewesen wäre, und jetzt das… ich hatte keine Lust. Der heutige Tag war schon lang genug gewesen.

Nach einer Weile klopfte Mutter erneut an die Tür.

»Hau ab!« sagte ich.

»Gut. Ich weiß, daß du jetzt eine Weile allein sein

willst.« Ich wollte, daß sie mich in Ruhe ließ, aber trotzdem in der Nähe war. »Dein Vater und ich gehen jetzt in eine der kleinen Cafeterien im Pilz. Wenn du möchtest, kannst du mitgehen; aber du kannst auch auf Tom warten und mit ihm zu Abend essen.«

»Ich warte auf Tom.« So, wie sie geklungen hatte, kam nur diese Antwort in Frage. »Wir sehen uns.«

»In Ordnung, Melly. Paß auf dich auf.« Ich hörte, wie sie und Papa hinausgingen; sie hatte ihm wahrscheinlich nicht erzählt, daß wir uns gestritten hatten und daß ich schlecht gelaunt war – sie dachte wohl, das ›ginge ihn nichts an‹. Ich weiß noch immer nicht, was sie damit meint. Da sie nun gegangen waren, öffnete ich die Tür und ging in den Gemeinschaftsbereich. Ich hätte den Computer herausholen und etwas lernen können, vielleicht auch meditieren – unsere Familie pflegt Cybertao, aber es war mindestens ein Jahr her, seit ich auch nur einen Blick auf *Zeitgabeln* geworfen hatte.

Ich hätte eine Menge sinnvoller Dinge tun können, aber zum Glück war ich noch nicht so alt, daß ich immer nur vernünftig sein mußte. Statt dessen ging ich zum Lesegerät und suchte mir ein Buch aus – das gute, altbekannte *Beat to Quarters.* Nach einer Minute machte ich mir eine Tasse heißen Schokoladen-Kaffee und setzte mich ans Lesegerät.

Als Tom eine halbe Stunde später nach Hause kam und mich mit einer Berührung an der Schulter wieder in die Realität zurückholte, ging es mir schon viel besser. Es mußte ihn wohl überraschen, mich am Lesegerät zu sehen – sonst benutzen wir es nämlich nur nachts, wenn wir nicht schlafen können, und natürlich an den Wochenenden und in den Ferien. »Neuigkeiten von der Erde?«

Ich schob den Monitor des Lesegeräts vom Gesicht weg, brachte den Stuhl in eine aufrechte Position und schaltete die Massagelehne aus. »Nein, nur das Übliche. Ich hatte auf dich gewartet. Und ich hatte keine Lust, Hausaufgaben zu machen. Zum Abendessen sind wir allein – darf ich dich zum Pizzaessen einladen?«

»Baby-Tilapia und Kaninchenwurst?« fragte er – sein Lieblingsbelag.

»Du hast vielleicht Vorstellungen. Können wir den Fisch weglassen und uns mit Kaninchenwurst begnügen?«

»Du hast die Einladung ausgesprochen – aber wie wäre es mit Pilzen anstelle von Tilapia?«

»Pos-def. Zweimal Karnickel mit Pilzen, groß. Ich bestelle schon mal.« Die Pizzeria befindet sich unten im Promenadenbereich neben dem Zugang zum Pilz. Bis zur Pizzeria würden wir ein paar Minuten unterwegs sein; deshalb gab ich die Bestellung vorab auf.

Auf dem Weg dorthin redeten wir nicht viel, und ein paar Minuten, nachdem wir in einer Kabine Platz genommen hatten, kam die Pizza aus dem Schacht. So konnte ich mich ausgiebig dem Essen widmen und mich in Toms Gesellschaft einfach nur wohlfühlen.

»Ich habe dich vermißt«, sagte ich plötzlich, wobei ich gar nicht wußte, wie ich auf diesen Gedanken gekommen war. »Jedesmal, wenn du mit Susan ›Nagetier‹ zu Abend gegessen hast.« Er versteifte sich. »Ich meine Susan, deine Freundin.«

Er zuckte die Achseln. »Tut mir leid.« Er hätte wenigstens sagen können, daß er mich auch vermißt hatte. »Ich weiß, daß du sie nicht magst. Aber wenn du schon damit anfängst, sage ich dir am besten gleich, daß ich wieder mit ihr zusammen bin. Und noch etwas«, er beugte sich vor und blinzelte mir zu, »ich kam deshalb zu spät, weil wir noch einen Quickie gemacht haben.«

»Ist ja toll.« Meine Stimmung war auf dem Nullpunkt. »Habt ihr das Andockmanöver durchgeführt?«

»Nein, wir hatten nur Zeit, ein bißchen zu fummeln. Aber es hat trotzdem Spaß gemacht. Sie hat schon Brüste. Wieso hast du noch keine?«

Ich starrte auf den Teller und zwang mich zum Essen.

»Entschuldigung«, sagte Tom. Er streckte den Arm aus und tätschelte meine Schulter. »Ich weiß, daß du Susan nicht leiden kannst. Ich werde auch nicht mehr von ihr sprechen.«

»Das ist es nicht. Doch, ist es schon, aber es ist nicht die Hauptsache.«

»Ich wußte doch, daß du etwas auf dem Herzen hast«, sagte er. »In der letzten Zeit hast du oft Streit mit Mutter.«

»Ja«, seufzte ich. »Heute ist etwas wirklich Schlimmes passiert, aber ich weiß nicht recht, wie ich es dir sagen soll.« Ich biß wieder in die Pizza. »Theophilus hat ein Publikum um sich versammelt und dann die Scheiße aus Randy rausgeprügelt.«

»Etwas langsamer bitte.«

Ich fing noch mal von vorn an. Zunächst war ich auch ganz ruhig, aber dann tauchten die Bilder wieder in meiner Erinnerung auf, und schließlich war ich den Tränen nahe. »So etwas habe ich bisher nur auf Videos gesehen. Ich meine, wenn zwei Leute aneinandergeraten, gibt es vielleicht mal eine Quetschung oder so etwas, aber er hat Randy *wirklich* und *absichtlich* verletzt. Und er hat auch die Entschuldigung und das Versöhnungsangebot abgelehnt. Ich kenne viele Kinder, die sich vor Randy fürchten und ihm die Prügel vielleicht gegönnt haben, aber das war zuviel. Theophilus hört einfach nicht auf, auch wenn er längst gewonnen hat…«

Tom mampfte erst das ganze Stück fertig, bevor er sagte: »Schlimm. Wirklich schlimm. Hast du dich schon mit Papa darüber unterhalten?«

Ich nickte. »Gestern abend. Er hatte in meinem Zimmer gewartet. Vorher hatte er aber an der Tür gelauscht.«

Tom nickte. »Er hat wohl etwas für sein Geld getan. Hat er sich irgendwie dazu geäußert?«

»Langsam bekomme ich den Eindruck, daß es ein bizarrer irdischer Brauch ist. Wie Menschenopfer und Sklaverei in den Geschichtsbüchern, weißt du. Oh, Tom, in meinem Kopf dreht sich alles. Ich mache mir Gedanken wegen Theophilus und Randy und vielleicht sogar wegen Miriam, aber ich weiß nicht, was ich tun soll. Danke, daß du mir zugehört hast, aber jetzt wechseln wir das Thema. Wie war *dein* Tag?«

Er schüttelte den Kopf. »Du wirst es nicht glauben, aber ich weiß es wirklich noch nicht – es wird sich noch herausstellen. Ich müßte eigentlich zufrieden sein, aber ich kann mich einfach nicht entspannen und mich darüber freuen – ich habe das Gefühl, daß irgend etwas im Busch ist.« Er verstummte und biß ein großes Stück ab. »Heute hatte ich diesen Schwung CSL-Aufgaben bekommen, und plötzlich wußte ich alle Antworten. Das ist mir noch nie passiert. Ich muß wohl zehn Leute deklassiert haben.«

»Das ist ja wunderbar«, sagte ich. »Ich wußte immer schon, daß du eine Begabung dafür hast – nur bist du anscheinend nie in der Lage gewesen, dieses Talent auch zu nutzen.«

Er schüttelte den Kopf, biß wieder in die Pizza und kaute hektisch. Ich liebe meinen Bruder, aber seine Eßgewohnheiten ... »Das Problem ist nur, daß ich wirklich keine Ahnung habe, wie ich zu den Lösungen gelangt bin – sie waren einfach da. Geistesblitz, Intuition, wie auch immer man es nennen will. Es gibt also keine Garantie dafür, daß es beim nächstenmal wieder funktioniert ...«

»Und jetzt wird die Maschine den Schwierigkeitsgrad für dich anheben. Oje.«

»Vielleicht gibt es einen Trick, mit dem all diese Problemstellungen gelöst werden können, und du hast ihn gefunden und weißt es nur nicht. Vielleicht schaffe ich es, dahinterzukommen und es dir zu sagen – erinnerst du dich an eine Aufgabe?«

Er lachte verkniffen. »Das ist noch so eine verrückte Sache. Ich erinnere mich an alle Aufgaben. Normalerweise brüte ich ewig lange über einem Problem und habe es dann bald schon wieder vergessen – aber diesmal brauchte ich nicht einmal eine Minute für eine Aufgabe, und ich könnte sie praktisch wörtlich wiedergeben.«

Ich sagte ihm, er solle alle Aufgaben in meinen Rechner eingeben, damit ich mich später damit befassen konnte. Schon auf den ersten Blick fiel mir etwas auf, aber ich konnte es nicht präzisieren.

»Weißt du«, sagte Tom unvermittelt, »anscheinend war Randy noch nie sonderlich beliebt. Dein neuer Klassenkamerad scheint das sofort gemerkt zu haben.«

Ich nickte. »Und er profitiert ganz schön davon. Aber wozu? Ich habe den Eindruck, daß er irgend etwas will, aber ich habe keine Ahnung, was das ist.«

»Vielleicht möchte er nur von euch akzeptiert werden«, spekulierte Tom.

»Vielleicht. Aber das ist wohl kaum der geeignete Weg.« Ich zuckte die Achseln. »Vielleicht war das auch nur ein einmaliger Ausbruch«, mutmaßte ich in dem Versuch, mir das selbst einzureden.

»Vielleicht. Möchtest du noch mein letztes Stück Pizza?«

»Warum ißt du es denn nicht selbst? Du kannst es für das große *Flip-Flop*-Rennen gebrauchen; schließlich mußt du Susan imponieren.«

Ich sah zu, wie er das letzte Stück Pizza hinunterschlang – falsch; ich schaute nicht zu. »Schon gut, Melpomene. Du mußt Susan nicht schmeicheln. Dann bezeichne sie lieber gleich als Nagetier.«

»Entschuldige. Ich wollte nur …«

»Ist schon recht.« Er streckte sich und gähnte. »Angesichts der Gerüchte, die über Mutter kursieren und der Tatsache, daß Susan so viel Ehrfurcht vor Papas Job hat, daß es ihr in seiner Gegenwart schier die Sprache verschlägt, ist es ziemlich problematisch, sie zu uns einzuladen. Aber ich würde sie gern einmal einladen. Wenn du mir helfen willst, dann tu halt so, als ob du dich freuen würdest, wenn du sie das nächste Mal siehst.«

»Tu es oder geh dabei drauf, Massa«, erwiderte ich.

Er beugte sich vor und küßte mich auf die Wange. »Hast du früher mal Henry Rider Haggard gelesen?«

»C. S. Forrester.«

»Oh.«

Dann unterhielten wir uns über Belanglosigkeiten, aber das Gespräch wurde immer verkrampfter. Das Problem war, daß Tom kurz vor der Erwachsenen-Abschlußprüfung stand und seine Gedanken nur noch darum kreisten; er hatte sogar das Interesse am *Flip-Flop*-Rennen verloren, was ich bisher für undenkbar gehalten hätte. In nicht einmal zehn Wochen würde seine Kindheit vorbei sein; mir blieben noch zwei Jahre.

Wir hatten uns einfach nicht mehr viel zu sagen. Das machte mich richtig traurig, und ich wurde immer stiller. Schließlich gingen wir nach Hause. Wir sprachen nicht viel, und zum erstenmal, seit ich mich erinnerte, fühlten wir uns in der Gegenwart des anderen verlegen und verkrampft. Tom ging direkt auf sein Zimmer, und den Geräuschen nach zu urteilen, machte das Alien-Artefakt gute Fortschritte.

Papa und Mama waren noch immer nicht zurück. Was Mutter betraf, so war mir das auch egal, aber ich wußte, daß Papa mit mir über den Vorfall zwischen Randy und Theophilus reden wollte – nun, zumindest wollte ich das –, und ich konnte es mir nicht leisten, zwei Nächte hintereinander lange aufzubleiben.

Als ich die Hausaufgaben gemacht hatte, waren sie immer noch nicht zurück. Ich lokalisierte ihre Position, sie waren in den Ballsaal-Tanzclub gegangen, der oben im Hut des Pilzes lag. Als ich noch klein war, waren sie oft tanzen gegangen, aber das war schon Jahre her.

Nun, wenn sie Spaß daran hatten, dann sollten sie es

halt tun. Wir hatten es in den Pausen mal versucht, und das Beste daran war noch gewesen, daß ich mit ein paar Jungen auf Tuchfühlung gegangen war, die mir ganz gut gefallen hatten.

Sie würden sicher erst spät nach Hause kommen, aber ich war noch nicht müde und beschloß daher, noch ein Weilchen aufzubleiben.

Tom war schon zu Bett gegangen, und die Lichter waren schon ausgeschaltet, so daß ich auch nicht mehr ausgehen konnte. Um jemanden von der A-Schicht anzurufen, war es schon zu spät, und von den Schichten B und C kannte ich niemanden. Ich verspürte auch nicht das Bedürfnis, für die Schule vorzuarbeiten, und obwohl ich früher immer beim alten ›Hornblower‹ Trost gefunden hatte, mochte ich das Buch jetzt auch nicht mehr aufschlagen. Ich wünschte, Tom wäre noch wach gewesen, damit wir uns hätten unterhalten können.

Da fielen mir seine Aufgaben ein. Im Moment hatte ich sowieso nichts Besseres zu tun.

Beim ersten Überfliegen der Probleme hatte ich sie direkt als Herausforderung empfunden – schwierig und knifflig zwar, aber dennoch zu lösen. Die CSL-Probleme, mit denen ich mich befaßte, hatten wahrscheinlich einen höheren Schwierigkeitsgrad als die von Tom – das Alter hat keinen Einfluß auf das Niveau der Ausbildung, nur der Partner, mit dem man zusammenarbeitet.

Nach vierzig Minuten war ich immer noch hellwach; mit solch schwierigen CSL-Problemen war ich noch nie konfrontiert worden. Ich hatte fast schon vergessen, daß ich auf Papa warten wollte.

Tom hatte gesagt, er hätte jedes Problem in weniger als einer Minute gelöst. Ich war bisher noch mit keiner einzigen Aufgabe zu Rande gekommen. Und dennoch lagen sie durchaus auf meinem Niveau. Etwas stimmte da ganz und gar nicht.

Ich holte mir eine Tüte Fruchtsaft aus der Essensausgabe, stach einen Strohhalm hinein und trank sie halb aus, bevor ich mich wieder dem Bildschirm zuwandte.

Nach weiteren zwanzig Minuten war es wirklich schon sehr spät, und ich war noch keinen Schritt weitergekommen. Ich gab es auf und versuchte, einen Algorithmus für jedes Problem zu konzipieren, der den Nachweis erbrachte, daß das jeweilige Problem überhaupt lösbar war. Dies ist im Grunde die aufwendigste, langsamste und primitivste Art, ein Programmierungsproblem zu lösen, aber gleichzeitig ist es auch die einzig sichere Methode.

Diesen Ansatz hatte ich zunächst gar nicht in Erwägung gezogen, denn wenn Tom die Antworten durch einen Geistesblitz erhalten hatte, war es unwahrscheinlich, daß sein Unterbewußtsein das Problem auf die *langsamste* aller möglichen Arten gelöst hatte.

Das Problem war so komplex, daß sogar eine Rechenverzögerung eintrat; selbst mit vier Kiloprozessoren tat der Computer sich schwer. Mit der Antwort, die ich schließlich erhielt, hätte ich indes überhaupt nicht gerechnet; die Probleme hatten *tatsächlich* etwas gemeinsam.

Sie waren alle unlösbar.

(Soeben mahnte der Computer eine weitere Erläuterung an. Ich vergesse immer wieder, daß ihr gar kein CSL habt. Weil es aber für Dinge wichtig ist, auf die ich später noch zu sprechen komme, will ich es versuchen: Das sogenannte Gödel'sche Theorem besagt, daß nicht jede wahre Aussage auch berechnet werden kann – für manche Probleme gibt es nur eine richtige Antwort, ohne daß jedoch ein logischer Pfad dorthin führen würde. Man kann die Lösung entweder erraten, oder man versucht es deduktiv und hofft, daß eine der Antworten auf das Problem paßt. Es ist aber nicht möglich, ein solches Problem im eigentlichen Sinne zu ›lösen‹. Man erhält nur Antworten.)

Auf die eine oder andere Art ›wußte‹ Tom, der sich

sonst sogar die einfachsten Probleme schwer erarbeiten mußte, einfach die richtigen Antworten auf diese unmöglichen Probleme. Das, wonach die Software suchte, hatte er gefunden. Nun, er brauchte sich keine Sorgen wegen schwierigerer Probleme mehr zu machen – er hatte das Unmögliche bereits möglich gemacht.

Es ergab zwar keinen Sinn, aber was ergab überhaupt noch einen Sinn. Ich war hundemüde. Ich klappte alles hoch, zog das Bett herunter, sprang nach oben, streckte mich aus, ließ mich fallen und war eingeschlafen, noch bevor ich die Matratze berührte.

KAPITEL SECHS

Am Freitagmorgen kam ich etwas später als sonst zur Schule. Es hatten sich einige Veränderungen ergeben.

Miriam, die bisher immer neben mir gesessen hatte, saß nun neben Theophilus. Obwohl ich wußte, daß er ›Ted‹ genannt werden wollte – Dr. Niwara hatte das sogar offiziell bekanntgegeben – blieb ich dennoch bei ›Theophilus‹; vielleicht wollte ich ihn dadurch abstrafen. Gwenny, Kwame und Carole hatten sich um Miriam und Theophilus geschart. Nun, das war auch keine Überraschung, denn Kwame stand vermutlich auf Miriam, und wo Gwenny hinging, da ging Carole auch hin.

Für gewöhnlich distanzierte Randy sich immer ein wenig von uns, wobei nur Barry Yang seine Nähe suchte. Randy saß an seinem Platz, aber diesmal befand Barry sich am anderen Ende des Raums, im Rücken von Theophilus' Gefolge.

Und ich war allein auf weiter Flur.

In gewisser Weise war es eine Fortsetzung des ›Einzelkämpfer‹-Tages, denn wir begannen mit Individueller CSL. Die Gedanken schweiften ab, aber ich würde sowieso den ersten Platz belegen; die Probleme wanderten über den Monitor, und im Grunde ergänzte ich nur Sätze, anstatt zu überlegen. Nachdem ich in der Nacht zuvor über eine Stunde damit verbracht hatte, das nachweislich Unmögliche zu vollbringen, waren diese Aufgaben natürlich eine leichte Übung.

Als die Zeit auslief, informierte Dr. Niwara uns über

die Computer, daß für den Nachmittag Pyramiden-CSL angesetzt wäre; dann erschien auf dem Bildschirm:

... DEIN PARTNER: CHRISTIAN KIM.

Hervorragend. Der Junge war doch dumm wie Bohnenstroh. Da ging mein Top-*Standing* dahin ...

... IN DER PAARUNG MIT: PADRAIC MONAGHAN UND ANGEL CASTAGHENA.

Nun, vielleicht konnten wir drei das Schlimmste verhüten.

Ich löste das letzte Bonus-Problem und stellte mich dann in der Schlange vor der Cafeteria an; heute schien ich ständig dreißig Sekunden hinter der Zeit zu sein. Theophilus und seine ›richtige Bande‹ – wenn ich an einige alte 2-D-Filme dachte, die ich einmal gesehen hatte, verstand ich auch, weshalb sie so genannt wurden –, standen vorne mit Dr. Niwara zusammen.

Während ich noch darüber nachdachte, blieben die Leute vor mir stehen, um eine Klasse Grundschüler über eine Kreuzung zu lassen, und ich rumste gegen meinen Vordermann, den ich dann als Chris Kim identifizierte. »Entschuldige«, sagte ich. »Ich habe nicht aufgepaßt.«

»Schon gut.« Er lächelte mich schüchtern an. »Ich schätze, du sollst mir Blödmann heute nachmittag in CSL auf die Sprünge helfen.« Das hörte sich nicht so an, als ob er auf eine Konfrontation mit mir aus war. Ich wünschte fast, es wäre so gewesen.

»Sag so etwas nicht.« Ich dachte noch immer über Theophilus und seine ›richtige Bande‹ nach. Das war eine wirklich treffende Bezeichnung ... nicht geboren aus Freundschaft und Loyalität, sondern wie das Wolfsrudel, das ich gesehen hatte, als mein Fenster einmal mit einer Kamera im Denali-Weltpark verbunden war ... eher noch wie ein Rudel Haie ...

Chris sagte etwas; ich bekam es aber nicht mit. »Tut mir leid. Ich bin heute völlig daneben. Was hast du gesagt?«

»Ich sagte, wenn du mich erst mal bei CSL erlebst, wirst du mich auch für blöd halten.«

»Gib mir doch bitte die Chance, diese Entdeckung selbst zu machen. Übrigens, was ist denn so schlimm an CSL?«

»Nichts; es ist nur so konfus.« Das hätte auch von Tom kommen können.

Dann betraten wir die Cafeteria. Wie immer stand das Mittagessen schon bereit, und angesichts der ganzen Ereignisse war das irgendwie wundervoll. Egal, was die Leute über einen dachten und mit wem man Ärger hatte, das Mittagessen mit dem Namensetikett wurde immer serviert ›... weil du zum Schiff gehörst‹, hörte ich Papas Stimme sagen, und plötzlich erkannte ich, wie oft ich das schon gehört hatte, als ich noch jünger gewesen war. Danke dem Schiff für das Essen. Liebe das Schiff, denn es ernährt dich ... denn es liebt dich auch.

Was auch immer es heute gab; plötzlich verging mir der Appetit. Ja sicher, irgendwann erhielt jeder die Quittung ... »Ich weiß gar nicht mehr, weshalb ich Reis mit Schweinefleisch bestellt habe.«

»Ich gebe dir meine Langustenplätzchen dafür«, schlug Chris vor.

»Pos-def.«

Wir setzten uns an einen kleinen Tisch. Ich wollte herausfinden, wo seine Probleme mit CSL lagen, bevor er ernsthafte Schwierigkeiten bekam. Ich schob das Reisfleisch auf sein Tablett, und er gab mir die Langustenplätzchen. »Hier«, sagte ich. »Wir haben unsere Indifferenz-Kurven geglättet.«

Er hörte überhaupt nicht zu, sondern beobachtete, wie Miriam neben Theophilus Platz nahm. »Äh ... was hast du gesagt?«

»Ich sagte, du bist kaum indifferent bezüglich der Art, wie ihre Kurven sich ausbeulen.«

Chris lachte, ein angenehmer Klang, ganz anders als

Theophilus' hämisches Kichern. »Na gut. Ich hatte dich eben *wirklich* nicht gehört.« Er zuckte die Achseln. »Ich hatte eigentlich gedacht, Mim würde sich für mich interessieren. Aber wie es scheint, ist das wohl vorbei.«

Nun schaute ich auch hinüber. Sie hing geradezu an Theophilus' Lippen und schüttete sich aus vor Lachen über jedes Witzchen von ihm.

»Du machst noch einen Knoten in deine Gabel«, sagte Chris.

Ich verwandte meine ganze Konzentration darauf, sie an der Tischkante wieder geradezubiegen.

»Dieser Ted hat hier einen ziemlichen Wirbel veranstaltet«, fügte Chris hinzu.

Ich nickte düster und schaute mich im Raum um. Die Gruppe an Theophilus' Tisch unterhielt sich, manchmal flüsternd, und zuweilen lachten sie auch auf diese eigentümliche Art, als ob die anderen etwas nicht hören sollten. Manchmal hätte ich auch schwören können, daß sie auf mich zeigten und über mich redeten, wobei ich natürlich nicht wußte, was sie sagten.

Die Nachbartische waren ebenfalls besetzt, und jeder versuchte, den Gesprächen von Theophilus' Truppe zu folgen. Manche, wie Barry Young und Paul Kyromeides, schienen sich schier darum zu reißen, zu Theophilus' Tafelrunde zugelassen zu werden; andere zeigten sich weniger interessiert, aber auch sie beugten sich zu ihm hinüber, wenn brüllendes Gelächter an seinem Tisch ertönte.

Außer mir und Chris gab es jedoch auch noch andere, die abseits der Richtigen Bande saßen. Randy Schwartz saß ganz allein auf der anderen Seite des Raums. Seine Konzentration galt ausschließlich dem Tablett, aber er hatte die Schultern hochgezogen, als ob er jeden Moment mit einem Pfeil rechnete. Bekka Hayakawa und Penelope Graham saßen in einer anderen Ecke. Sie ignorierten es scheinbar, aber bei jedem Heiterkeitsausbruch vertieften sie sich in ihr Essen. Rachel DeLane war auch allein und arbeitete am Computer; aber wo ich jetzt darüber nachdachte, hatte sie das immer schon gemacht. Darüber hinaus waren noch ein paar andere Leute im Raum verteilt, und ich hatte den Eindruck, daß sie alle gespannt lauschten.

Padraics Stimme übertönte den Rest der Richtigen Bande. »Ja, er ist *ziemlich* häßlich und *irgendwie* auch linkisch, aber das gleicht er durch seine *absolute* Dummheit aus.«

Außer auf Randy hätte das auch auf Robert, M'tsu und Ichiro zutreffen können … als die Gruppe brüllend auflachte, versteiften sich die potentiellen Opfer dieses Spotts. Ich schaute Chris an, und der war verkrampft wie eine Faust.

»Selbst einige von uns, die mit Miriam befreundet sind, sind der Ansicht, daß sie nicht mehr alle Tassen im Schrank hat«, sagte ich. »Manche von uns glauben eben immer noch, daß ein anständiger Charakter, gute Leistungen und Engagement wichtiger seien als der Ehrgeiz, Eindruck zu schinden.«

Er lächelte gequält. »Nun, ich bin engagiert, und ich bin auch nicht *un*anständig. Aber ich bin sicher nicht gut in CSL und auch in keinem anderen Fach.«

»Warte ab, bis ich mit dir fertig bin«, sagte ich nur halb im Scherz. Dr. Niwara hatte mir mehr als einmal attestiert, daß ich die geborene Pädagogin sei.

Chris starrte Löcher in die Decke, als ob er mich nicht verstanden hätte. »Wahrscheinlich liegt es zum großen Teil auch daran, daß ich einfach nicht motiviert bin. Deshalb langweile ich mich. Für Agrartechnologie brauche ich kein CSL. Ich möchte im Bereich Hydroponik arbeiten; dafür muß ich nur ein paar Berechnungen anstellen und Grafiken interpretieren. Dieser andere Kram ist wohl auch ganz interessant, aber manchmal nervt es mich nur. Ich kann es kaum erwarten, die Erwachsenen-Abschlußprüfung zu machen und nie mehr etwas damit zu tun zu haben – ich will einfach zu den Tanks hinunter und arbeiten.«

Ich nahm einen großen Schluck Milch; ich verspürte das Bedürfnis, Chris zu fragen, ob er überhaupt das Zeug dazu hätte, die Austern zu überlisten. Papa sagt zwar immer, dort könne jeder unterkommen, aber das Engagement mancher Leute, die in diesem Bereich arbeiten, ist nicht gerade überwältigend.

Dann wechselten wir das Thema und unterhielten uns über Sport. Das war interessanter – mir war früher schon aufgefallen, daß Chris trotz seiner geringen Körpergröße drahtig und sehr flink war, doch nun erkannte ich, daß er wirklich über eine strategische Begabung verfügte, und seine Ansichten über die verborgenen Stärken unserer Klassenkameraden und wen er zum Mannschaftskapitän (was er in Anbetracht seines generell niedrigen *Standings* wohl nie werden würde) wählen würde, waren durchaus fundiert. Er war doch nicht so dumm, wie ich bisher unterstellt hatte – wir hatten nur unterschiedliche Interessen.

Da hatte ich eine Idee. Als Chris sich erbot, unsere Tabletts zurückzustellen, widersprach ich ihm nicht. Als er mir den Rücken zugedreht hatte, rief ich auf dem Computer die FINK-Seite auf.

Auf der FINK-Seite (die offizielle Bezeichnung lautet Lehrer-Informations-Rubrik) plaziert man Dinge, von denen man glaubt, daß sie dem Lehrer von Nutzen sind. Die Eingaben sollen zwar dem Datenschutz unterliegen, aber ich bin sicher, daß der CPB die Meldungen doch identifizieren kann, genauso, wie er die privaten Kommunikationskanäle überwacht.

Ich gab ein ›C Kim vielleicht mehr Interesse für CSL wenn Praxisbezug zu Ag-Ökol & Ökon bes. Aqua‹. Dann löschte ich den Bildschirm und rief zur Tarnung den Stundenplan für die nächste Woche auf. Manchmal kann man jemandem mit der FINK-Seite wirklich einen Gefallen tun, nur daß es einem nicht gedankt wird.

Wir unterhielten uns noch ein wenig, hauptsächlich über Bungee-Rennen und Sechswand-Handball, und dann ging der Unterricht weiter. Ich fühlte mich jetzt viel besser.

Der Nachmittag ließ sich nicht schlecht an. Pyramiden-CSL ist von allen Pyramiden-Wettbewerben der einfachste. Ich unterstützte Chris bei der Lösung einiger Probleme, half ein paar anderen Team-Mitgliedern aus der Patsche, und einmal gab ich sogar Randy Hilfestellung – obwohl er in CSL eigentlich hervorragend ist.

Nach Schulschluß versammelten wir uns vor dem Klassenzimmer, und ich versuchte, Chris mit ein paar aufmunternden Worten über Miriam hinwegzutrösten. Diese hing indes noch immer bei Theophilus herum, als es losging.

»Randy. König Randy. Eure Majestät.« Diesmal war es Gwenny. Randy ignorierte sie und hielt direkt auf die Omnivatoren zu.

»He, König Randy«, stimmte Kwame ein. »Ihr seid wieder nur Zweiter geworden, Eure Majestät.« Viele Kinder kicherten hämisch. Ich verstand diese Art von Spaß noch immer nicht, und langsam wollte ich sie auch gar nicht mehr verstehen.

»He, Randy.« Theophilus trat aus der Menge hervor. »Randy, Junge, ich rede mit dir.« Ich wußte nicht, weshalb er das ›Junge‹ so betonte; schließlich würde es noch über ein Jahr dauern, bis wir die Erwachsenen-Abschlußprüfung überhaupt *in Angriff nahmen*.

Langsam, als ob ihm das ziemlich ungelegen käme, drehte Randy sich zu Theophilus um. »Was?« fragte er unwirsch und mit gesenktem Kopf.

Ich wünschte, Randy hätte Theophilus fest in die Augen geblickt und ihn dadurch zum Verstummen gebracht, aber er stand nur mit gesenktem Blick da.

Theophilus kam bräsig auf ihn zu, wartete, bis er aufschaute und sagte dann: »Ich dachte, es wäre sicher lustig, wenn du noch einmal für alle diese heulenden Laute von dir gibst.«

Offensichtlich wußte Randy nicht, wovon Theophilus überhaupt sprach. Die Zeit verstrich, ohne daß jemand sich gerührt oder etwas gesagt hätte.

Dann drehte Theophilus Randy gemächlich den Rücken zu und kam ein paar Schritte auf uns zu. Er schaute in die Runde und sagte: »Um mich ›anzupassen‹, schickt man mich zu diesem Psychiater. Randy geht auch hin. Sein Termin liegt immer direkt vor meinem. Dann höre ich Randy jedesmal schreien und weinen, und dann stößt er dieses ulkige Heulen aus. Deshalb frage ich mich, ob König Randy nicht Lust hätte, uns allen das vorzuführen, damit wir etwas zum Lachen haben …«

Randy stand da wie vom Blitz gerührt. Tränen strömten über sein Gesicht. Er traf keine Anstalten, sie abzuwischen.

»Komm schon, König Randy.« Theophilus ging einen Schritt auf ihn zu. »Erinnerst du dich denn nicht mehr? Es geht so …« Er legte den Kopf in den Nacken und heulte – er atmete mit einem quiekenden Laut ein und stieß dann mit offenem Mund ein falsettartiges Stöhnen aus, in das sich heftige Schluchzer und tiefe Grunzlaute mischten, während es zu einem atemlosen Keuchen abflachte. Selbst in Theophilus' spöttischer Imitation ging es mir durch Mark und Bein.

Es wurde so still, daß ich Randys Atem hörte. Miriam, die sich eigentlich vor Lachen hätte kringeln müssen, lachte nervös. Eine große Anzahl der Anwesenden folgte ihrem Beispiel.

Ich weiß nicht, ob Randy wirklich vorhatte, Theophilus anzugreifen. Es interessiert mich auch nicht. Ich hatte eher den Eindruck, daß er in blinder Wut vorwärtsstürmte und gar nicht in der Lage war, einen überlegten Angriff vorzutragen.

Theophilus war bereit – er hatte wahrscheinlich schon

damit gerechnet. Er vollführte ein paar Schläge und Tritte, wobei er Randy ins Gesicht traf und ihm dann einen Schlag in den Solarplexus versetzte. Randy fiel hart zu Boden, und Theophilus faßte ihn am Kinn und schlug ihm immer wieder ins Gesicht. Es hörte sich an, als ob *Aerocrosse*-Bälle gegen die Schutzpolster klatschten, und Randy schien sich unter den Schlägen wie ein nasses Handtuch zusammenzufalten.

Ich wußte nicht einmal, daß ich auf sie zurannte. Wenn jemand etwas gerufen oder gesagt hatte, so hörte ich es nicht. Sobald ich sprechen konnte, hatte Papa mir eingehämmert, bei allem, was ich von seinen Patienten hörte oder sah, absolute Diskretion zu wahren. Chris und Barry haben mir später gesagt, daß ich, während ich auf Theophilus zulief, geschrien hätte, aber es wären keine Worte, sondern nur unartikulierte Laute gewesen; nicht einmal daran erinnere ich mich noch.

Ich hätte ihn mitten am Rücken erwischt; aber er holte aus, packte mich am Handgelenk, riß daran, während er mich gegen das Bein trat, und schleuderte mich kopfüber an die Wand.

Papa sagt, ihr alle würdet das in den Pausen lernen, und das ist ein weiterer Grund, weshalb ich der Erde nie einen Besuch abstatten werde.

Mein Rücken schmerzte fürchterlich, und mein Bein war taub; dann rutschte ich an der Wand hinab und kam mit dem Kopf auf. Ein Vorhang aus dumpfem Schmerz blendete die Welt aus. Nur verschwommen nahm ich wahr, wie Dr. Niwara herbeieilte, und als der Schmerz so weit nachgelassen hatte, daß ich wieder klar sehen konnte, saß Papa mit mir und Randy im leeren Klassenzimmer. »Ich glaube«, sagte er, »es ist Zeit für eine ausführliche Unterhaltung. Randy, ich habe deinen Vater benachrichtigt. Er weiß, daß du bei uns bist; wenn du also mit mir kommen würdest ...«

* * *

Nach allem, was geschehen war, erwartete ich wohl eine große Offenbarung, aber da täuschte ich mich gründlich. Papa ging es nur darum, Randy zu verdeutlichen, was mit ihm los war, und ich sollte mit ›Beobachtungen und Kommentaren‹ assistieren, wie er es ausdrückte. Es gab jedoch nicht viel zu sagen. Theophilus Harrison war so etabliert, wie es nur möglich war. Was Papa als ›adoleszente Machtspiele‹ bezeichnete, verdrängte nun das ›solidarische Neokonstrukt‹. Ich bin sicher, daß Randy die Hälfte davon überhaupt nicht verstand, wo ich schon ein Drittel nicht begriff und immerhin an Papa gewöhnt war.

»Äh … Dr. Murray?« sagte Randy schließlich. »Das meiste habe ich verstanden – glaube ich zumindest –, aber ich wüßte nicht, was ich dagegen tun könnte. Oder Melpomene. Wir sind doch nur Kinder.«

Papa kratzte sich am Kopf; mir gefiel die Art, wie er das tat. Die große kahle Stelle am Hinterkopf glänzte, als ob er sie gewachst hätte; anstatt ihm zuzuhören, betrachtete ich ihn und kam zu dem Schluß, daß er langsam alt wurde.

»… nicht sicher, ob ihr ›nur Kinder‹ seid. In vielerlei Hinsicht seid ihr die einzigen, die überhaupt etwas verstehen.« Er seufzte. »Sehr wenige Erwachsene versuchen, sehr viele von euch in eine Kultur zu integrieren, die wir gerade erst gegründet haben und zu der wir keinerlei emotionale Bindungen haben. Wir versuchen, uns in einer völlig neuen Situation zu behaupten und müssen nach besten Kräften improvisieren.«

Nun kratzte Randy sich auch am Kopf. Ich glaubte schon, es wäre ansteckend. Heute weiß ich, daß Randy den Leuten auf diese Weise höflich klar machen will, daß sie Quatsch verzapfen. »Hm, sicher. Ich verstehe. Aber was können wir nun tun?«

Papa lehnte sich zurück und schien angestrengt zu überlegen. Nun hatte ich Zeit, mir meine eigenen Gedanken zu machen, und ich wurde wütend. Dieser

Mensch hatte Randys und mein Gehirn so manipuliert, daß unser Bewußtsein den Normen der NAC entsprach. Nun stellte sich heraus, daß er einen Fehler gemacht hatte und nicht imstande war, ihn zu beheben. Und wer durfte nun für ihn und die NAC die Sache bereinigen? Richtig geraten. Wir. Die Leute, die sie mit ihrem Plan zum Krüppel gemacht hatten.

Und jetzt erörterte er das so ruhig mit Randy, als wäre es die natürlichste Sache der Welt. Randy übernahm wieder die Rolle des Zuhörers – nach allem, was dieser Mann ihm angetan hatte, bat Randy ihn auch noch um Rat.

Ich wollte schon etwas sagen – vielleicht auch schreien –, als Papa den Kopf schüttelte, als ob etwas Klebriges auf seinem Kopf gelandet wäre. »Pfui. Ich hatte ein Bündel Antworten, und keine davon hilft euch wirklich weiter – nur ›auf diese‹ oder ›auf jene‹ Art. Typisches Psychogewäsch. Ich sage euch jetzt, was ich von euch beiden erwarte, insbesondere von dir, Melly.«

Melly. Wie ich das haßte.

»Folgt eurem Herzen.«

Unseren Herzen folgen? In welcher Hinsicht gehörten sie uns überhaupt noch? »Klar«, sagte ich. »Das ist aber auch das einzige, worauf ich höre.«

Ich stand auf und ging; sie waren zu verblüfft, um mich daran zu hindern. Ich glaube noch gehört zu haben, wie mein Vater meinen Namen rief.

* * *

Ich schwebte in unseren Wohnbereich, schleuderte den Computer in seinen Behälter und schloß die Tür. Ich wußte nicht genau, wie spät es war, aber es war mir zu anstrengend, auf den Knopf zu drücken und mich zu informieren. Statt dessen klappte ich nur Tisch und Stühle hoch, zog das Bett herunter und streckte mich darauf aus.

Ich war völlig ausgebrannt, als ob ich eine Woche ununterbrochen geweint hätte, und schlief fast sofort ein.

Ich weiß fast immer, wann ich träume, und deshalb erschrecken Alpträume mich normalerweise auch nicht. Dieser indessen schon.

Im Traum schritt ich den ringförmigen Zentralkorridor an der Peripherie des Pilzes ab. Die Gravitation war irgendwie zu hoch, und ich war schon so lange gegangen, daß mir die Beine wehtaten. Ich war allein.

Ich wimmerte – was ich im wirklichen Leben *nie* mache.

Mein erster Gedanke war: ›In diesem Traum suche ich jemanden und finde ihn nicht.‹ Aber ich wußte überhaupt nicht, wen ich suchen sollte, und außerdem hätte ich mich sehr wohl ausruhen dürfen, wenn mir danach gewesen wäre.

Schritte hinter mir. Ich darf mich nicht umdrehen, und ich darf mich nicht erwischen lassen, was immer es auch ist. Ich hasse diese Jagdszenen in den alten 2-D-Filmen, und in meinen Träumen mag ich sie noch viel weniger. Der Verfolger schien näherzukommen, und ich rannte los, wobei die Beine von den Oberschenkeln abwärts schmerzten. Aus unerfindlichen Gründen konnte ich aber auch nicht in eine Abzweigung einbiegen.

Zunächst schien ich es zu schaffen, doch dann beschleunigten die Schritte hinter mir auch und kamen rasch näher. Ich lief noch schneller und vergrößerte den Vorsprung, doch der Verfolger holte erneut auf. Als ich schließlich mit höchstmöglichem Tempo lief, war mein Verfolger anscheinend auch nicht mehr in der Lage, noch zuzulegen.

Vor mir hörte ich weitere Schritte, die sich jedoch von mir entfernten. Wenn ich es bis zu dieser Person schaffte, wäre ich in Sicherheit. Aber die Distanz zu dem Läufer vor mir blieb konstant, wobei er sich in dem ansteigenden, gekrümmten Korridor meinem Blick entzog. Genauso wenig, wie ich diesen unheimlichen Verfolger abschütteln konnte, gelang es mir, den vor mir laufenden Freund einzuholen.

Ebenso, wie ich wußte, daß ich träumte, erkannte ich aber auch, daß ich überhaupt nicht verfolgt wurde und daß sich auch niemand vor mir befand. Und dennoch stand ich unter dem Zwang, weiterzulaufen – immer weiter. Der Angst, vor der ich floh, und der Hoffnung, der ich nachjagte, konnte ich mich nicht widersetzen, obwohl selbst die Schritte nur Echos waren, die im äußeren Ring des Pilzes widerhallten.

Nach dieser grotesken Logik brachte ich den Pilz wie ein Laufrad zum Rotieren, wie die Tiere, die ich auf Videos in Tretmühlen gesehen hatte. Wenn ich nicht rannte, gab es keine Schwerkraft, und unser Kalziumspiegel würde absinken und unsere Knochen würden zerbröseln. Die Schmerzen wurden durch die Anstrengung verursacht, die es kostete, die große Struktur mit einem Durchmesser von einem halben Kilometer und einer Masse von hunderttausend Tonnen allein mit meinen beiden Beinen in Bewegung zu halten.

Ich sah mich selbst, wie ich blau anlief und stolperte. Entweder es gelang mir, die irrationalen Emotionen in den Griff zu bekommen und stehenzubleiben, oder ich scheiterte und lief immer weiter.

Wenn ich stehenblieb, würde ich auf dem Korridor in einen Erschöpfungsschlaf fallen. Dann würde die Rotation des Pilzes sich allmählich verlangsamen. Es gäbe keine Schwerkraft mehr, und weil alles meine Schuld war, würde die Katastrophe des Kalziumschwundes sofort mir zur Last gelegt werden. Die Knochen würden zerbröseln, Urin würde weiß und dickflüssig wie Joghurt aus dem Körper rinnen, das Fleisch zerfallen. Die Rippen würden sich deformieren, und ich würde gerade noch rechtzeitig aufwachen, um zu erleben, wie die Brustmuskulatur zum letztenmal zuckte, die Knochen splitterten und die Lunge kollabierte. Ich wäre unfähig zu atmen und mich zu bewegen, ich würde mich auf dem Deck winden, blau anlaufen und Gesicht und Gehirn in die Luftröhre saugen…

Oder ich lief weiter, wie ein Marathon-Läufer, bis mein Körper schließlich versagte, die Blutgefäße platzten, die Membranen rissen, das Gewebe sich zu Gallert verdickte und die Haut sich abschälte, während ich schrie und das Gesicht zerfiel. Mein kompostierter Körper würde sich in einer großen roten, nach Eisen riechenden Lache auflösen.

Wie ich sah, geschah jedoch nichts Derartiges – das Nervensystem war intakt. Das Gehirn, an dem dicke Nervenstränge hingen, lag in dieser roten Pfütze und starb in einem stundenlangen Todeskampf, während über die noch intakten Nervenbündel Schmerzmeldungen eingingen.

Beide Todesarten, der körperliche Verfall und die Auflösung zu einer amorphen Masse, waren absurd, genauso absurd wie die Tatsache, daß ich den Pilz drehte oder auf einer Strecke von fast zwei Kilometern Schritte im Korridor hörte, deren Klangbild sich nicht veränderte. Das sagte ich mir immer wieder, genauso wie ich mir sagte, daß ich nur träumte.

Aber ich blieb nicht stehen und wachte auch nicht auf.

»Äh… Melpomene?«

Ich setzte mich schreiend auf und schaute mit tränennassen Augen in Randys Gesicht.

»Äh…«, wiederholte er und starrte mich an. »Tut mir leid, wenn ich dich geweckt habe.«

»Wie?« sagte ich. Das war das einzige, was mir einfiel. Ich zog ein Reinigungstuch aus dem Spender und rubbelte mir das Gesicht ab.

»Äh… Dr. Murray… dein Vater, weißt du…«

»Jedenfalls sagt das meine Mutter.«

»Ja, nun, er… was hast du gesagt?«

»Das ist ein alter Scherz, den ich mal in einem uralten 2-D-Film gesehen habe.« Ich schneuzte mich. Vor lauter

Freude, diesem Alptraum endlich entronnen zu sein, wußte ich gar nicht mehr, worüber ich mich eigentlich aufgeregt hatte.« Setz dich. Was hat Papa denn gesagt?«

Randy setzte sich aufs Bett. »Nun… äh… er hat gesagt, ich solle mal nach dir schauen. Er sagte, er hätte Angst, dich noch mehr aufzuregen, und er wollte nicht, daß du wartest, bis dein Bruder nach Hause kommt.«

»Ich bin in Ordnung«, sagte ich und setzte mich. »Aber wie geht es *dir* denn? Ich dachte schon, Theophilus wollte uns beide umbringen.«

»Ich wünschte fast, er hätte das auch getan.« Randy schüttelte den Kopf. »*Mich* umgebracht, meine ich. Dann hätten sie ihn wenigstens eingesperrt, und ich müßte keine Angst mehr vor ihm haben.«

»Ich weiß, was du meinst. Pos-def. Hat Papa noch etwas gesagt, nachdem ich gegangen bin?«

»Ich wollte dir nachlaufen, aber er sagte, daß du sicher allein sein wolltest. Ich hielt das zwar für reichlich absurd, aber er ist der Psycho, also…« Erneut zuckte Randy die Achseln. »Auf jeden Fall bin ich froh, daß du in Ordnung bist.«

»Hat er sonst noch etwas gesagt?«

»Er hat nicht von dir gesprochen, wenn du das meinst.« Er senkte den Blick, und da fiel mir zum erstenmal auf, daß er im Grunde schüchtern war. »Er… äh… du weißt vielleicht, daß ich wegen einiger Probleme jede Woche einen Termin bei Dr. James habe.« Er zwang sich, mir in die Augen zu schauen. »Jeder weiß das wohl.«

Ich nickte. »Ich mag dich trotzdem.«

Randy wurde um zwei Nuancen roter, und ich glaubte schon, er würde weinen, aber dann lächelte er mich offen und herzlich an – das hatte ich noch nie zuvor an ihm gesehen – und lachte sogar. »Danke! Ich habe immer Angst, daß die Leute mich deswegen ablehnen. Dann hätten sie nämlich außer dem, was sie jetzt schon von mir wissen, noch etwas, weswegen sie mich hassen könnten.« Wieder senkte er den Blick. »Es ist schon verdammt komisch, Melpomene. Früher haßten die Leute mich, weil ich der Klassenschläger war, aber das hatte ich ja noch verstanden. Aber heute bin ich kein Schläger mehr, und sie hassen mich mehr als zuvor.«

»Ich hasse dich nicht«, sagte ich. »In meinen Augen bist du wirklich nett. Und im Grunde glaube ich auch nicht, daß die Leute dich hassen. Es liegt nur daran, daß Theophilus dieses neue Spiel erfunden hat, und jeder will mitspielen.«

Er seufzte. »Kann sein.«

Ich wußte nicht, was ich sonst noch hätte sagen sollen, und er wirkte so angespannt, daß ich befürchtete, bei einer Berührung von mir würde er sofort an die Decke springen. Für eine Weile saß ich nur da und schaute ihn an.

Andererseits war dieses Schweigen noch schlechter als alles, was ich hätte sagen können. »Du hast Dr. James erwähnt«, sagte ich.

»Genau.«

»Bist du damit einverstanden, den Arzt zu wechseln?«

»Ja. Ich habe manchmal Schwierigkeiten mit Dr. James.« Er hob die Schultern. »Vielleicht liegt es daran, daß er ein aufgeblasener Quacksalber und obendrein ein Cryo ist. Nur als Beispiel. Aber dein Vater – ich glaube, er ist in Ordnung, soweit ich das nach der ersten Begegnung überhaupt beurteilen kann. Deshalb habe ich ihn gefragt, ob ich von Dr. James zu ihm wechseln kann.«

»Das ist ja toll«, sagte ich. Das meinte ich auch so, denn ich wußte, daß Papa einen sehr guten Ruf hatte, aber gleichzeitig mußte ich wieder an den Grund meines Ärgers denken. »Wann liegen deine Termine?«

»Montags nach der Schule. Er sagte, wenn du nichts dagegen hättest, könnte ich nach Schulschluß mit zu euch nach Hause kommen. Dann würde ich in seine Sprechstunde gehen, und hinterher könnten wir zusammen zu Mittag essen?« Randy hatte es als Frage ausgesprochen, und ich war sicher, daß er einen Rückzieher machen würde, wenn er den Eindruck bekam, daß ich mit der ganzen Sache nicht einverstanden war.

»Das ist pos-def in Ordnung«, sagte ich. Mein Magen rumorte. Aus gegebenem Anlaß fragte ich: »Wo wir gerade davon sprechen, hast du schon zu Abend gegessen?«

»Nein, ich habe mich lange mit deinem Vater unterhalten. Er sagte, er wollte sich dir in der nächsten Zeit nicht aufdrängen. Ich glaube, er ist mit deiner Mutter ausgegangen.«

»Gut, dann üben wir schon mal für Montag«, schlug ich vor. »Wir gehen zusammen essen, vielleicht in einer Cafeteria, wo niemand uns kennt und wir uns über alles unterhalten können.«

»Pos-def.« Er stand auf, nahm seine Computertasche, und ich holte meine aus dem Behälter.

Wir beschlossen, in die Cybertao-Cafeteria an der Peripherie des Pilzes zu gehen; Randy, weil er keine Erfahrung mit Zeremonien hatte, und ich hoffte, dadurch dem CT am Wochenende zu entrinnen. Papa und Mama waren zwar nicht sehr streng, aber sonntags mußte ich normalerweise immer an der Buchübertragung teilnehmen, obwohl ich nicht die geringste Lust dazu hatte. Wenn ich die Schuld jetzt abtrug, durfte ich mich am Sonntag vielleicht ausschlafen.

Der Weg war ziemlich weit – ungefähr so weit wie bis zur Schule –, weshalb wir den Omnivator nahmen. Als wir an der Peripherie des Pilzes den Bereich erhöhter Schwerkraft betraten, spürte ich, wie müde ich wirklich war und trottete schlapp und hungrig durch die Halle zur Cafeteria. Ich schaute Randy an, und der sah noch schlechter aus.

Zu meiner Überraschung war der Kellner in der Cybertao-Cafeteria Bert van Piet, Sylvestrinas Vater. In der Regel hat ein Kellner nicht viel zu tun, weil alles automatisiert ist; nachdem wir Platz genommen und bestellt hatten, kam er auf ein Schwätzchen zu uns. »Schön, euch hier zu sehen.«

»Wollten mal etwas Neues ausprobieren«, sagte ich sachlich. Als wir noch jünger waren, waren Miriam und ich manchmal mit Sylvestrina zusammengewesen, aber ihren Vater kannte ich nur flüchtig.

Er nickte lächelnd. Irgend etwas an diesem Lächeln störte mich, und obwohl ich nicht wußte, warum, war ich plötzlich froh, daß dies hier ein öffentlicher Ort war und Randy sich bei mir befand. »Habt ihr schon einmal eine *Zeremonie* mitgemacht?« fragte er.

»Nur per Draht – ich lasse sie leider nicht abspeichern. Ist das in Ordnung?« Ich wußte, daß es in Ordnung war; trotzdem schadete es nichts, wenn ich es mir noch einmal offiziell bestätigen ließ und Randy so das Unbehagen nahm.

»Ja, natürlich. Wenn dir die *Zeremonien* nicht gefallen hätten, wärst du sicher nicht wieder gekommen.«

»Sie sind sehr kontemplativ«, sagte ich. Das war die neutralste und unverfänglichste Bemerkung, die mir einfiel.

»Sie werden dir noch besser gefallen, wenn du sie aus dem Bewußtsein aufrufst.« Offensichtlich war er für dezente Hinweise ebensowenig empfänglich wie seine Tochter. Er sagte das mit einer solchen Wärme, die mich irgendwie an irdische Politiker und nicht zuletzt an Dr. James erinnerte. Er wandte sich an Randy und fragte: »Du bist Randy Schwartz, nicht wahr?«

»Jawohl.«

»Silly spricht oft davon, welche Hilfe du ihr in Mathe bist. Wir wissen das wirklich zu schätzen.« Nun strahlte er Randy an.

Silly. Und ich hatte es schon für kraß gehalten, wenn

Mutter mich ›Melly‹ rief. Es gibt wohl immer jemanden, der noch schlechter dran ist als man selbst…

»Sie ist ziemlich gut; sie hat nur zu wenig Selbstvertrauen«, sagte Randy. Das war gelogen. Sie ist strohdumm und obendrein noch faul. Aber das würde Randy ihrem Vater wohl nicht auf die Nase binden.

Mir mußte etwas von dem entgangen sein, was Mr. van Piet gesagt hatte, denn Randy erklärte: »Nun… äh… Dad ist ein Ökokatholik, und wir gehen nicht oft in die Kirche.«

»Wenn euch der Abend gefällt, kommt auf jeden Fall wieder. Und wenn ihr Fragen habt…«

»…wenden wir uns an Sie.« Randy schaute mich leicht irritiert an. Wahrscheinlich fragte er sich, ob ich ihn hierher gelockt hatte, um ihn zu missionieren; hier oben gibt es nicht viele Leute wie Mr. van Piet, aber dennoch sind sie überall. (Papa sagt, die Erde sei verseucht mit ihnen.) Also glaubte Randy vielleicht, ich sei auch so eine. Langsam wurde es peinlich…

Mr. van Piet unterhielt sich noch eine Weile mit uns über Banalitäten und trollte sich dann, um jemand anders zu belästigen. »Ich muß mich dafür entschuldigen«, sagte ich. »Ich habe einen Fehler gemacht. Ich hätte wissen müssen, daß sie hier einen Pfadfinder postiert haben, um uns ins Paradies zu führen.«

»Ich dachte, du *wärst* cybertao.«

»Nicht genug für Leute wie ihn.«

Mißmutig verzog Randy das Gesicht. »Vielleicht ist das der Grund dafür, weshalb Sylvestrina so still ist. Vielleicht erwarten ihre Eltern, daß sie die Leute bekehrt, und weil sie zu anständig dafür ist, sagt sie gleich gar nichts.«

Auf diesen Gedanken war ich noch gar nicht gekommen, aber er erklärte einiges. »Ich glaube, im Grunde weiß man nie, wie es in anderen Familien zugeht. Das Essen wird bald kommen; wenn wir an der *Zeremonie* teilnehmen wollen, sollten wir langsam anfangen.«

»Du bist hier die Expertin.«

Das brachte mich zum Lachen. »Vergiß nicht, die Ungläubige führt den Heiden an.« Ich zog den Ohrhörer unter dem Tisch hervor. »Steck ihn dir ins Ohr und befolge die Instruktionen.« Dann stöpselte ich mir den Hörer ins Ohr.

»Ich freue mich wirklich, daß wir zusammen essen«, sagte ich. »Ich hasse es nämlich, allein zu essen.«

Einen Moment lauschte Randy dem Ohrhörer und sagte dann: »Ich freue mich auch. Es ist ein wahrer Genuß, jemanden zu haben, mit dem man sich unterhalten kann.«

Mein Ohrhörer meldete sich: »Mach deinem Begleiter ein Kompliment.«

»Ich mag dein Lächeln«, sagte ich.

Er wurde rot, aber nachdem sein Ohrhörer sich erneut als Souffleur betätigt hatte, gelang es ihm, mir zu sagen, daß er mich in CSL für ein Genie hielt. Das hatte er aber schön gesagt.

Und so ging es dann weiter; die Erste Zeremonie, die viele Leute mental abspeichern lassen, ist eine geführte Konversation mit gegenseitigen Sympathiebekundungen. Papa sagt, das sei auch der eigentliche Grund gewesen, weshalb er zum Cybertao konvertiert wäre.

Am Ende der Ersten Zeremonie fuhr der Servierwagen vor, und wir nahmen unser Essen in Empfang. Ich wurde vom Gewicht der Tabletts überrascht, aber dann erinnerte ich mich daran, daß die Schwerkraft hier fast 0,5 Ge betrug, das Zehnfache des Wertes in der Cafeteria, wo ich sonst immer zu Abend aß. Man gewöhnt sich zwar an die Vorstellung, daß Frühstück und Abendessen nicht viel wiegen, das Abendessen jedoch um so mehr; aber trotzdem bringt einen das ganz aus dem Rhythmus.

»Jetzt kommt die Zweite Zeremonie«, sagte ich zu Randy, »während wir darauf warten, daß das Essen sich abkühlt. Dann essen und reden wir, und zum

Schluß kommt die Dritte Zeremonie.« Wir stöpselten wieder die Ohrhörer ein.

Die Zweite Zeremonie ist eine individuelle Erfahrung, und sie ist immer drahtgestützt. Die Maschine führt einen durch eine Spontane Situations-Bewertung. Dies ist die offizielle Bezeichnung dafür, daß man darüber sinniert, wie das Essen auf den Tisch kam, wie viele Menschen an der Produktion und Zubereitung beteiligt gewesen waren, wie weit die Pflanzen und Tiere und man selbst sich entwickeln mußten, um die Eintrittswahrscheinlichkeit genau dieser Mahlzeit herbeizuführen, und so weiter. Mit Sprüchen wie ›Versuch, dir den Weizen in den Nudeln vorzustellen‹, ›Bedenke, daß auch der Tisch irgendwie hierher gekommen sein muß‹ und ›Berücksichtige die Proteinverträglichkeit‹ wurde man alle dreißig Sekunden traktiert; in der Regel waren es immer fünf Sätze.

Am liebsten hätte ich mich jedesmal erkundigt, welche Fragen den anderen gestellt worden waren, wie nach einem Test in der Schule, aber das gilt als ›Geringfügige Dissonanz‹, und das tut man einfach nicht. Ich hoffte, Randy würde mich nicht fragen, denn wenn er es täte, würde ich nie mehr der Versuchung widerstehen können, Informationen zu handeln.

Er fragte mich jedoch nicht, so daß mir keine Eröffnung einfiel, als wir die Gabeln zur Hand nahmen und aßen. »Es ist zwar ungewöhnlich, aber es gefällt mir«, sagte Randy.

»Die Zeremonien?«

»Genau. ›Wir sprechen das Tischgebet.‹«

»Wie in den alten 2-D-Filmen?«

»Genau.«

Wir widmeten uns wieder dem Essen. Ich war noch nie so hungrig gewesen. Es gibt nichts Besseres als einen Streit, eine emotionale Krise und ein spätes Abendessen, um den Appetit anzuregen.

»Äh – Melpomene … ich glaube, früher oder später

muß ich mich mit dir über etwas unterhalten«, sagte Randy schließlich. »Dein Vater hat gesagt, du wärst außer dir gewesen, als er dir von der Gefühlsmechanik auf dem *Fliegenden Holländer* erzählt hat…«

Ich nickte nur und hatte Angst, etwas zu sagen. Er saß für eine Weile da, bevor er leise sagte: »Mit mir hat man das auch gemacht, aber ich hatte niemanden, mit dem ich darüber reden konnte.«

»Wirklich?«

Er nickte nur; er schien alles gesagt zu haben. Er löffelte den letzten Rest Soße vom Tablett.

Ich aß die restlichen Bissen auf und fragte: »Kommst du mit den Hausaufgaben klar?«

Zuerst schaute er verblüfft, lächelte dann schelmisch und erwiderte: »Mit dieser Frage hatte ich jetzt aber nicht gerechnet.«

»Ich dachte, daß wir vielleicht etwas unternehmen und uns dabei unterhalten können. Heute ist doch Freitag. Wir könnten uns einen Raum zum Spielen suchen.«

»Ja, das würde mir gefallen. Sechswand?«

»Pos-def.« ›Sechswand‹ ist ein Geschwindigkeits- und Koordinationsspiel, bei dem es nicht unbedingt auf die Körpergröße ankam.

Wir unterhielten uns noch ein wenig über die Hausaufgaben, absolvierten die Dritte Zeremonie und verabschiedeten uns dann hastig von Mr. van Piet. Ich hatte Angst, er würde mich am Ende noch dazu überreden, zum CT zu konvertieren, und dann wäre der eigentliche Sinn und Zweck des Besuchs hier hinfällig.

Das Essen hatte unsere Lebensgeister wieder geweckt, und als wir zurück im Hauptkörper waren, spielten wir noch über zwei Stunden ›Sechswand‹ (freitags ist die Sperrstunde immer später), wobei wir fast nicht miteinander sprachen. Unsere Spielstärke war in etwa gleich, und es tat gut, sich nur auf das Spiel zu konzentrieren und sich in angenehmer Gesellschaft zu bewegen – was ich von vielen meiner alten Freunde in der letzten Zeit nicht mehr behaupten konnte.

Er gewann die beiden letzten Spiele. Ich wurde müde, und es war auch schon spät. »Willst du noch weiterspielen, oder sollen wir uns unterhalten?« fragte ich.

»Reden wir.« Er gurtete sich fest. »Wie hast du dich denn gefühlt, als dein Vater dieses Gespräch mit dir geführt hat?«

Ich erzählte ihm alles über die Unterhaltung mit Papa; es sprudelte nur so aus mir heraus. Ich fing mit Tom an, weil ich es in diesem Zusammenhang auch für bedeutsam hielt. Ständig unterbrach er mich und fragte mich in allen Einzelheiten nach Papas Ausführungen und Reaktionen aus.

Es war ein so gutes Gefühl, nur zu reden und jemanden zu haben, der mich verstand. Manchmal mußte ich weinen; manchmal lachten wir beide – ich erinnere mich nicht, worüber. Als ich meinen Vortrag schließlich beendet hatte, war ich leer und erschöpft, aber ich fühlte mich nicht mehr so allein wie in den letzten Tagen.

»Das klingt wirklich verrückt«, sagte er.

»Wenn du diesen Eindruck hast, Randy, kann ich dir das nicht verdenken.« Ich ging zu ihm hinüber und setzte mich fast auf Tuchfühlung neben ihn an die Wand. Er zog sich nicht zurück, aber er legte auch nicht den Arm um mich, wie ich es eigentlich gehofft hatte. Er verbarg das Gesicht in den Händen. »Gut. Also. Ich weiß, es hört sich blöd an, aber ich wünschte, ich hätte jemanden wie deinen Vater zum Reden gehabt. Bei einer Sitzung hat Dr. James mich in zwei Minuten abgefertigt. Er hat mich praktisch hinausgeworfen.«

»Das ist ja schrecklich.«

»Pos-def. ›Ach, übrigens, Geist und Seele der Menschen werden von der NAC gemäß den Anforderungen an einen guten Arbeitnehmer konditioniert. Bis nächste Woche.‹« Er zuckte die Achseln. »So macht er das im Grunde immer. Ich frage mich schon die ganze

Zeit, ob er das Schiff vielleicht verlassen will. Auf jeden Fall bin ich froh, jetzt bei deinem Vater in Behandlung zu sein.«

»*Mir* hat er aber nicht gutgetan. Ich bin auch verletzt.«

»Ja.« Er nickte und senkte dann den Blick. »Ich weiß.« Etwas Dümmeres hätte er kaum sagen können.

»Mit anderen Leuten kommt er viel besser klar als mit seiner eigenen Familie.«

Er schlang die Arme eng um den Körper. »Das trifft aber für viele Leute zu.«

»Es ist auch gar nicht so schön, wenn man so etwas von seiner eigenen Familie gesagt bekommt, weißt du!« Mit zitternden Fingern streifte ich Handschuhe und Knieschützer ab und stopfte sie in die Computertasche.

»Es tut mir leid.«

»Das sollte es auch.«

Er entledigte sich seiner Ausrüstung, knäulte sie zusammen und warf sie achtlos in die Computertasche. Und das Gespräch hatte überhaupt noch nicht richtig angefangen – bis zum Kern der Sache war er noch gar nicht vorgedrungen. Diesmal hatte ich es gründlich verbockt.

Er schloß die Computertasche und sagte: »Es tut mir wirklich leid, daß ich dich so aufgeregt habe. Ich werde dich nicht wieder belästigen.«

Eine Träne quoll aus seinem Auge. Soweit ich wußte, hatten ihn bisher nur zwei Leute zum Weinen gebracht – Theophilus und ich. Ich kam mir so dumm vor. »Es tut mir auch leid.« Das war ungefähr das einzige, was mir einfiel. »Und du hast mich gar nicht belästigt. Ich mag dich. Ich hatte nur die Beherrschung verloren und überreagiert, in Ordnung? Ich möchte, daß wir Freunde bleiben.«

Er ließ den Kopf hängen, sagte aber: »Ja, pos-def.« Dann sah er mich über die Schulter hinweg an. »Es tut mir leid«, wiederholte er.

»Weshalb?«

»Äh ... ich glaube, weil ich dich aufgeregt habe.«

Ich redete zwar Mist, war aber nicht die einzige. »Du hast dich auch aufgeregt«, stellte ich fest. »Können wir nicht endlich aufhören, uns ständig zu entschuldigen?«

»Vielleicht kannst *du* das.« Randy seufzte. »Barry sagte immer, ich würde mich für alles und jedes entschuldigen ...«

»Er hatte recht. Reden wir von etwas anderem – von etwas ganz anderem.«

»Pos-def.« Mit dem Resultat, daß wir natürlich gar nichts mehr sagten. Miriam hatte mir erzählt, daß das mit Jungen immer passieren würde, und ich hatte ihr nicht geglaubt.

Schließlich fiel mir noch etwas ein, das *ich* hatte sagen wollen. »Randy?«

»Anwesend, meine Dame.«

»Fein. Äh ... und welche Konsequenzen ziehen wir jetzt daraus?« Randy wirkte höchst verlegen. Erst jetzt, wo ich es nach über einem Jahr niederschreibe, erkenne ich, daß er es gewußt haben muß – und jetzt bin *ich* verlegen.

Weil ich den Eindruck hatte, daß er gar nicht wußte, wovon ich sprach, half ich ihm auf die Sprünge. »Den ganzen Gefühlsmechanik-Kram.«

Im nachhinein versuche ich mich zu erinnern, ob er erleichtert oder enttäuscht gewirkt hatte. Wahrscheinlich war beides zutreffend.

»Ich wüßte nicht, was wir tun könnten«, sagte er und lehnte sich zurück. »Ich dachte, wir würden nur besprechen, wie wir mit diesem Gedanken leben sollen.«

»Nun, ich bin jedenfalls neugierig. Ich will wissen, in welchem Ausmaß sie mich verdrahtet haben. Habe ich *überhaupt* noch eigene Gefühle? Und dann gibt es da noch eine Menge Zeug, von dem ich nicht weiß, weshalb sie es getan haben; ich begreife nämlich nicht, wieso man Leute auf Faulheit oder schlechtes Benehmen konditionieren sollte, denn es gibt schon im Normalzustand genug davon.«

Randy schüttelte den Kopf. »Ich hatte es selbst nicht verstanden, weshalb ich immer durchknallte und Leute schlug, nur weil ich auf irgend etwas neidisch war. Tat ich das nur, weil der CPB es so wollte? Wollten sie, daß ich diese Kinder zusammenschlage? Weshalb muß *ich* mich dann schuldig fühlen? Und wenn sie mir die Erfahrung vermitteln wollten, ein Schläger zu sein, wieso mußten dann andere Kinder zusammengeschlagen werden?«

Ich holte tief Luft; ich hatte eine Idee, und nach dem, was Randy bisher gesagt hatte, lag ich sogar richtig damit. »Genau das habe ich mich auch schon gefragt. Ich weiß aber nicht, wie sie es schaffen, auch das Unterbewußtsein zu manipulieren. Vielleicht haben sie etwas Ähnliches wie die Drei Gesetze der Robotik in uns implementiert – erinnerst du dich noch an diese alten Geschichten?«

»Klar. ›Ein Arbeiter darf der NAC keinen Schaden zufügen und darf nicht durch Untätigkeit zulassen, daß die NAC zu Schaden kommt.‹ Und so weiter. Aber nun frage ich mich, weshalb ein paar Erdschweine glauben, daß sie alle Eventualitäten vorhersehen könnten? Was, wenn wir beispielsweise eines Tages das Schiff verlassen müssen?«

Ich starrte ihn an; meine schlauen Überlegungen hatten sich erübrigt. »Du hast recht. Durch die Begrenzung der Optionen könnte der *Fliegende Holländer* irgendwann einmal in Gefahr geraten.« Diese Vorstellung war fast zu schrecklich, um sie auch nur in Erwägung zu ziehen.

»Und auf einmal funktioniert es nicht mehr«, sagte Randy. »Das hat dein Vater uns gesagt.« Er riß die Beine hoch, schlug eine Rolle und federte dann zwischen Boden und Decke hin und her. Wenn ich vorher gewußt hätte, daß er ein *Ponger* war …

Wieder ein Hinweis vom Computer. In Ordnung. ›Ponging‹ entspricht dem ›Pacing‹, das ich in irdischen Schauspielen und Filmen gesehen habe, nur daß es eben an die niedrige Schwerkraft adaptiert ist. Dies dient zur Entspannung, wenn man angestrengt nachdenkt. Viele Leute tun das.

Andererseits macht es auch viele Leute verrückt. »Würdest du bitte damit aufhören?«

Verlegen schlug er einen Salto und schwebte zur Decke empor. »Entschuldigung, ich mache das immer, wenn ...«

»Wenn du nachdenkst. Ich weiß. Mim tut das auch immer.« Ich seufzte. »Entschuldige, daß ich laut geworden bin. Ich fühle mich selbst nicht so gut.« Meine Idee kam mir wieder ins Bewußtsein, aber ich war nicht sicher, ob ich sie Randy erzählen sollte. »Weißt du vielleicht, was wir tun könnten?«

»Nein. Ich weiß nur, daß wir etwas tun müssen.« Er schüttelte den Kopf. »Es tut mir leid.«

Randy schaute so betreten, und vor allem ohne jeden Grund, daß ich einfach lachen mußte.

»Was?!« Er schaute mich düster an.

»Du! Wenn die Sonne sich in eine Nova verwandeln und uns alle braten würde, kämst du auch noch mit einer Entschuldigung.«

»Nun ...« Zunächst hatte es den Anschein, als ob er wütend würde, und dann schien er sich wieder entschuldigen zu wollen. »Nun ... äh ... das wäre ja auch ein Grund.«

Das war so doof, daß wir beide lachten, und ich fühlte mich gleich viel besser. Ich wollte ihm schon von meiner Idee erzählen, als der Lautsprecher ertönte. »An Melpomene Alice Murray und Randomly Distributed Schwartz. In fünfzehn Minuten müßt ihr den sechseckigen Handballraum verlassen und euch auf den Rückweg zu euren Wohnbereichen machen.«

»Verstanden«, sagten wir unisono und packten die Computertaschen.

»Morgen ist Samstag«, stellte Randy fest. »Und nächste Woche haben wir Sprachen.«

»Genau.« Da standen wir wieder und wußten nicht, was wir sagen sollten. »Was machst du denn an den Wochenenden?« fragte ich ihn in Ermangelung einer besseren Frage; aber dann erkannte ich, daß meine Idee wirklich perfekt war.

»Normalerweise lerne ich«, antwortete er. »Manchmal fliegen Barry und ich auch Glideboard, aber ... weißt du ...«

Er klang so traurig, und weil jetzt keine Zeit für lange Erklärungen war, sagte ich: »Wenn du dich deinen Studien gewidmet hast, hättest du dann Lust auf ein Treffen? Ich glaube, ich weiß, wie man das Problem angehen könnte, und mir reicht der Sonntag, um mich auf die nächste Woche vorzubereiten.«

»Nun – ich müßte eigentlich viel für Japanisch tun ...«

»Das könnte mir auch nicht schaden. Wie wäre es, wenn wir morgen nur Japanisch sprechen?«

»Das würde zwar helfen, aber ich muß wirklich auch in die Bücher schauen.« Dann verzog er wieder das Gesicht und lachte freudlos. »Das ist doch albern. Ich kann es kaum erwarten, den Tag mit dir zu verbringen. Ich werde am Wochenende schon noch Zeit zum Lernen finden. Wir verbringen den Samstag zusammen, und dann kannst du mir von deiner Idee erzählen.«

»Noch besser, wir können morgens schon anfangen. Wir treffen uns gleich nach dem Frühstück, und ... o nein.«

»Was ist denn los?«

»Morgen früh muß ich zum *Outside Club.* Mein Bruder Tom hat ein *Flip-Flop*-Rennen. Die Junioren-Schiffsmeisterschaft.«

Randys Grinsen wurde breiter. »Genau das wollte ich auch vorschlagen. Ich würde ihn sehr gern kennenlernen.«

»Du interessierst dich für *Flip-Flop?* Betreibst du es selbst auch?«

»Ich kann es nicht besonders«, sagte er, »aber ich schaue sehr gern zu. Ich habe deinen Bruder schon oft gesehen. Er ist Spitze.«

»Das finde ich auch.« Dann standen wir dumm herum.

»Nun, dann ist ja alles klar«, sagte ich nach einer langen Pause.

Wir standen noch eine Weile herum, bis Randy schließlich sagte: »Genau. Treffen wir uns vor dem Gemeinschaftsraum von Block A, 09:00?«

»Das wäre schön.«

»Bis dann.«

Wieder eine sehr lange Pause. Dann küßte er mich unvermittelt auf die Wange.

Damit hatte ich nicht gerechnet, und er wollte sich schon zurückziehen, als ich ihn umarmte. Er umarmte mich auch.

Vor lauter Verlegenheit sahen wir uns nicht an und sagten kein Wort. Dann ertönte wieder der Lautsprecher. »Achtung, Melpomene Alice Murray und Randomly Distributed Schwartz. In fünf Minuten müßt ihr den sechseckigen Handballraum verlassen und euch auf den Rückweg zu euren Wohnbereichen machen.«

Wir lösten uns voneinander, lächelten errötend und schauten überall hin, nur uns nicht in die Augen. »Randomly Distributed?« fragte ich.

»Dad sagte, früher oder später würde er eine Vaterschaftsklage verlieren, und sehr wahrscheinlich gegen eine ungeeignete Mutter.« Er wirkte sehr ernst.

»Randy ist ein wirklich schöner Name.« Und so fügte es sich, daß ich zum erstenmal auf den Mund geküßt wurde.

Heute ist ein seltsamer Tag.

Noch nie zuvor hatte ich die Schule versäumt.

Als ich mit dem Schreiben aufhörte, blieben mir nur noch drei Stunden Schlaf. Ich wollte wirklich aufstehen – ich war auch fast bis zur Umkleideecke gerobbt, als ich wieder einschlief, und nun, da ich endlich wach bin, ist die Schule in einer Stunde aus. Schöner Mist – so kurz vor der Erwachsenen-Abschlußprüfung.

Ich werde wohl im Sekretariat anrufen, mir die Hausaufgaben geben lassen, sie erledigen und dann wieder ins Bett gehen. Fühle mich wie ausgewrungen.

Wünschte, ich könnte mich einfach hinsetzen und an diesem Buch weiterarbeiten; habe den Eindruck, es ist zu wichtig, um jetzt aufzuhören, aber im Moment fasse ich keinen klaren Gedanken mehr; wenn ich das noch einmal mache, werde ich zwei Tage verlieren.

Über sich selbst zu schreiben macht süchtig. Ich hoffe, ihr Leute merkt euch das. Wenn ihr das Bedürfnis verspürt, eine Autobiographie zu schreiben, versucht es mit Heroin. Viel sicherer und einfacher zu kontrollieren …

Hausaufgaben. Und ausschlafen. Dann werden wir sehen, ob ich weitermache. Könnte eine Weile dauern.

KAPITEL SIEBEN

2. JANUAR 2026

Für mich sind nun zehn Tage vergangen, aber ich glaube, euch kommt es nicht so lange vor. Ich habe es noch einmal durchgelesen, und es hat den Anschein, als ob ich euch nicht einmal ein Zehntel dessen erzählt hätte, was sich ereignet hat, zumindest nicht von dem, was wirklich wichtig war. Und manchmal bin ich auch vom Thema abgeschweift. Ich meine, der Kuß von Randy war mein erster, aber das passiert vielen Leuten, und es hat auch nicht viel mit dem zu tun, was ich euch eigentlich erzählen wollte.

Ich erkannte das Problem, als ich gestern mit Dr. Lovell sprach. Sie kommt mir immer 100 % cryo vor, effizient und so weiter; sie ist jemand, an den man sich in einem Notfall wendet, aber Sympathie empfindet man nicht für sie. Und doch saß ich hier in ihrem Büro und setzte mich nach der Schule freiwillig einer Gravitation von einem halben Gravo aus, nur um mit ihr zu sprechen.

»Ich habe das Gefühl, daß ich zu viel sage, wenn ich weiterschreibe.«

»Diese Gefahr besteht immer. Auch die, daß man das Falsche sagt.«

Sie beugte sich nach vorne und schaute mir mit einem traurigen Lächeln in die Augen.

Das hatte ich eigentlich nicht hören wollen. Ich schaute aus dem Fenster; wie Papa war es immer mit einer Außenkamera verbunden, ob es dort etwas Interessantes gab oder nicht.

Heute war nur ein Sternenmeer vor einem schwarzen Hintergrund zu sehen. »Ich glaube, ich brauche eine Vorstellung von der tatsächlichen Bedeutung der Sache«, sagte ich. »Ich meine, Sie haben mich aufgefordert, weiterzuschreiben. Soll das nur eine Therapie sein, oder hängt die ganze Zukunft des *Fliegenden Holländers* davon ab, oder was?«

Ihr Lächeln wurde breiter. »Leicht zu beantworten. Irgendwo dazwischen.«

Ich war nicht in der Stimmung, mich veralbern zu lassen, und sagte ihr das auch. Sie entschuldigte sich, und weil es dann anscheinend nichts mehr zu sagen gab, verabschiedete ich mich höflich und ging heim.

Tom war noch nicht zu Hause, dafür aber Susan. Das war in Ordnung. Wenn der Umgang mit Susan auch kein Quell unendlicher Freude ist, so kann man doch mit ihr auskommen. Wir akzeptieren uns, und manchmal keimt sogar Sympathie zwischen uns auf. An späterer Stelle werde ich vielleicht noch auf einige Dinge zu sprechen kommen, die im letzten Jahr zwischen uns vorgefallen sind.

Sie saß im Gemeinschaftsbereich, in Mutters Leseecke, und tippte einen Bericht oder so etwas in ihren Computer ein. Sie ist wirklich sehr talentiert auf ihrem Fachgebiet – interne Logistik-Architektur –, und ich glaube, in ihrem Büro hält man große Stücke auf sie. Susan spricht nur dann über ihre Arbeit, wenn ich sie danach frage, und dann höchstens eine Minute.

Sie beendete die Eingabe, schaute auf und sagte: »Hallo, Melpomene.«

»Hallo. Heute was Aufregendes bei dir passiert?«

Sie gähnte und streckte sich. »Ich habe ihnen zwei Versorgungskorridore ausgeredet, die sie anlegen wollten. Der Gewinn an Frachtumschlags-Kapazität hätte nämlich in keinem Verhältnis zum Verlust an struktureller Stabilität gestanden.«

»Das klingt ziemlich bedeutend.« Ich nahm Platz und ließ die Computertasche fallen.

Sie zuckte lächelnd die Achseln. »Ja und nein. Bedenke, daß der *Fliegende Holländer* erst 2059 fertiggestellt sein wird – und seine volle Kapazität wird er wahrscheinlich erst 2120 erreichen. Und Probleme wie das, welches ich heute gelöst habe, werden sich erst nach einigen Orbits bei voller Kapazität bemerkbar machen. Mithin wird es noch 120 Jahre dauern, bis meine heutige Aktion einen meßbaren positiven Effekt zeitigt.«

»Angesichts der Erkenntnisse über die Lebenserwartung unter niedriger Schwerkraft«, führte ich aus, »werden wir beide dann vielleicht noch leben. Ich lade dich dann zum Abendessen ein.«

Sie blinzelte mir zu. »Ich werde dich daran erinnern. Wie dem auch sei, die Rotation kann gar nicht früh genug erfolgen, obwohl mein nächster Auftrag im Grunde das genaue Gegenteil des aktuellen darstellt – die Konzeption neuer Strukturen, die mein altes Team dann ablehnt. Als ob man für die Teilnahme an einem Debattierclub bezahlt würde.« Sie seufzte. »Und jetzt jammere und beklage ich mich schon wieder. Das macht dich sicher verrückt.«

Ich habe ein Ohr für dezente Hinweise. »Ich mag dich trotzdem.«

Sie wurde rot, wie das immer geschieht, wenn ich etwas Vergleichbares sage, selbst wenn sie es mir regelrecht aus der Nase ziehen muß. Es mußte doch schrecklich sein, wenn man ständig auf Selbstbestätigung angewiesen war – zumal sie noch so schüchtern war, daß sie dabei errötete.

»Im letzten Jahr hast du dich einige Monate überhaupt nicht beklagt, und wenn du es doch tatest, hattest du sicher allen Grund dazu«, ergänzte ich. Ich bin mir nie sicher, ob ich das nun sage, weil es stimmt und ich mir vergegenwärtigen muß, was für ein guter Mensch Susan im Grunde ist, oder weil ich weiß, daß es sie in Verlegenheit bringt und ich mich daran erfreue. Vielleicht beides.

Wie dem auch sei, sie nahm es zur Kenntnis und wechselte das Thema. »Wie kommst du mit dem Buch voran?«

»Nicht allzu gut. Oder vielleicht auch zu gut. Ich investiere viel Zeit in eine ziemlich unwichtige Sache.«

»Es ist *un*wichtig?« Sie setzte sich gerade hin und schaute mich mit diesem intensiven Blick an.

»Nein, so kann man das auch nicht sagen. Aber in fünfunddreißig Tagen mache ich die Erwachsenen-Abschlußprüfung.« Ich faßte es nicht, daß sie das vergessen hatte. Sie konnte manchmal richtig dämlich sein. »Darauf muß ich mich konzentrieren«, fügte ich hinzu, für den Fall, daß sie den Zusammenhang noch immer nicht erkannt hatte.

Sie biß sich so fest auf die Lippe, daß es mir selbst wehtat, und sagte: »Ich wollte dich nicht verärgern.«

O Gott, weshalb hatte Tom nur ein Sensibelchen wie sie zur Freundin und einen Trampel wie mich zur Schwester? »Du hast mich nicht verärgert – ich ärgere mich einfach. Überhaupt gerate ich viel zu schnell in Rage. Ich muß ständig an diese verdammte Prüfung denken, aber dazu kannst du schließlich nichts. Es tut mir leid.« Ich hatte mich zu ihr umgedreht und ihre Hände ergriffen.

In letzter Zeit läuft es immer so zwischen uns; wir versuchen das vertrackte Problem zu umgehen, daß wir beide meinen Bruder lieben, aber wir können uns nicht ohne Sticheleien unterhalten.

Susan nickte ein paarmal und machte gute Miene zum bösen Spiel; wohl deshalb, weil ich es auch tat. »Melpomene, schau, ich wollte nur sagen – es ist nur so, daß ich die Dinge manchmal durcheinanderbringe, und ich möchte, daß du mich *verstehst* – wenn du an diesem Buch arbeitest, bist du konzentrierter als sonst jemand, den ich kenne, außer Tom vielleicht, wenn er eine räumliche Berechnung anstellt. Ich weiß auch gar nicht, weshalb das so wichtig ist, aber ich habe eben diesen Eindruck.«

Ich umarmte sie. »Das hast du aber schön gesagt.«

»*Habe* ich das?«

»Sicher. Aber nicht, daß es dir zu Kopf steigt.« Ich küßte sie sogar auf die Wange. »Und ich glaube, ich werde jetzt am Buch weiterarbeiten. In fünfzig Minuten treffe ich mich mit Randy in der Cafeteria.«

»Ich wünsche dir gutes Gelingen.« Das meinte sie wirklich so.

Nun, eigentlich hätte es kein derartiges Problem für mich darstellen dürfen, aber es war doch eins. Außerdem, wessen Buch ist es überhaupt? Ich hatte einfach das Bedürfnis verspürt, euch davon zu erzählen, also tat ich es. Und Randy ist unpünktlich wie immer; also wende ich mich wieder der eigentlichen Geschichte zu.

* * *

Das Frühstück am nächsten Morgen – die Geschichte spielt jetzt wieder im vergangenen Jahr – war amüsant; vorausgesetzt, ihr gehört zu den Leuten, die eine langsame Folter amüsant finden. Wie immer war Mutter der Quälgeist. »Frühstücken deine Freunde heute zusammen, Melly? Möchtest du lieber mit ihnen frühstücken?«

»Nach dem Frühstück treffe ich mich mit einem Freund – wir gehen in den *Outside Club* und lernen dann zusammen. Außerdem dachte ich, eine ›richtige Familie sollte gemeinsam essen‹.« Gut, ich war rotzfrech … aber sie zog wirklich alle Register ihrer Tiefbesorgte-Mutter-Routine.

Papa versuchte einen seiner Witze anzubringen, allerdings ohne Erfolg, wie in neunzig Prozent aller Fälle. Also hatten wir alle einen prächtigen Start erwischt.

Während wir uns das Essen hineinschoben, herrschte Sendepause, aber das war zu schön, um von Dauer zu sein. »Tom, du ißt ja fast gar nichts«, bemerkte Mutter. »Stimmt etwas nicht?«

»Je weniger ich jetzt esse, desto weniger kotze ich in drei Stunden in mein Visier«, erklärte Tom mit vollem Mund.

»Tom!«

Er hob die Schultern. »Ist doch wahr. Und sag jetzt nur nicht, ich würde dir den Appetit verderben. Du hast schließlich angefangen.«

»Doch, das hast du, aber ich mache mir weniger Sorgen darüber als über deine Feindseligkeit«, sagte Mutter pikiert. Sie bekam nur das, was sie wollte. »Ich mache mir ernsthaft Sorgen um dich. Du ißt nichts, du interessierst dich nur für Sport und diese Alien-Artefakte ...«

Tom blinzelte mir verstohlen zu, wie wir das immer tun, wenn wir sagen wollen ›Paß auf – und hilf mir, falls nötig‹, und schaute Mutter ernst in die Augen. »Das ist *Kunst,* Mutter«, behauptete er prononciert. »Es wird wohl noch eine Weile dauern, bis du sie zu würdigen lernst.«

Zunächst war Mutter so still, daß ich schon glaubte, er hätte die magische Formel gefunden, sie zum Schweigen zu bringen.

Schließlich seufzte sie. »Vielleicht hast du recht. Es liegt in der Familie ...«

Und dann erzählte sie uns von ihrem früh verstorbenen Bruder James. James war angeblich ein Poet gewesen, ob er nun poetische Werke verfaßt hatte oder nicht. Er war immer einsam und deprimiert und hatte keine Freunde. Ich wußte auch, weshalb nicht – er machte sich über die Athleten lustig (auf der Erde darf wohl nur ein Bruchteil der Schüler Sport treiben, und dafür dürfen diese Kinder nicht studieren, oder so ähnlich – bei diesem Unsinn hörte ich nie zu), und deswegen schlugen sie ihn zusammen. Er verliebte sich in Mädchen, die ihn nicht einmal kannten und ihn verschmähten. Er suchte die Gesellschaft der intelligenten Kinder, aber er machte sich auch bei ihnen unbeliebt. (Weil er sich nach Mutters Auskünften nur für Literatur interessierte und die anderen Fächer boykottierte, konnte ich das auch nachvollziehen.) Ich weiß zwar nicht, was das alles mit Poesie zu tun hatte, aber für Mutter bestand anscheinend ein Zusammenhang.

In meinen Augen war das ein klassisches Assi-Profil; weil das auf der Erde aber kein Straftatbestand ist, erhalten die Betreffenden auch nicht die erforderliche Therapie. James war schon ein trauriger Fall gewesen – hier oben hätte man ihn wahrscheinlich mit gutem Erfolg behandelt.

Wie dem auch sei, James hatte viel geschrieben, alles in einer Art Kurzschrift, in der er darlegte, daß er ein isoliertes, schreiendes X in einem großen, indifferenten Y sei. Zum Beispiel: X = Kieselstein, Y = Strand; X = Baum, Y = Wüste; X = Eisberg, Y = Ozean. Das Prinzip ist einfach. Ich weiß natürlich, daß diese Xe überhaupt nicht schreien, aber Mutter behauptet, das sei Teil der Pointe.

Auf allen Bildern von James, die ich gesehen habe, trägt er anscheinend die Kleidung aus den 70er Jahren des 20. Jahrhunderts, in Grau oder Schwarz.

Jedenfalls erkrankte er im Alter von sechsundzwanzig Jahren an *mut*AIDS und starb daran. Das war nach dem Großen Sterben und dem Eurokrieg, also um 2005 oder 2006, als ob er in keiner Hinsicht in der Lage gewesen wäre, sich anzupassen. Vielleicht sieben oder acht Jahre, bevor ich geboren wurde; ich bin mir nicht sicher.

Ich vermute, obwohl ich mir auch da nicht sicher bin, daß meine Mutter folgendes sagen wollte: weil sie die einzige gewesen war, die James' Poesie verstanden hatte, hätte sie auch die Alien-Artefakte verstanden, falls es da überhaupt etwas zu verstehen gab.

Im Verlauf von Mutters Darlegungen wurde Tom zusehends stiller; das schien sie zu ermutigen. Sie führte alle Aspekte aus, in denen er sich von James unterschied, wobei der Schwerpunkt anscheinend auf Toms fehlender ›Sensibilität‹ lag. Weil sie Tom gewiß genauso gut kannte wie ich, hatte sie das sicherlich nicht im eigentlichen Wortsinn gemeint, aber soweit ich es beurteilen kann, wollte sie damit zum Ausdruck bringen, daß er ›ein Rüpel und ein schlechter Verlierer‹ war, denn Toms Mangel an Sensibilität erklärte sich durch seine Sportbegeisterung.

Papa versuchte mehrmals, sie zu einem Umschwenken auf einen anderen toten Verwandten außer James zu bewegen, aber ohne Erfolg. Was mich betraf, so waren sie allesamt tote Erdschweine. Was gab es da noch viel zu reden?

Endlich, zu meiner außerordentlichen Erleichterung, war das Frühstück vorbei, und wir hatten den Familienwerten für heute Genüge getan. Ich hatte meinen Teller ungefähr zur Hälfte geleert, und Tom hatte noch mehr übriggelassen. Papa bugsierte Mama aus der Cafeteria an einen Ort, der sie angeblich interessierte, und sagte, daß sie Toms Rennen über Video verfolgen würden.

Tom stieg den Hauptkörper zum Männer-Umkleideraum hinab. Ich hatte noch immer eine halbe Stunde bis zum Treffen mit Randy, und da es auf meinem Weg lag, begleitete ich Tom ein Stück.

Die Korridore lagen verlassen – höchstens ein halbes Dutzend Leute war zu sehen. Tom hangelte sich vor mir entlang, ohne sich umzudrehen.

»Äh ... Tom ... sind die ... äh ... Alien-Artefakte *wirk-*

lich Kunst«, fragte ich schließlich, »oder hast du das nur gesagt, um Mutter zu verwirren?«

»Sie müssen Kunst sein, Melpomene. Erinnere dich an das Erste Gesetz der Anthropologie: wenn man etwas tut, ohne den Sinn dieser Handlung zu verstehen, handelt es sich entweder um Wahnsinn, ein religiöses Ritual oder Kunst. Ich bin nicht religiös, und weil ich der Sohn des Großen Cornelius Murray bin, kann ich auch nicht verrückt sein; also muß es Kunst sein.« Seine Stimme war so rauh und bitter, daß ich mich am liebsten umgedreht hätte und gegangen wäre; weil es in letzter Zeit jedoch den Anschein hatte, daß Tom von allen hängengelassen wurde, konnte ich ihn nicht verlassen.

»Machst du dir Gedanken wegen des Rennens?« fragte ich, wobei ich versuchte, möglichst gleichmütig zu klingen.

»Irgendwie schon«, krächzte er.

Ich legte den Arm um ihn, und er drehte sich um und drückte mich. Wir waren schon eine beachtliche Strecke in diesem Korridor abgesunken, bis uns auffiel, daß keiner von uns am Netz hing. Zum Glück kamen wir mit den Füßen zuerst auf. Es war ein Niedergravitations-Tag, und weil wir nur etwa fünfzig Meter gefallen waren, war der Aufprall geringer, als ob man auf der Erde vom Stuhl gefallen wäre. Dennoch war es heftig genug.

Tom lehnte sich lächelnd zurück. »Jetzt geht es mir besser. Zum Glück sind wir nicht mit dem Kopf aufgekommen. Ich glaube aber, wir haben die Abzweigung verfehlt.«

Wir stiegen wieder auf; als wir besagte Abzweigung erreicht hatten, meinte er: »Susan wird auch zuschauen. Für den Fall, daß ich gewinne, habe ich versprochen, ihr das Teil zu zeigen, das du schon kennst – wie es funktioniert und so weiter.«

Er legte eine Pause ein. »Ich habe viele Veränderungen und Verbesserungen vorgenommen und kann jetzt wirklich damit umgehen«, rechtfertigte er sich dann.

»Hat sie auch schon die anderen Dinge gesehen?«

»Alle.« Er hangelte sich vorwärts. Ich bemühte mich mitzuhalten, denn bald würde der Eingang des Männer-Umkleideraums auftauchen.

»Tom.«

»Was?« Er drehte sich zu mir um. »Muß ich es dir wirklich sagen? Einige Sachen haben ihr gefallen – man könnte fast meinen, sie versteht manches von dem, was ich tue und auszudrücken versuche. Sie ist die einzige, die das versteht. Und dieses Rennen ist das wichtigste. Ja, ich bin nervös, und ich bin auch etwas angespannt. Das Rennen wird ziemlich schwierig werden.«

»Du wirst es schon gut machen«, sagte ich, »ob du das Rennen jetzt gewinnst oder nicht.«

Darauf sagte er eine lange Zeit gar nichts, sondern klammerte sich nur kopfüber mit Händen und Füßen an das Netz, ein paar Meter von der Stelle entfernt, wo ich auf dem Boden des Korridors saß. »Ich meine es ernst«, sagte er schließlich. »Was, wenn es Susan nicht gefällt?«

»Es wird ihr sicher gefallen. Dann wird sie es mir erklären, und dann gefällt es *mir* auch. Wirklich. Jetzt geh und gewinn das Rennen; du hast schon genug herumgetrödelt.«

Er schluckte, nickte und hangelte sich zum Männer-Umkleideraum weiter.

Als ich mich auf den Rückweg machte, um mich mit Randy zu treffen, sagte ich mir kurioserweise, daß es ein langer Tag war, obwohl das Frühstück erst eine halbe Stunde zurücklag.

Randy wartete am Gemeinschaftsraum von Block A auf mich; er war etwas zu früh dran, aber ich auch. Plötzlich fiel mir ein, daß wir uns nur verabredet hatten, um Toms Rennen zu beobachten, und bis zum Umkleiden hatten wir noch mindestens eine Stunde Zeit.

Nun, aufgrund der Erfahrungen des letzten Abends konnten wir verlegen herumstehen und herumstottern. Und in der Tat würde es mit größter Wahrscheinlichkeit auch darauf hinauslaufen.

Als ich auf ihn zuging und mich dabei zwischen Tischen mit Schachspielern und lernenden Kindern hindurchschlängelte und nach kleinen Kindern Ausschau hielt, die in der Luft herumtollten, erkannte ich, daß er mich noch nicht gesehen hatte. Er frönte dem *Ponging,* soweit das in der Öffentlichkeit überhaupt durchführbar war; er federte im Dreieck in einer Ecke umher, stieg einen halben Meter auf, stieß sich mit dem Rücken an einer Wand ab, drehte sich mit dem Rücken zur anderen Wand und sank schließlich wieder zu Boden: vom Boden zu Wand zu Wand, zu Boden zu Wand zu Wand – nachdem ich aus einer Entfernung von ein paar Metern einige Durchgänge beobachtet hatte, wurde mir schwindlig.

Entweder dachte er angestrengt nach, oder er war ausgesprochen nervös.

Ich schwebte zu ihm hinüber und begrüßte ihn. Er stieß an die Decke. Wohl eher nervös.

»Autsch«, sagte er und rieb sich beim Absteigen den Kopf. »Ich muß abgetrieben sein – du hast mich aber auch wirklich erschreckt.«

»Ich schaue mir mal deinen Kopf an.«

»Ich bin in Ordnung. Super. Wirklich.«

»Woher willst du das denn wissen? Siehst du deinen Kopf etwa?«

Er beugte sich nach vorne, damit ich nachschauen konnte. Im dichten rotblonden Schopf war ein roter Fleck zu erkennen. »Hier?«

»Au! Nicht anfassen!«

»Muß sein. Sieht wie eine Abschürfung aus – die Haut ist unverletzt, also wirst du keine Beule bekommen. Danke, daß ich nachsehen durfte – ich hätte mir sonst noch Sorgen um dich gemacht.«

Vorsichtig berührte Randy die Schürfwunde. »Ich wollte immer schon mal eine Mutter haben.«

»Du kannst meine haben, wenn du möchtest. Aber ich muß dich darauf hinweisen, daß sie vom Umtausch ausgeschlossen ist.« Das klang ernster, als ich es eigentlich beabsichtigt hatte – wir schauten uns in die Augen, und nun machte *er* einen niedergeschlagenen Eindruck.

Also nahmen wir Platz, und dann erzählte ich ihm von dem Ärger, den ich und Tom mit Mutter hatten. Wie üblich hörte Randy mit voller Konzentration zu, und obwohl er nichts sagte, kamen mir die Querelen mit Mutter plötzlich lächerlich vor.

Nach einer Weile seufzte ich, rieb mir die Augen und beschloß, das Selbstmitleid einzustellen. »Wo wir uns jetzt gegenseitig emotionale Erste Hilfe geleistet haben, sollten wir uns vielleicht umziehen.«

»Genau.« Er stand auf, und wie aus einem Reflex – nun, ich glaube auch heute noch nicht, daß er es vorher geplant hatte – ergriff er meine Hand. Ich war stolz darauf, daß ich jetzt nicht an die Decke stieß.

Ich hoffte, daß niemand uns sah.

Ich hoffte, daß alle uns sahen.

Insbesondere Miriam, damit sie einmal sah, wie es mit einem *netten* Jungen war.

Während wir zusammen zu den Umkleideräumen gingen, fiel es mir wieder ein. »Ich habe dir noch gar nicht von meiner Idee erzählt, Randy. Ich glaube, es wäre zu riskant gewesen, im *Outside* darüber zu sprechen, wo man uns vielleicht abgehört hätte.«

Er schaute etwas irritiert, erklärte sich aber einverstanden.

Ich wußte, daß ich langsam paranoid wurde, und als ich mich umkleidete und den Gesundheitscheck machen ließ, wurde mir das erneut bewußt. Ich hatte zwar keine Ahnung, wie der CPB oder der Sicherheitsdienst hinter meinen Plan kommen sollten, aber wenn sie damit nicht einverstanden waren, befanden wir beide uns in echten Schwierigkeiten. Deshalb erschien es mir in einem mit Kameras und Mikrofonen gespickten Ambiente zu gefährlich.

Wie immer startete das Rennen mit Verspätung, weil einige der Läufer mehrmals über den Parcours geführt werden mußten. Tom sagt, das würde passieren, wenn ein *Flip-Flop*-Läufer die Nerven verliert, aber zum Aussteigen wäre es dann schon zu spät.

Die Rennstrecke zieht sich zickzackförmig um den Umfang des Hauptkörpers und hat eine Länge von neun Kilometern; sie wird aber jedesmal variiert, um weitere *Flip-Flop*-Stationen einzurichten, die dann von den Teilnehmern des Rennens angelaufen werden. In meinen Augen stellen die Leute sich damit nur ein Armutszeugnis aus – anstatt gleich zuzugeben, daß die Außendienstler immer Verwendung für neue *Flip-Flop*-Stationen haben, muß der Sport als Ausrede herhalten.

Für das Rennen selbst erhält jeder Läufer einen Satz mit Strichcodes markierten *Flip-Flop*-Leinen, und mit diesen wird der Parcours abgearbeitet.

Wie der Computer soeben meldet, gibt es bei euch auf der Erde kein *Flip-Flopping*.

Na schön. Als *Flip-Flopping* bezeichnet man die Fortbewegung auf der Oberfläche des Hauptkörpers. Bei einer *Flip-Flop*-Station handelt es sich um eine Anzahl gezogener Stahlrohre mit einem Durchmesser von etwa fünf Zentimetern; oben sind sie mit einem Ring versehen, der in etwa die Fläche einer Faust und die Dicke eines Daumens aufweist. Ein *Flip-Flop* ist ein simpler Knebel, der auf den Ring aufgesetzt wird, und eine *Flip-Flop*-Leine ist ein Monomylkabel, an dessen Enden jeweils ein *Flip-Flop* befestigt ist.

Um von einer Station zur anderen zu gelangen, ergreift man ein zwischen beiden Stationen verlaufendes Kabel. Man löst den *Flip-Flop* vom Ring und befestigt ihn am Brustgurt; dann klinkt man das im Rückentornister befindliche Reservekabel in den Ring ein und überzeugt sich davon, daß die Leine frei läuft, damit man nicht wie ein Jojo zurückgerissen wird. (Für Profis besteht diese Gefahr aber nicht, denn sie verzichten von vornherein auf Reserveleinen.)

Dann stößt man sich ab und wickelt das Kabel auf, so daß man sich auf die Zielstation zubewegt; das Kabel wird dabei um eine an der Vorderseite des Anzugs befestigte Trommel gewickelt. Auf diese Art zieht man sich langsam auf die Zielstation zu. Wenn die Magnetstiefel schließlich Kontakt mit der nächsten Station bekommen, nimmt man die Kabeltrommel ab, verstaut das zusammengerollte Kabel im Rückentornister, nimmt die Reserveleine aus dem Tornister und klinkt sie in einen freien Ring ein. Mehr nicht. Wenn zum Erreichen eines Ziels mehrere Sprünge erforderlich sind, wird der Vorgang einfach wiederholt.

Zur Bewältigung des Neun-Kilometer-Kurses um den Hauptkörper liegt für jeden *Flip-Flop*-Läufer eine Garnitur Kabel bereit. Die Etappen sind unterschiedlich lang, in Abhängigkeit vom Schwierigkeitsgrad. Beim Rennen geht es darum, alle *Flip-Flop*-Stationen zu durchlaufen und zur Ausgangsstation zurückzukehren.

Heute verfolgten ungefähr fünfzig Zuschauer das Rennen von der Oberflächen-Bahn aus; außerdem dürften noch einige Hundert per Video zugeschaut haben, darunter auch meine Eltern. Wenn man das Rennen von der Bahn aus betrachtet, verfolgt man den Start mit, fährt dann eine Station auf halber Strecke des Parcours an und begibt sich schließlich zum Ausgangspunkt zurück, um das Eintreffen der Läufer zu beobachten.

Während des Transfers zwischen den jeweiligen Punkten kann man das Rennen entweder auf den Monitoren verfolgen oder einfach den Weltraum betrachten, was – 'tschuldigung, Tom! – ich normalerweise auch tue.

Als ich aus der Schleuse trat, sah ich, daß Susan schon an der Bahn stand, wobei ihre Stiefel an den Schienen klebten, und winkte ihr zu. Für eine Sekunde stand sie nur da und winkte dann freudig zurück. Es mußte sie wohl überrascht haben, daß ich ihr überhaupt meine Aufmerksamkeit geschenkt hatte; nun, wenn ich Tom einen Gefallen damit tat, wenn ich nett zu ihr war, würde ich sie mit meiner Nettigkeit schier erdrücken.

Sie sprang herüber – eigentlich herunter, denn die Bahn befindet sich oberhalb der Schleuse –, wobei sie gekonnt abfederte und die Sicherheitsleine, über die sie mit der Bahn verbunden war, Wellen schlug. »Wie war seine Stimmung heute morgen?« fragte sie.

»Wie die eines fetten Karnickels vor Weihnachten. Und wie war er gestern abend?«

»Absolut unmöglich.« Hinter dem Visier ist ein Gesicht zwar kaum zu erkennen, aber ich konnte mir vorstellen, daß sie eine Grimasse schnitt. »Weißt *du* vielleicht, was er mir zeigen will, falls er gewinnt?«

Da ertönte ein anonymes Kichern im Interkom. Wortlos hielt ich meinen Privatanschluß in die Höhe; Susan ergriff ihn und schloß ihn an den ihren an. Mit einem Zungenschlag schaltete ich von der offenen Frequenz auf Privatverbindung um. »Test?«

»Erfolgt. Es ist doch *widerlich,* wenn fremde Leute lauschen, nicht wahr?«

»Ja. Sicherlich würde es dem Spanner aber weniger gefallen, wenn wir ihm die Luft abdrehen oder ihn zum Mars schicken würden.«

»Das ist ja richtig morbide«, sagte sie. Besagte Praktiken waren mir aus diesem dämlichen Erd-Video, *Asteroiden-Piraten,* geläufig, aber sie hatte es wohl nicht gesehen. »Aber es wäre keine schlechte Idee. Wie sieht dieses große Geheimnis von Tom denn nun aus?«

»Das ist schwer zu beschreiben.« Ich gab mich etwas reserviert, weil ich nicht wußte, wie ich es am besten ausdrücken sollte; aber das ärgerte mich wiederum, denn wir versuchten auf einer freundschaftlichen Basis miteinander auszukommen, und ich hätte ihr eigentlich vertrauen sollen. »Es hat keinerlei Ähnlichkeit mit dem, was er bisher gemacht hat, und ich verstehe es selbst nicht richtig. Deshalb möchte ich nicht, daß du vielleicht einen falschen Eindruck bekommst.«

Sie nickte. »Aber hat dir daran etwas *gefallen?*«

»Oh, pos-def. Eine Menge. Aber ich weiß wirklich nicht, was mir daran gefallen hat.« Bis auf den letzten Teil war das zwar eine Übertreibung, aber mit etwas Glück war es das gewesen, was sie hören wollte.

Wie dem auch sei, sie kaufte mir das ab, und ich war aus dem Schneider. »Ich möchte nur sichergehen, daß es *mir* auf den ersten Blick gefällt.«

»Tom sagte, dir gefielen viele seiner Sachen.«

»Das ist richtig«, bestätigte Susan. »Aber dies ist etwas anderes. Dieses Ding, was auch immer es ist, stellt eine richtige Wundertüte dar. Und er hat gesagt, von meiner Reaktion würde es abhängen, ob es gut oder schlecht ist. Also *muß* es mir einfach gefallen. Ich dachte nur, wenn du mir etwas darüber erzählen würdest, könnte ich mir schon vorab eine Meinung bilden. Denn mein Urteil wird für ihn *bindend* sein.«

»Wirklich?« fragte ich irritiert, und nicht nur wegen ihrer Worte, sondern aufgrund der Art, wie sie meine Hände hielt. Außer, daß sie bisher einen ruhigen Eindruck gemacht hatte, wie eine Klette an Tom klebte, keine eigene Meinung vertrat und schlicht langweilig war, wußte ich nichts von ihr – doch als ich sie nun anschaute, erkannte ich, daß sie in Wirklichkeit eine ganz andere Person war. Zum Glück steckten meine Hände in Handschuhen, so daß sie unter Susans Griff nicht zerquetscht wurden. »Ich weiß, daß es wichtig für ihn ist«, fügte ich stotternd hinzu, »aber ich weiß nicht ...«

»Ich kann es nicht erklären. Es ist nur ein Gefühl. Er

tut etwas, das wichtig für uns alle ist, selbst wenn wir es nicht begreifen.« Sie schüttelte sich frustriert. »Mist, wenn ich es erklären könnte, würde jeder es verstehen.«

Ich umarmte sie. Im Schutzanzug ist das zwar ziemlich umständlich, aber im Moment war es für mich die einzige Möglichkeit, meinen Gefühlen Ausdruck zu verleihen. Ich würde sie vielleicht nie mögen, aber Tom zuliebe würde ich sie sogar lieben, selbst wenn es mich umbrachte.

Weil es nun nicht mehr viel zu sagen gab, kamen wir beide in dieser merkwürdigen Pseudo-Konversation, die ich nicht einmal mehr rekonstruieren kann (es hatte den Anschein, als ob wir noch nicht einmal des Sprechens mächtig waren), überein, daß wir ihm viel Glück und den Sieg wünschten. Dann lösten wir die Halteleinen, schalteten wieder auf Sprechfunk um und bestiegen die Tram.

Mittlerweile waren die Läufer fast vollzählig versammelt. Als ich nach Randy Ausschau hielt, schämte ich mich, weil ich nicht einmal wußte, wie sein Anzug aussah. Die meisten von uns tragen alle möglichen Farbmarkierungen, vor allem, wenn wir im *Outside Club* sind, und außerdem bemalen wir die Anzüge noch nach eigenen Vorstellungen, so daß praktisch der ganze Körper einen ›Farbcode‹ aufweist.

Diese Bemalungen sind so individuell wie ein Gesicht, so daß man die Leute draußen mit derselben Leichtigkeit identifizieren kann, als ob sie einem am Tisch gegenübersäßen.

Das heißt, wenn man weiß, wie sie aussehen. Und ich hatte keine Ahnung, wie Randy aussah.

Zum Glück gab es auf den ersten Blick nur vier Leute von Randys Körpergröße. Zwei von ihnen kannte ich, und die dritte Person glaubte ich im Frauen-Umkleideraum gesehen zu haben. Der letzte trug eine Außendienst-Kombi in Kindergröße, Signalorange ohne sonstige Farben, die nur mit VWU-Junior-Aufnähern und schwarzen Abzeichen für Außeneinsätze besetzt war. Ich erinnerte mich vage, daß Randys Vater manchmal im Außendienst beschäftigt war und der Gewerkschaft angehörte. Außerdem wies das Kind in der organgefarbenen Kombi Randys typische Körperhaltung auf.

Ich setzte mich neben ihn. »Sie haben eine ziemlich komplexe Route festgelegt«, sagte er, »siebzehn Stationen, aber zwei Etappen mehr als normal. Ein richtiger Zickzack-Kurs. Ein Abschnitt führt praktisch senkrecht nach unten.«

»Umpf«, sagte ich. Für weniger routinierte Läufer hätte das wirklich gefährlich werden können. Wenn ein Läufer bei einer langen Abwärts-Etappe die nächste Station verfehlte, bestand die Gefahr, daß er abtrieb und das Kabel nicht rechtzeitig einholen konnte, bevor die Bewegung des Schiffs ihn in den Abgasstrahl des Haupttriebwerks zog – das purpurne Glühen, das tief unter uns durch die Ionen verursacht wurde, die mit annähernder Lichtgeschwindigkeit aus den Düsen austraten. Aber es handelte sich um eine Meisterschaft, und man durfte erwarten, daß die Teilnehmer ihre Leistungsfähigkeit richtig einzuschätzen wußten. »Dann ist das ja genau das Richtige für Tom – er mag nämlich solche Stürze.«

»Genau, er hat da so einen speziellen Trick, am Kabel zu reißen. Ich hatte mal versucht, ihn zu imitieren, und bin dabei gegen die Wand geknallt.«

»Ich kann es auch nicht«, gestand ich. »Er sagt, es käme nur aufs Timing an – da könnte man genauso gut sagen, beim Klavierspielen käme es nur auf die Fingerfertigkeit an.«

Toms Stunt – voller Stolz hatte ich gehört, wie einige meiner Klassenkameraden es als ›Murray-Sprung‹ bezeichneten – bestand darin, daß er sich gerade nach hinten abstieß, das Kabel spannte und dann heftig daran zerrte. Wenn man das richtig anstellte, schlug man eine ballistische Flugbahn ein, die einen dicht an die Zielstation heranführte. Wenn man das Kabel dann schnell genug einholte, war es in der Nähe des Ziels erneut straff gespannt, und man konnte es schnell aufwickeln. Dieses Verfahren war viel rationeller, als das Kabel die ganze Zeit auf voller Länge straff zu halten, und der Abstieg in Richtung Triebwerk gestaltete sich unglaublich schnell, fast wie ein präziser Zielanflug.

»Die Tram wird Station Neun anfahren«, sagte Randy. »Sie befindet sich am unteren Punkt der längsten Fallstrecke. Und die nächste Etappe beträgt nur zweihundert Meter im rechten Winkel, so daß wir diesen Hüpfer auch noch mitbekommen.«

Es herrschte reger Funkverkehr, und weil wir dadurch zunehmend Verständigungsprobleme bekamen, wechselten wir auf den Privatanschluß.

Schließlich erschienen die Läufer. Zum Aufwärmen machten sie Lockerungs- und Dehnübungen an der kurzen Leine, die an den Startringen befestigt war.

Da fiel mir etwas ein, und ich kam mir wieder dumm vor. »Weißt du, Randy, so, wie du darüber sprichst, mußt du die Renn-Saison während der letzten fünfzehn Wochen mitverfolgt haben, aber ich habe dich nie hier draußen gesehen.«

»Normalerweise rede ich nicht darüber. Außerdem hatte ich auch niemanden, mit dem ich mich darüber unterhalten konnte.«

»Oh.« Mir fehlten die Worte, so tonlos, wie seine Stimme gewesen war.

»Ich gehe immer nach draußen, wenn die Gelegenheit sich mir bietet. Mein Dad macht sich zwar über mich lustig und bezeichnet mich als Junior Space Ranger und Fünf-Sterne-Kadett, was auch immer das bedeuten soll. Hast du schon mal an der Mittwochabend-Exkursion teilgenommen?«

»Nein, noch nie«, sagte ich und beschloß im selben

Atemzug, daß ich es bald nachholen würde. »Ist das nicht nur eine Tramfahrt auf dem Hauptkörper?«

»Genau.« In Randys Stimme schwang Enthusiasmus mit, als ob ihm das schon lange auf der Zunge gelegen hätte. »Aber dazu wird das Dach der Tram abgenommen, und weil immer nur wenige Passagiere mitfahren, kann man sich auf der Bank ausstrecken und nach oben in den Weltraum schauen. Es ist – nun, ich kann es nicht beschreiben. Super. Du mußt es selbst erleben.«

»Jetzt, wo du mir davon erzählt hast, *werde* ich es auch«, sagte ich. »Es klingt gut, aber man muß sich wohl auch ziemlich einsam vorkommen.«

»Das macht einen Teil des Reizes aus.«

»Äh ... nun, wie dem auch sei, wenn du am Mittwochabend nicht gar zu sehr mit Hausaufgaben eingedeckt bist, sollten wir es mal ausprobieren. Ich hätte wirklich Lust dazu.« Ich hoffte, Randy würde nicht bemerken, daß ich dummes Zeug schwätzte.

Da ertönte ein leises Klingeln im Ohrhörer. »Das Rennen beginnt in zwei Minuten. Die Läufer bereitmachen für die Überprüfung der Ausrüstung.«

Mutter sagte immer, Toms Anzug würde aussehen, als ob er ihn einer Vogelscheuche abgenommen hätte, wobei ich den Sinn dieser Kombination indes nie begriffen hatte. Immerhin wußte ich, was sie damit sagen wollte. Die Kombi war derart mit Stickern übersät, die zum Teil auf die alten aufgesetzt waren, daß bis auf zwei neuere Abzeichen – ›A-Schicht-Gravo-Club 24‹ und ›Renovierung von Gemeinschaftsraum Block A 02.04.24‹ – keine fünf Quadratzentimeter dieselbe Farbe aufwiesen. Tom bevorzugte Neon-Farben und glitzernde Sticker, so daß der Anzug im grellen Schein des Sonnenlichts regelrecht irisierte.

Der Hauptgegner, um den er sich Gedanken machen mußte, war der B-Schicht-Champion, Karol Kysmini. Karol war ein großer, kräftiger Junge, der dicke Querstreifen auf seinem Anzug trug – auf mich wirkte er immer wie eine massive Maschine –, aber die B-Schicht hatte beim Auslosen verloren, so daß das Rennen vier Stunden früher anfing, als Karol eigentlich aufgestanden wäre. Zudem war Karol nicht übermäßig helle. Tom mutmaßt immer, daß er viel Zeit in die Perfektionierung der Kopfbremse investiert haben müsse.

Die C-Schicht hatte beim Auslosen gewonnen und trat in den frühen Abendstunden an, aber ihr Champion, Inga Blanc, war im Grunde nur die Beste der B-Mannschaft. Sie war vielleicht etwas stärker als Tom und sicherlich intelligenter als Karol, aber für einen dritten Platz bei den Mannschaften der A- und B-Schicht hätte es dennoch nicht gereicht. Ihre Kombi war nur auf der rechten Seite von der Schulter bis zur Hüfte mit Abzeichen besetzt, und der Rest war silbergrau. Sie war zwar keine erstklassige Sportlerin, sah aber wirklich adrett aus.

Von den anderen Läufern der B- und C-Schicht kannte ich niemanden. Die übrigen Läufer der A-Schicht waren Tswana Carmen auf Platz Zwei, ein Mädchen aus Toms Klasse, der ich eine gute Chance auf den zweiten Platz der Gesamtwertung einräumte, und Levi Young, einer von Barrys älteren Brüdern. »Ich frage mich, wo Barry steckt«, sagte ich. »Mit einem Läufer in der Familie sollte man eigentlich glauben …«

»Sie hassen sich«, erklärte Randy. »Levi ist der ›gute Junge‹ der Familie Yang. Außer ihm verbringt keines der Yang-Kinder mehr Zeit im Wohnbereich als unbedingt notwendig.«

»Die Läufer an den Start«, meldete die Stimme sich wieder über Funk. Die Läufer bezogen Position, und dann wechselten die Positionslampen an den einzelnen Stationen von Rot auf Grün.

»Läufer bitte Bereitschaft melden.« Neun Arme gingen in die Höhe. »Fertig. Bei Grün – los.« Es wurde grün.

Tom und Tswana stießen sich siebzig Meter vom

Schiff ab und kamen fast auf gleicher Höhe zum Stillstand. Die Kabel strafften sich; die beiden zogen daran, und dann fielen sie auf den Horizont des Hauptkörpers zu. Nach nicht einmal zehn Sekunden beschrieben sie elegante Kurven im Sonnenlicht, wobei sie sich selbst als dunkle Punkte am Kabelende abzeichneten. Ich schaltete die Optik auf Vergrößerung und beobachtete Tom. Zügig und stetig wickelte er das lockere Kabel auf. Höchstens auf den letzten zwanzig Metern würde es unter Spannung stehen.

In der Zwischenzeit hatte Karol sich dem *Fliegenden Holländer* erst auf zirka dreißig Meter genähert. Er zerrte heftig am Kabel, aber es war bereits jetzt klar, daß er über die Hälfte der Etappe unter Spannung statt ballistisch würde bewältigen müssen.

Alle anderen starteten im alten Taucherstil, wobei sie vorwärts- statt zurücksprangen und dann unter Spannung zur Oberfläche hinunterstiegen. »Stümperhaft, wirklich stümperhaft«, kommentierte Randy. »Levi beherrscht sogar die Sprungtechnik deines Bruders, wendet sie aber nicht an, weil sein Vater sagte, daß man sich mit den Beinen weiter abstoßen könne als mit den Armen. Viel Hirn hat niemand in dieser Familie – muß ihnen wohl in den Meniskus gesickert sein.«

Ich lachte. Dann erkannte ich die Parallele. »Solche Witze reißen auch Theophilus und die ›Richtige Bande‹«, sagte ich.

Er machte die ›Kugel-in-die-Brust‹-Geste und sagte: »So etwas habe ich immer nur *gedacht.* Ich wette, andere Leute auch. Nur haben wir es nie laut gesagt, bis Theophilus in unsere Klasse kam. Vielleicht werden es in ein paar Monaten sogar die kleinen Kinder machen.«

Die Tram nahm Fahrt über die Oberfläche des Hauptkörpers auf, wobei sie so langsam und gleichmäßig ein paar Zentimeter über den eisernen Schienen dahinglitt, daß die meisten Passagiere die Bewegung nur anhand der langsamen Verschiebung der Sterne registrierten. »Jetzt geht es zur mittleren Station«, sagte ich. »Überhaupt finde ich, daß der Zieleinlauf spannender ist als der Start.«

»Genau. Gibt mehr zu sehen. Äh … wir sind in der Privatschaltung und werden es noch eine Weile bleiben. Reicht die Zeit, um mir von deinem Plan zu erzählen?«

Ich seufzte. »Ich wünschte, es wäre wirklich ein Plan. Ich dachte nur, wenn es tatsächlich eine Art Plan oder ein Konzept für die Gesellschaft gibt, die sie uns aufprägen wollen, dann muß irgendwo eine Kopie davon existieren, vielleicht in den CPB-Dateien.«

»Aber die sind doch privat!« Diese Reaktion hatte ich schon befürchtet.

Deshalb konfrontierte ich ihn mit dem Argument, das ich mir selbst schon zurechtgelegt hatte. »Sind sie das wirklich? Sie betreffen *jeden,* sie gehen alle an – das kommt mir doch ziemlich öffentlich vor.«

Normalerweise fällt es nicht auf, wenn der Träger eines Schutzanzugs den Kopf schüttelt oder nickt, aber Randy schüttelte den Kopf so heftig, daß ich es in diesem Fall doch sah. »Nein, *nein,* Melpomene. Es ist – nun, es ist nicht so – ach, Scheiße. Ich verstehe, was du meinst, aber du kannst nicht einfach bestimmen, ob die Dateien privat sind oder nicht. Sie sind privat.«

Er stammelte wie ein Schwachsinniger, und ich haßte es, denn es machte mir bewußt, wie sehr ich ihn aufgeregt hatte. Aber wenn ich jetzt einen Rückzieher machte, würden wir es nie herausfinden. Und ich war noch immer der Ansicht, daß unsere These vom Vorabend richtig gewesen war – diese Sache konnte für die Zukunft des ganzen Schiffs entscheidend sein. »Welche Merkmale weist eine private Datei denn auf?« fragte ich ihn, wodurch ich ihn beschäftigen wollte, bis mir weitere Argumente einfielen.

Er ließ sich mit der Antwort Zeit. »In Ordnung, Melpomene. Ich weiß zwar nicht, weshalb ich dir etwas erklären soll, was jeder schon mit sechs Jahren weiß, aber gut. Eine Datei ist dann privat, wenn die Person, die sie angelegt hat, es sagt. Nur so kann es überhaupt eine Privatsphäre geben. Wenn jemand anders darüber befinden wollte, müßte er Einblick in die Privatsphäre nehmen, und dann wäre sie nicht mehr privat, nicht wahr? Wenn der Verfasser also sagt, sie sei privat, dann ist sie auch privat. Basta.«

Mittlerweile hatte ich mir eine Menge Argumente zurechtgelegt. Ich hätte ihn fragen können, ob ich eine seiner Dateien kopieren dürfte, sie mit ›Privat‹ beschriften, das Original vernichten und dann erklären, er dürfe sie nicht benutzen. Ich hätte ihm darlegen können, daß wir auf die Erwachsenen wütend waren, gerade weil sie uns nichts sagten. Ich hätte mich bei meinem Begehren sogar auf unsere Freundschaft berufen können. Allein, wie er war, hätte das auch funktioniert, obwohl ich mir dann wie ein Assi vorgekommen wäre.

Ich erwähnte indessen nichts von alledem. Man kann keine sachliche Auseinandersetzung mit jemandem führen, der das Gefühl hat, besagte Sache sei grundfalsch. Das weiß ich von Papa.

Also ließ ich die ganze Angelegenheit auf sich beruhen. Ich beugte mich zu Randy hinüber und sah zu, wie die Sterne sich um uns drehten. »Tut mir leid, Melpomene.«

»Was tut dir leid?«

»Ach, daß ich mich so aufgeregt und dich belehrt habe, daß ich ein Arsch bin, daß ich überhaupt auf der Welt bin. Diese Dinge eben.«

»Ich bin aber froh, daß es dich gibt.« Ich versuchte das schier Unmögliche – im Raumanzug zu kuscheln. Es mußte funktioniert haben; er schien sich zu entspannen, und wir betrachteten die Sterne und unterhielten uns über die letzten Rennen, während die Tram Kurs auf die dunkle Seite des Schiffs nahm.

Erde und Mond waren noch immer sichtbar und

standen tief unterhalb des Schiffs, als wir in den Schatten einfuhren; die Erde erschien als Sichel und der Mond als runder Punkt. Zusammen hatten sie die Größe einer Erbse und die Periode auf diesem Bildschirm, eine Handbreit auseinander und auf Armeslänge entfernt.

Dann verschwanden sie hinter dem Horizont. Nach wenigen Minuten schickte der Mars sein strahlendes rotes Licht über das Schiff; der Planet selbst war aber noch nicht zu sehen.

»Ich sag dir was«, meinte Randy. »Laß uns das nächstemal dorthin gehen.«

»Pos-def. Es ist ein herrliches Rot. Frage mich nur, ob es sich in Grün oder Blau verwandelt, wenn wir mit ihm fertig sind.«

»Mit dieser Frage hatten wir uns in meiner alten Klasse befaßt. Es hängt davon ab, wieviel Wasser zugeführt wird. Wenn die großen Seen wie vorgesehen geflutet werden und die Wärme unter einer Wolkendecke gespeichert wird, wird er wahrscheinlich weiß leuchten wie die Erde. Aber wenn er mindestens zur Hälfte eine Wüste bleibt, wird das Licht sich nicht verändern.«

»Ich habe auch ein paar Berechnungen durchgeführt und glaube, daß wir bald den ersten Kometeneinschlag auf dem Mars beobachten werden. Das wird vielleicht ein Anblick.« Ich driftete in einen Tagtraum ab, glücklich, dies zusammen mit Randy zu beobachten ... und mit all meinen anderen Freunden, sogar mit Susan – und dann erinnerte ich mich an Miriam, und mir fiel wieder der ganze Ärger ein; ich mußte an Papa denken und die Manipulationen, denen sie uns unterzogen hatten, und binnen zwei Minuten hätte ich am liebsten geweint. Ich wußte nicht, ob die Dinge wieder ins Lot kommen würden.

Die Tram erreichte die Station, und wir alle drehten uns um und suchten den Horizont nach den Läufern ab. »Diese Station befindet sich ziemlich weit unten in der Nähe der Triebwerke«, sagte Randy und riß mich aus meinem Selbstmitleid. »Und der Abschnitt entspricht bald der ganzen Länge des Schiffs; er verläuft fast vertikal. Dieser Parcours ist sehr anspruchsvoll, selbst für eine Schiffs-Meisterschaft.«

»Ich vermute, die Verantwortlichen sind der Ansicht, daß die Teilnehmer es schaffen.« Ich verspürte einen Anflug von Sorge um Tom, aber er war ein besserer Läufer als die meisten und nicht der Typ, der unnötige Risiken einging.

Dennoch hatte das Schiff eine Länge von über einem Kilometer, und auf einer solchen Entfernung konnte viel passieren.

»Die Läufer treffen nun bei Station Acht ein und werden voraussichtlich in zwei Minuten in Sicht kommen. Beste Zwischenzeit: Thomas Murray, Champion der A-Schicht. Zweiter: Karol Kysmini, Champion der B-Schicht. Dritte: Tswana Carmen, Zweite der A-Schicht. Wie hatte Karol es geschafft, sich vor sie zu setzen?

Wir stellten die Brennweite auf Unendlich ein und suchten den Horizont ab.

Das erste Anzeichen, daß etwas nicht stimmte, war die überhöhte Geschwindigkeit, mit der Tom über den Horizont kam. Er schoß in die Höhe wie eine Rakete bei einem Rendezvous und schien sich geradewegs vom Schiff zu entfernen.

Lange Sekunden verstrichen, bis Tom endlich seine maximale Höhe erreicht hatte. Dann tauchten Karol und Tswana langsam über dem Horizont auf, mit kreisenden Armen, als ob sie ihre Leinen aufwickelten. Weitere Sekunden verstrichen, bis langsamere Läufer, die sich der alten Technik befleißigten, am Horizont erschienen und hektisch ihre Leinen aufrollten, um sie straff zu halten.

Ich schaute wieder nach oben, um zu sehen, was Tom trieb, aber ich sah ihn nirgends. »Wo …«

»In der Nähe vom Schwanenhals«, sagte Randy mit

leiser, aber angespannter Stimme. »Er muß wenigstens fünfhundert Meter abseits vom Schiff stehen. Was macht er bloß?«

»Ich weiß nicht.« Jetzt, wo Randy ihn geortet hatte, sah ich Tom auch, als ich den Zoomfaktor vergrößerte. Ich sah, daß er die Leine mit beiden Händen einholte, nicht mit den weiten, lässigen Schleifen wie sonst, sondern er wickelte sie mit einer Hand stramm um die Trommel und holte sie mit der anderen ein. Ich hatte keine Ahnung, weshalb er sie so ordentlich zusammenwickelte – seine 'Sprungtechnik war gerade deshalb so effektiv, weil er die Spannung der Leine so gering wie möglich hielt und dadurch Kraft sparte. Und er profitierte nicht einmal vom Einholen – er verkürzte die Leine zwar, aber sie hing dennoch durch, und er mußte die freie Hand einsetzen, um sie beim Aufwickeln zu straffen.

Die anderen Läufer näherten sich der Station. Tom behielt die verwunderliche Distanz zum Schiff bei. Jeder beobachtete ihn.

»Schau dir mal seine Leine an«, sagte Randy.

Wir sahen sie im Schein der Flutlichter des Schiffs. Sie war nicht ganz schlaff, aber auch nicht richtig straff, sondern hing in einem langen Bogen durch.

»Da muß potentielle Energie drinstecken«, sagte Randy, »aber genau weiß ich es nicht.«

Ich sagte ihm, daß Tom die Leine aus unerfindlichen Gründen immer strammzog. »Er hat etwas vor, aber er sollte sich lieber beeilen – Karol und Tswana holen auf.«

Noch nie war es mir so schwer gefallen, ein *Flip-Flop*-Rennen zu verfolgen. Normalerweise konzentrieren die Läufer sich in maximal hundert Metern Höhe in einem engen Sektor des Himmels, wo sie je nach Position des Schiffs von der Sonne oder den Flutlichtern angestrahlt werden. Tom stand indes mindestens neunzig Grad abseits von den anderen, und wo die meisten von ihnen nicht höher als fünfzig Meter über dem Schiff hingen, war er zirka dreihundert Meter hoch, füllte nur drei Prozent des Himmels aus und reflektierte nur drei Prozent des Lichts.

Randy schluckte hörbar.

»Was?«

»Die Leine. Schau.«

Sie hing noch immer durch – aber nun wies sie in Richtung der Triebwerke. Tom war auf ein Niveau unterhalb der Station abgesackt und mußte sich wieder hocharbeiten.

Das war keine neuartige Taktik. Mein Bruder hatte versagt und würde mit Sicherheit als letzter durchs Ziel gehen. Ich empfand Mitgefühl für ihn, sogar für Susan …

Während mir diese Gedanken durch den Kopf gingen, zeichnete er sich plötzlich hell am Himmel ab. Ein seltsames, flackerndes Licht spielte über seinen Anzug, und Flammen tanzten kaleidoskopartig auf dem irisierenden Material.

»Was …?« sagte Randy.

Da begriff ich es. »Der Abgasstrahl das Haupttriebwerks. Die Flammen.« Ich hatte es über Videokameras und auf Beibootexkursionen gesehen – aber nun spielte das Licht des flackernden, tanzenden Plasmas über Toms Körper. Mein Magen verkrampfte sich, als ob ich ein Stück Eisen geschluckt hätte. »Die Leine ist noch zu lang. Er wird in den Abgasstrahl driften.«

Ich hörte, wie Randy der Atem stockte. Tom wurde nun vom Glühen des flackernden und lodernden Plasmas angestrahlt. Kurz bevor er abdriftete, würde er vielleicht noch aus dem Schatten des Schiffs heraustreten und sich im grellen Sonnenlicht abzeichnen, bevor er in diese tödliche Strahlungsquelle eintauchte.

»Die Leine scheint zu …«, rief Randy.

Ein Ruck ging durch Toms Körper.

Er wurde in die Höhe katapultiert, zurück zur Station. Ruckartig bewegte er sich nach oben. Abrupt verschwand das Flackern der Glut des Haupttriebwerks von seinem Körper, als er wieder in den Schatten des Schiffs schoß.

Erleichtert stieß Randy ein meckerndes Lachen aus. »Meine Güte, dein Bruder hat vielleicht Nerven. Das Timing für diesen Abschnitt war perfekt, er hat exakt am unteren Totpunkt an der Leine gerissen. Genauso wie beim Start. Und dann hat sie ihn nach oben katapultiert. Wetten wir, daß er ballistisch landet?«

»Nein.« Ich holte tief Luft. »Er hat ein paarmal an der Leine gezerrt – er hat sie wahrscheinlich nur deshalb erwischt, weil er sie zufällig im Glühen des Abgasstrahls gesehen hatte.«

»Schau mal zur Station!«

Karol und Tswana befanden sich im Landeanflug, den Rest der Läufer im Schlepptau. Karol stand etwas höher als Tswana, und deshalb räumte ich ihr die besseren Chancen ein ...

Tom schoß direkt ins Ziel, fast im Neunzig-Grad-Winkel zum Schiff, und ging so tief in die Knie, daß ich den Eindruck hatte, die Fersen hätten Kontakt mit dem Hintern. Sofort übergab er die Kabeltrommel dem Bodenpersonal, klinkte sich wieder ein, sprang in die Höhe und straffte die Reserveleine. Leicht nach oben geneigt schoß er auf die nächste Station zu, die sich nur hundert Meter entfernt befand.

Bevor Tswana im Ziel eintraf, hatte Tom bereits die halbe Entfernung zur nächsten Station bewältigt. Tswana schlug eine schöne Rolle, und Karol kam herein, als sie sich gerade abstieß. Bevor die beiden die kurze Etappe zurückgelegt hatten, war Tom schon am nächsten Ziel angekommen, wieder gestartet und hinter dem Horizont verschwunden.

Das Gros des Feldes traf gerade in der Station vor uns ein.

»So etwas habe ich noch nie gesehen«, sagte Randy. »Am Ende ist er noch vor der Tram im Ziel.«

Als ob die Wettkampfleitung denselben Gedanken gehabt hätte, setzte die Tram sich wieder in Bewegung. Weil es nun nicht mehr viel zu sehen gab, fachsimpelten wir den Rest der Fahrt über die physikalischen Aspekte von Toms Aktion. Schließlich überzeugte Randy mich von der Richtigkeit seiner These – Toms Vorteil resultierte aus der zusätzlichen Beschleunigung aufgrund des Falls unter die Zielstation; mithin war diese Technik nur bei besonders langen Etappen effektiv.

Als wir die letzte Station erreichten, mußten wir nicht einmal eine Minute warten, bis Tom eintraf. Das Feld hatte er weit hinter sich gelassen. Er vollführte eine saubere Landung bei der Station, wobei er die Stiefel auf der Wandung des Schiffs arretierte. Seine Zeit wurde genommen – kein Rekord für das Neun-Kilometer-Rennen, aber die Strecke war auch außerordentlich schwierig gewesen. Dennoch hatte er das Ziel erreicht, bevor die Verfolger auch nur am Horizont erschienen. Dieser Vorsprung stellte auf jeden Fall einen Rekord dar.

Er steckte die Karte ins Lesegerät, meldete sich ab und ging zu Susan hinüber. Aus der Art, wie er mir zuwinkte, folgerte ich, daß er glücklich war.

Schließlich traf das Feld der Läufer ein. Tswana führte mit ganzen vier Sekunden vor Karol. Als die Läufer und Zuschauer sich um und auf der Tram versammelten, schalteten Randy und ich auf die allgemeine Frequenz um.

Alle diskutierten Toms Manöver, wobei er von einigen Leuten gebeten wurde, ihnen ausführlich zu erklären, was Randy und ich bereits erarbeitet hatten. Anscheinend hatten die echten Fans, die das ganze Rennen über Video verfolgt hatten, gesehen, daß er das gleiche Kunststück auch auf einem anderen langen, abwärtsgerichteten Abschnitt vollführt hatte. Er mußte das Grundprinzip mehrmals erklären – daß durch den langen, freien Fall an der Station vorbei viel Energie gespeichert wurde, die durch einen Ruck an der elastischen Monomyl-Leine dann wieder freigesetzt wurde. Wenn er eine der von ihm entwickelten Formeln in die Praxis umsetzte, war die zusätzliche Energie so hoch, daß sie für den längeren Rückweg mehr als ausreichend war – die relevanten Parameter waren offensichtlich die Länge des jeweiligen Abschnitts, die Falltiefe sowie die Geschwindigkeit des Schiffs.

Der Kommentator krächzte in unsere Ohren: »Bekanntgabe der Plazierungen des heutigen *Flip-Flop*-Rennens. Erster Platz und somit Schiffs-Champion: Tswana Carmen. Zweiter Platz: Karol Kysimi. Dritter Platz …«

Die Maschine verlas sämtliche Plazierungen, bis hinunter zur letzten Pfeife aus der C-Schicht, und sagte schließlich: »Und hier noch eine Sonderentscheidung der Punktrichter. Durch einstimmigen Beschluß wird Thomas Murray wegen des Einsatzes einer gefährlichen Technik disqualifiziert. Die Entscheidung der Punktrichter geht in der folgenden Fassung in die REGELN DES *FLIP-FLOP*-RENNENS ein: ›Kein Läufer darf an irgendeinem Punkt die Ebene unterschreiten, welche durch den Schiffsumfang verläuft, der durch die Äquidistanz zur tiefstgelegenen Station und zur höchstgelegenen Austrittsöffnung der Triebwerke definiert wird.‹ Ausdrucke dieser Regel werden zwecks Kenntnisnahme und Kommentierung am Mitteilungsbrett von *Outdoor Sports* ausgehängt und können auch über das Bordinformationsnetz abgerufen werden.«

Ich bekam Kopfschmerzen. Alle redeten durcheinander, und ich war nicht mehr in der Lage, den Kommentator herauszufiltern. Randy bedeutete mir, umzuschalten, und wir gingen wieder auf Privatverbindung. »Test.«

»Erfolgt. Melpomene, das ist wirklich ein Unding. Sie haben ihm den Sieg gestohlen. Und diese Technik ist auch nicht gefährlicher als die reine Präsenz hier draußen.«

»Ja.« Ich war wie betäubt. »Ich glaube, ich sollte versuchen, mit ihm zu reden oder wenigstens ...«

Plötzlich stand Susan vor uns. Sie fuhr ihren Privatanschluß aus, und wir verbanden ihn mit meinem Anschluß, so daß sie an der Unterhaltung teilnehmen konnte. »Tom geht gerade in den Umkleideraum. Wenn er wieder herauskommt, werde ich ihn abfangen. Treffen wir uns in der Pizzeria? Ich glaube, es würde ihm helfen.«

»Pos-def«, sagte ich, als Randy sich gerade ein »Wenn du meinst ...« abquälte.

»Ihr beide«, betonte Susan, woraufhin ihr *Standing* sich in meinen Augen hyperbolisch verbesserte. »Wir werden ihn wahrscheinlich wieder aufrichten müssen. Er wird am Boden zerstört sein.«

»Wir werden da sein«, versprach ich. »Aber sieh auch zu, daß du ihn erwischst – wenn seine Stimmung wirklich schlecht ist, vor allem, wenn er etwas verbockt hat, verkriecht er sich nämlich irgendwo.«

»Wenn man dich so reden hört, könnte man meinen, er wäre vier Jahre alt.« Sie fiel wieder in ihren normalen weinerlichen Tonfall zurück. Vielleicht hatte ihr gutes Benehmen sie in Verlegenheit gebracht.

»Das ist er zwar nicht, aber er wird trotzdem versuchen, sich irgendwo zu verkriechen. Wir sollten uns lieber auf die Socken machen, bevor er dir noch entwischt.«

Sie klinkte sich aus und ging wortlos. Vielleicht war sie verärgert. Wie dem auch sei, ich hoffte, daß sie meine Worte ernst genommen hatte und sich beeilte.

»Nun, Randy, ich glaube, du wirst demnächst Zeuge einer Familienkrise.«

»Willst du *wirklich*, daß ich mitkomme?«

»Pos-def.« Ich wunderte mich selbst, mit welchem Nachdruck ich das gesagt hatte, und dann war mir

diese eindeutige Reaktion auf einmal peinlich. »Treffen wir uns im großen Panoramasaal?« Er lag ungefähr auf halber Strecke zwischen unseren Umkleideräumen.

»Gut. Treffen wir uns dort.« Randy klinkte sich aus, und das vielstimmige Geplapper auf der allgemeinen Frequenz brach wieder durch. Er streichelte mich mit dem Arm – vielleicht eine angedeutete Umarmung –, und wir betraten das Schiff.

Es dauert eine Weile, sich des Anzugs zu entledigen, denn man muß ihn einem Drucktest unterziehen und dann vom UV-Sterilisator behandeln lassen. Außerdem waren noch viele Leute vor mir, und noch schlimmer, es waren Erwachsene darunter, die aus irgendeinem schwachsinnigen Grund den Maschinen nicht trauen und deshalb alles zwei- und dreimal überprüfen und das Personal mit dummen Fragen nerven, woran man erkennt, daß ein Teil erneuert werden muß. (Das Personal in den Umkleideräumen toleriert nicht einmal zehn Prozent der zulässigen Strahlungsdosis an einer Komponente.)

Wenigstens befand Susan sich am Kopf der Schlange und hatte keine Erwachsenen vor sich. Sie winkte mir zu. Nackt wie wir waren, mit in den Taschen verstauten Anzügen, sah ich, daß sie schon voll entwickelt war, mehr noch als Miriam, und obwohl es mich für Tom freute, wurde ich mir meines knabenhaften Körpers nun in voller Schärfe bewußt. Ich wußte, daß Susan älter war als ich und daß ich auch so aussehen würde, wenn ich in ihr Alter kam, aber ich wollte einfach nicht mehr wie ein Kind aussehen.

Susan ging durch die Kontrolle und winkte erneut. Ich winkte zurück. Sie war wirklich eine Stütze für Tom, und er hatte sie anscheinend sehr gern. Und was mich betraf, so war fast eine Stunde verstrichen, seit ich sie zum letztenmal in Gedanken als ›Nagetier‹ bezeichnet hatte.

Unter meinen neidischen Blicken ging sie zum Umkleideraum. Vielleicht würde die Pubertät schlagartig einsetzen, und wenn ich morgens dann aufwachte, würde ich genauso aussehen.

Als ich den Panoramasaal betrat, war Randy noch nicht da, und bis auf ein Pärchen, das vor einem der kleinen Bildschirme saß, war der Raum leer. Sie waren nicht mit einer Außenkamera oder einem Teleskop verbunden – vielmehr betrachteten sie den Weltraum aus der Perspektive einer Sonde, die in geringer Höhe im polaren Mars-Orbit stand.

In letzter Zeit hatte ich viele Erwachsene bei dieser Beschäftigung beobachtet. Vielleicht handelte es sich um ein ansteckendes Mars-Virus. Normalerweise betrachteten nur alte Menschen wie Papa oder Dr. Lovell öfter den Weltraum. Mir genügen ein paar Blicke pro Woche, und ich möchte wetten, daß ich schon öfter hinausschaue als die meisten Leute.

Schließlich erschien Randy, und wir hangelten uns am Netz zum Pilz empor.

Die Pizzeria ist fast immer sehr gut besucht, und an den Wochenenden ist es noch voller, so daß es schwer ist, dort ein bekanntes Gesicht auszumachen. Wir drehten eine Runde durch den Raum, bis Susan uns erspähte und bei all den Leuten, die lautstark *ihre* Freunde begrüßten, unsere Aufmerksamkeit auf sich zog.

Als wir uns gesetzt hatten, stellte ich Randy ›offiziell‹ vor, denn Tom kannte ihn bisher nur vom Hörensagen, und Susan hatte ihn nur im Raumanzug gesehen. Zu meinem Erstaunen blinzelte Tom mir zu und machte heimlich das ›Daumen-nach-oben‹-Zeichen.

»Nur für die Akten«, sagte ich, »sie haben dir wirklich den Sieg gestohlen.«

So, wie Susan mich ansah, mußte ich etwas Dummes gesagt haben, aber Tom meinte nur: »Ja, aber sie hatten nicht ganz unrecht.« Er zuckte die Achseln. »Es *war* ein gefährlicher Trick. Aber ich bin froh, daß ich die Technik entwickelt habe, denn manchmal muß man draußen schnell sein, trotz des Risikos.«

Randy nickte. »Mein Vater startet schon seit Monaten nach deiner Methode. Ich bin sicher, daß dieser Trick ihm auch gefallen wird.«

»Da fällt mir ein, Randy, daß ich nicht einmal weiß, welchen Beruf dein Vater überhaupt hat«, sagte ich. Auf einmal war es mir peinlich, ihn nicht schon früher danach gefragt zu haben.

»Vakuum-Extrusion. Er arbeitet meistens draußen.«

»Sag ihm, er soll aufpassen, wenn er mit dem neuen Trick arbeitet«, sagte Tom. »Als meine Filmtasche kontrolliert wurde, sah ich, daß sie ziemlich geschwärzt war – anscheinend ist die Streustrahlung doch stärker, als ich gedacht hatte. Und wenn man vorher nicht genug trainiert hat, ist es durchaus möglich, daß man abdriftet und gegrillt wird. Da ist es vielleicht nur gut, daß sie nicht jeden rauslassen.« Er stand auf. »Ich muß noch mal weg, bis die Pizza kommt. Hoffe, es stört euch nicht, wenn sie ...«

»... mit Baby-Tilapia und Kaninchenwurst belegt ist«, ergänzte ich. »Das ist dein Standardbelag, seit du die Namen der Zutaten überhaupt aussprechen kannst.«

Er grinste mich an. »Ja, aber ich bin bekehrt worden. Susan hat nämlich eine Kaninchen-Allergie. Ich habe Wachtelfilet und Pilze genommen.« Er küßte sie auf die Stirn und war verschwunden.

Sie lächelte. »Ich hoffe, es macht dir nichts aus.«

»Kein Problem«, sagte ich. »Wachtel schmeckt wie alte Socken, nur daß sie nicht so riecht.«

»Ich esse fast alles«, verkündete Randy. Mittlerweile weiß ich jedoch, daß das ›fast‹ gelogen war. »Müssen wir Bezugsscheine einwerfen?«

»Tom hat uns alle eingeladen«, sagte sie. »Ich ... nun, du kennst ihn ja, Melpomene. Er ist schon ein verrückter Kerl. Ich erwischte ihn, als er gerade verduften wollte, genau wie du gesagt hattest. Er sagte, das Museum wäre nur heute für die Allgemeinheit geöffnet, und er wollte hingehen.«

Ich mußte lachen. Im Museum ist eine Menge Schrott von der Erde ausgestellt, Bilder und Bekleidung und so weiter. *Niemand* in unserem Alter geht dorthin, es sei denn, wir machen mit der Klasse eine Exkursion.

Susan hielt das anscheinend gar nicht für lustig. Ich glaubte schon, sie würde mir mit ihrer weinerlichen Stimme Vorhaltungen machen.

»Entschuldige.« Ich bemühte mich, ein Kichern zu unterdrücken. »Ich mußte nur deshalb lachen, weil ich schon als kleines Kind seine Verstecke aufgespürt hatte, und das Museum ist der ungewöhnlichste Ort, den er sich jemals ausgesucht hat.«

Sie schaute nachdenklich und nickte. »Nun, dann ist es schon das zweitemal, daß er sich merkwürdig verhalten hat. Als ich ihn hierher zurückholte, war er wirklich schlecht gelaunt, doch dann muß ihm irgendein Gedanke gekommen sein, und er benahm sich richtig seltsam. Völlig überdreht; ich konnte mir das gar nicht erklären.«

»Ich kenne ihn zwar nicht«, sagte Randy, »aber ich habe schon gehört, daß Leute, wenn sie sehr verletzt wurden, auf eine Art reagieren, die man in einem solchen Fall überhaupt nicht erwarten würde.«

»Ja«, erwiderte ich schleppend, »das trifft auf Tom zu.«

Für eine lange Zeit sagte niemand etwas. »Ich verstehe es immer noch nicht«, meinte Randy schließlich. »Beim *Flip-Flop*-Rennen gibt es ein halbes Dutzend legaler Manöver, bei denen ebenfalls die Gefahr besteht, daß man in den Abgasstrahl gerät. Weshalb haben sie sich gerade dieses ausgesucht, wo es doch so effektiv ist und den besten und wagemutigsten Athleten einen großen Vorteil verschafft? Die Regel selbst ergibt keinen Sinn. Und die Begründung ist Unsinn. Es besteht nämlich kein logischer Bezug zu den übrigen Regeln. Weshalb haben sie gegen ihn entschieden?«

Ich wollte, daß Susan wieder auf Toms Verhalten zu sprechen kam. »Ich glaube nicht, daß es persönliche Gründe waren.«

Randy nickte, aber ich sah, daß er mit den Gedanken woanders war. Er dachte angestrengt nach, aber ich wußte nicht, worüber.

»Hat Tom denn gesagt, weshalb es ihm wieder besser geht?« fragte ich. Wenn seine Stimmung gut ist, trägt er das Herz nämlich auf der Zunge.

»Nein, und das ist ebenfalls untypisch für ihn. Ich mußte ihn sogar fragen, woran er gerade dachte; das war auch ungewöhnlich, denn sonst platzt er gleich mit allem heraus ...«

Ich befürchtete, sie würde gleich schmollen. »Was hat er denn gesagt?«

»›Entweder war er verrückt, oder alles war in bester Ordnung.‹ Genau das hat er gesagt. Und daß er daran arbeiten müsse. Und dann sprach er plötzlich von dem Ding, das er mir zeigen wollte und über das ich dich ausgefragt habe – ich glaube, er will es mir noch immer zeigen –; er sagte, es würde mir sicher gefallen und er hätte keine Bedenken und vielleicht würden wir es schon heute nachmittag machen. Mehr hat er nicht gesagt, denn seitdem macht er einen glücklichen und verrückten und geistesabwesenden Eindruck.« Sie verstummte und nahm einen Schluck Wasser. »Wäre es möglich, daß er vor Enttäuschung den Verstand verloren hat?« Erneut biß sie sich auf die Lippe. Nun sah sie wirklich aus wie ein Karnickel.

Ich zitierte Papa. »›Nur weil Menschen verrückt werden, bedeutet das nicht, daß es oft geschieht.‹ Vielleicht arbeitet er auch nur an einem neuen Alien-Artefakt?«

Susan war baff. »Du nennst sie auch so?«

»Ja, wieso?«

»Es verletzt seine Gefühle, wenn eure Mutter die Sachen so nennt. Das hat er mir schon oft gesagt.«

Ich fühlte mich wie eine Kakerlake.

»Es tut mir leid!« sagte Susan.

»Nein. Ist schon recht. Ich bin froh, daß ich jetzt Bescheid weiß.«

Dann wechselte jemand das Thema; ich weiß nicht genau, wer es war und was nun besprochen wurde, aber nach einer Weile überwand ich meine Schuldgefühle und beteiligte mich an der Unterhaltung. Wir sprachen über Banalitäten wie Schule und Familie.

Weil Susan vier Brüder und fünf Schwestern hatte, war sie natürlich besonders kompetent in Sachen Familie. Wie schon so oft sagte ich mir, daß unsere Familie auf dem *Fliegenden Holländer* aus dem Rahmen fiel, weil wir nur zwei Kinder waren. Und wo ich nun daran dachte, wurde mir bewußt, daß Randy noch nie etwas von Geschwistern gesagt hatte. Hatte er nicht gesagt, er wüßte gern, wie es wäre, eine Mutter zu haben?

Als mir gerade der Faden entglitt, kam Tom zurück; er war noch besser gelaunt als vorher. Dann kam die Pizza, und wir aßen schweigend.

Nur daß das Schweigen von den seltsamen ›Hmms‹, ›Aahs‹ und ›Ja!s‹ unterbrochen wurde, die Tom von sich gab.

Am Schluß führten die beiden Jungs ein solches Theater auf, sich gegenseitig das letzte Stück zukommen zu lassen, daß Susan rasch zugriff und es vertilgte. In diesem Augenblick liebte ich sie wirklich.

Dann unterhielten wir uns für eine Weile über die neuesten Filme von der Erde, wobei wir Tom gründlich musterten. Wie aus heiterem Himmel, als ob er schließlich aufgegeben und sich entschieden hätte, uns zu überraschen, sagte er: »Ihr solltet euch wirklich mal den Abgasstrahl des Haupttriebwerks anschauen.«

Er blickte in die Runde; niemand sagte etwas. »Das war wohl nichts.«

»Pos-def«, bestätigte ich.

»Du meinst das Glühen ...«, sagte Susan.

»Genau, aber nicht auf Video oder im Beiboot aus einem Kilometer Entfernung. Sondern wie ich es gemacht habe. Das Glühen ist – nun, es ist schwer zu beschreiben. Deshalb solltet ihr es euch selbst mal ansehen.« Er hörte sich an, als ob er versuchte, einem Kleinkind einen offenkundigen Sachverhalt zu erläutern.

Das war das Ende der Unterhaltung. Tom schleppte Susan fort, um ihr das Kunstwerk zu präsentieren. Er schien nicht ganz bei Sinnen zu sein, machte aber einen glücklichen Eindruck.

»In einem solchen Zustand habe ich ihn noch nie erlebt«, sagte ich, nachdem er gegangen war.

»Wenn ich ihn nicht kennen würde«, sagte Randy, »würde ich ihn entweder für einen Heiligen oder einen Verrückten halten. Will sagen, er ist doch zu intelligent, um nicht zu erkennen, daß man ihn manipuliert hat.«

»Manipuliert?«

»Pos-def. Aus irgendeinem Grund wird er manipuliert.« Randy wich meinem Blick aus. Er schien sich unbehaglich zu fühlen, und ich fragte mich, ob unser gemeinsamer Tag vorzeitig beendet würde. »Hättest du etwas dagegen, wenn ich mir noch eine kleine Pizza bestelle? Die erste war nicht besonders.«

»Ich habe auch noch Hunger«, sagte ich. »Was hältst du davon, wenn wir uns eine mittlere teilen? Egal welche, nur keine mit Wachteln und Pilzen.« Wir verständigten uns auf Kaninchenwurst mit Extra-Käse; sie kam schnell, so daß das verlegene Schweigen nach der Bestellung nicht lange dauerte, und dann konzentrierten wir uns auf das Essen. Mutter pflegte immer zu sagen, das Großartige an einer jungen Liebe sei, daß man immer noch zusammen essen könne, wenn einem der Gesprächsstoff ausgeht. Vielleicht war dies das erste Anzeichen der Liebe ... oder vielleicht war es auch nur Kommunikationsunfähigkeit.

Nach einer Weile beschloß ich, es Papa gleichzutun und ohne Umschweife zur Sache zu kommen. »Randy, ich halte dich für einen der intelligentesten Menschen, die ich je kennengelernt habe, und ich mag dich und vertraue dir. Auch wenn es dir offensichtlich unangenehm ist, möchte ich dich doch bitten, mir zu sagen, was man deiner Ansicht nach mit Tom gemacht hat.«

Er biß ein großes Stück von der Pizza ab und kaute es gemächlich. Nachdem er mehrmals geschluckt hatte, war er anscheinend gewillt, sich zu äußern; aber dann biß er wieder ein großes Stück ab, kaute und schluckte … trank einen Schluck Wasser … und schließlich seufzte er.

»Ich finde nicht die richtige Bezeichnung dafür. Aber wenn sie uns schon in solchem Umfang manipulieren, weshalb richten sie es dann so ein, daß er ein solches Pech hat?« Wieder ein Schluck Wasser. Am liebsten hätte ich ungeduldig mit den Fingern auf dem Tisch herumgetrommelt, aber ich ließ es bleiben.

Ich sah, wie er sich zwang, mir in die Augen zu schauen, und versuchte, den Blick zu erwidern.

»Weißt du, wie ich mich gefühlt habe, als Dr. James mir von der Soziomechanik erzählte, die sie bei uns anwenden? Ich war fast verrückt vor Angst.« Er sagte es fast emotionslos, als ob er es in einen Rechner tippte. »Wenn diese Gefühle wiederkehren, verspüre ich meistens den Drang, jemanden zu schlagen. Als ob sie damit aufhören müßten, wenn ich nur die richtigen Leute erwische und sie verletze.«

»Womit aufhören?«

»Mit dem, wofür mir die Worte fehlen. Das, was sie tun. Ich kann's nur fühlen, aber nicht beschreiben. Wer auch immer ›sie‹ sind.« Er seufzte wieder. Allmählich ging mir dieses Geräusch auf die Nerven. »Das ist es wohl, was die Welt braucht; man muß die Verantwortlichen zur Rechenschaft ziehen. Ich weiß nicht.

Nun zu deinem Bruder. Punkt Eins – hast du schon einmal erlebt, daß jemand aufgrund einer rückwirkend aufgestellten Regel disqualifiziert wurde? Ich weiß, daß sie das *können,* aber hast du es jemals schon erlebt? Sie überwachen das Training aller Teilnehmer, also besteht dafür keine Veranlassung. Falls jemand etwas tut, das ihnen mißfällt, wird er vorher verwarnt. Und es wird auch nicht das erste Mal gewesen sein, daß Tom diesen Trick angewandt hat. Also wußten sie, daß er diesen Bungee-Sprung durchführen würde. Und sie haben ihn nicht gewarnt. Vor einer Technik, die sie für zu gefährlich halten?

Auch wenn sie noch so sehr versuchen, sich zu rechtfertigen, wird ihnen das nicht gelingen.« Erneut biß er herzhaft in die Pizza, als ob er sie regelrecht vernichten wollte.

»Verschluck dich nicht«, sagte ich. »Ich warte, bis du fertig bist.«

Er schluckte. »'tschuldigung. Also gut. Die Entscheidung der Punktrichter ergibt also keinen Sinn, und der ganze Vorgang läßt nur den einen Schluß zu, daß sie Tom auf dem Kieker haben. Und wenn du mir dann noch sagst, daß er mit den CSL-Problemen nicht zurechtkommt, die sie ihm vorlegen – und wie sich herausgestellt hat, stellen sie ihm *unlösbare* Aufgaben. Und das ganze unmittelbar vor der Erwachsenen-Abschlußprüfung.«

»Er hat die Probleme aber gelöst.«

»Ich wette, sie hatten keine Ahnung, daß er es schaffen würde. Ich glaube, sie wollten ihn endgültig abservieren, indem sie ihm eine Aufgabe stellten, die er unmöglich bewältigen konnte.« Ich hatte Randy schon oft zornig gesehen, aber immer nur in Verbindung mit einer Prügelei. Nun saß er da und sprach mit mir, ohne daß er die Stimme hob oder einen Muskel anspannte, aber wütender, als ich ihn bisher erlebt hatte. »Vor vielleicht fünfzehn Wochen war Tom noch ein echter Anführer in seiner Klasse und hatte ein verdammt hohes *Standing*, habe ich recht?«

»Pos-def. Bis auf CSL war er überall Spitze.«

»Ich frage mich nur, wie sie ihn in CSL unten gehalten haben …«

Das war schlicht paranoid. »Vielleicht fehlt ihm einfach die Begabung.«

Er schnaubte und schüttelte den Kopf. Ich haßte es, wie sein Lächeln sich verzerrte.

»Es wäre aber doch möglich«, beharrte ich auf meinem Standpunkt.

»Wie denn? CSL überschneidet sich zu mindestens neunzig Prozent mit Mathe und Linguistik, und du hast mir doch selbst gesagt, daß er in diesen Fächern gut sei. Und wie allgemein bekannt ist, weisen die Leistungen in CSL eine signifikante Korrelation zu den Leistungen in Musik, Kunst und Naturwissenschaften auf. Weißt du noch, wie es im CSL-Text des vierten Schuljahrs hieß – ›in gewisser Weise ist CSL ein Synonym für Intelligenz‹? Wie ist es also möglich, daß er in den Fächern, die Schnittmengen mit CSL aufweisen, so gut ist, und in CSL selbst so schlecht?« Er stopfte sich noch ein Stück Pizza in den Mund und spülte mit Wasser nach.

»Deine Eßgewohnheiten sind wirklich ungesund.«

»Genau.« Er trank wieder, diesmal jedoch langsamer. »Irgend etwas ist immer ungesund. Was deine Idee betrifft, einen Blick auf diese Dateien zu werfen … hast du so etwas schon einmal versucht?«

»Eigentlich nicht. Ich hatte nicht den Eindruck, daß es ein Problem wäre.«

»Es ist viel schwieriger, als es aussieht. Das kannst du mir glauben. Es würde mir leid tun, wenn du Probleme bekommst, nur weil du die einschlägigen Tricks nicht kennst.«

Ich nickte. »Danke.«

»Wenn wir mit dem Essen fertig sind, gehen wir in meinen Wohnbereich. Dort sind wir ungestört.«

Auf dem Weg dorthin redeten wir nicht viel, aber aus irgendeinem Grund verspürte ich eine große Verbundenheit mit ihm, und ich fühlte mich auch besser und sicherer als im bisherigen Verlauf der Woche. Und das war wirklich seltsam. Wo ich mich eigentlich doch vor dem Zorn hätte fürchten müssen, von dem er erfüllt war.

KAPITEL ACHT

Randys Wohneinheit war wirklich klein, und weil es Samstag war und der größte Teil der Belegschaft von Block B noch schlief oder gerade aufstand, mußten wir uns auch ruhig verhalten. Also unterhielten wir uns im Flüsterton. Ich kam mir vor wie eine Geheimagentin in einem dieser blöden 2-D-Filme, die wir von der Erde bekamen.

Er schleuderte die Computer-Tasche in den dafür vorgesehenen Behälter und sagte: »Wir nehmen den Hausanschluß, weil dort die ID-Kennung leichter neutralisiert werden kann.«

Sein Raum wirkte nüchtern, und die Einrichtung bestand nur aus Standardgegenständen – es war nichts vorhanden, wofür er einen Extra-Bezugsschein hätte investieren müssen. Das Zimmer war zwar schön ordentlich, aber nichts deutete darauf hin, daß Randy hier lebte.

Wir gingen wieder in den Gemeinschaftsbereich. »Wo ist denn der Rest deiner Familie?« platzte ich heraus und bereute die Frage schon, kaum, daß ich sie gestellt hatte.

Es schien ihm aber nichts auszumachen. »Dad ist wahrscheinlich im *Earth Sports Club* und schaut sich Fußball, Baseball oder sonst etwas an. Damit ist er den ganzen Tag beschäftigt. Und wir sind eh nur zu zweit.«

Wir setzten uns an den Haus-Anschluß, und nach ungefähr zehn Minuten erkannte ich, daß ich trotz meiner besseren theoretischen Kenntnisse in CSL viel weniger über die Schiffssysteme wußte als Randy, denn bisher hatte ich mich noch kaum unbefugt an den Systemen zu schaffen gemacht.

»Auch auf die Gefahr hin, daß ich mich mit dieser Frage lächerlich mache, aber weshalb tun wir das?« erkundigte ich mich nach einer Weile.

Randy berührte sachte meine Schulter. »Ich freue mich, Ihnen auf dieser Tour als Führer zu dienen, Kemo Sabe.«

»Wer?«

»Altes 2-D. Der einsame Reiter. Ich zeige es dir irgendwann mal.« Seine Finger huschten über die Tastatur, wobei sie nur innehielten, um die Maus zu bedienen. »Wollte nur sagen, du würdest jetzt verdammt tief in der Scheiße sitzen, wenn du es auf eigene Faust versucht hättest.« Er lehnte sich zurück und zeigte auf den Bildschirm. »Nun läuft ein Programm ab, das eine Kette virtueller Anschlüsse erzeugt. Es sind einige hundert Anschlüsse, die sich alle gegenseitig kontrollieren.«

»Und wozu soll das gut sein?«

»Nun, deinen eigenen Anschluß kannst du nicht benutzen, weil man deine ID-Kennung identifizieren und dir jeden Dialog nachweisen würde, richtig?«

Jetzt, wo er es gesagt hatte, begriff ich es auch. Ich wäre sofort erwischt worden. Ich lehnte mich etwas näher zu ihm hinüber. »Gut, aber weshalb gleich so viele?«

»Das Systemregister für diese Terminalklasse hat nur eine Erkennungstiefe von fünfzehn Ebenen, aber man kann bis zu 511 Ebenen miteinander verketten. Bei mehreren hundert Ebenen ist es nicht mehr möglich, uns zu identifizieren, und wir können uns nach Belieben umschauen.«

»Weshalb dann keine Kette von sechzehn Terminals?« Die Sache wurde interessant; vielleicht war Randys CSL-Kompetenz genauso hoch wie meine, nur anders gelagert.

»Nun, wir müssen in der Kette quasi die Brücken hinter uns abbrechen, wenn wir nicht erwischt werden wollen. Also gehen wir auf eine Tiefe von 250 und stellen den Unterbrecher so ein, daß er ab Ebene 18 aktiv wird.« Er hieb wieder in die Tasten; er mußte wohl jede Woche eine Tastatur verschleißen.

Ich hätte gar zu gern nachgefragt, was ein Unterbrecher war, aber ich hatte das Gefühl, mich schon genug blamiert zu haben. Außerdem folgerte ich durch die bloße Beobachtung von Randys Aktivitäten, daß ein Unterbrecher die Vorgänge in einer Kette überwachte. Das Register zeigte nur die letzten vierzehn Terminals in der Kette, so daß man nicht in einem direkten Sprung identifiziert werden konnte, aber der Sicherheitsdienst konnte einen Eindringling dennoch in Sechzehner-Sprüngen identifizieren. Wenn sie mit der Untersuchung begannen, würde der Unterbrecher alle virtuellen Terminals zerstören und somit die Spur zum Ausgangsterminal verwischen.

Das war verdammt clever und raffiniert. »Das ist brillant«, sagte ich. »Wo hast du das denn alles gelernt?«

»Von den Technikern. Dies ist eine Schutzmaßnahme gegen das Management, und so haben sie beim Vertragsabschluß auch die richtigen Zahlen. Und die B-Schicht hat die meisten Techniker. Jedes Wissen, das einen gewissen Nutzwert hat, dringt nach einiger Zeit nach draußen.« Er machte einen Ausdruck des Registers, studierte es und nickte. »Das ist schon mal ein guter Anfang. Aber wenn wir in die CPB-Dateien eindringen wollen, sollten wir besser noch andere Sachen laden, sagen wir, einen ›Pfefferstreuer‹ und eine falsche Kontinuation.«

Ich überwand meinen Stolz, schluckte und gestand: »Damit kann ich nichts anfangen.«

»Die KIs, die Ketten virtueller Terminals verfolgen, werden ›Bluthunde‹ genannt. Ein ›Pfefferstreuer‹ infiziert den ›Bluthund‹ mit Viren, aktiviert seine Error-Bits und meldet ihn als beschädigten Code ans System, woraufhin er von den Immun-KIs angegriffen wird. Der ›Bluthund‹ braucht bis zu acht Millisekunden, um diesen Angriff abzuwehren, und in dieser Zeit hat der Unterbrecher uns schon rausgeholt.«

Ich sah ihm bei der Implementation zu. »Wäre es nicht besser, du würdest den Algorithmus noch optimieren?«

»An welcher Stelle denn?«

»Diese Induktionsmaschine sollte im Vergleichsraum eine diskrete geometrische Reihe benutzen anstelle einer stetigen.« Zumindest kam ich mir nicht völlig überflüssig vor. »Und dann kannst du auch gleich den Vergleich von numerisch zu einer ODER-Verknüpfung ändern; dadurch ist die Matrix nur noch ein Zehntel so groß.«

»Richtig – sehr gut.« Für ein paar Minuten arbeiteten wir gemeinsam an dem Problem. Als wir schließlich eine endgültige Version erstellt hatten, installierte Randy den ›Pfefferstreuer‹ auf einem Dutzend virtueller Terminals. »Was hältst du davon, wenn ich es noch abschicke?«

»Abschicken? Wohin?«

»An das *Inoffizielle Organ.* Der Trick ist gut, und andere Leute interessieren sich bestimmt auch dafür.«

»Sicher.« Ich wußte zwar nicht genau, was ich da zugestimmt hatte, aber offensichtlich war ihm an meiner Einwilligung gelegen. Ich hatte wohl schon ein paarmal vom *Inoffiziellen Organ* gehört, aber nur im satirischen Kontext. Ich hatte keine Ahnung, was das war.

Er tippte etwas ein, und einige unbekannte Icons erschienen. Er klickte zwei davon an, woraufhin eine Kopie abgeschickt wurde.

Auch beim nächsten Schritt war ich ihm behilflich: zu verhindern, daß eine neu kopierte generische KI sich an unsere Fersen heftete. Das ist kompliziert – man muß nämlich einige tief verankerte Prohibitionen neutralisieren; denn wenn eine KI schon intelligent genug ist, den Suchvorgang durchzuführen, ist sie auch intelligent genug, Verdacht zu schöpfen und den Sicherheitsdienst zu alarmieren.

Als die eigentliche Barriere gilt gemeinhin das Paßwort, aber den schwierigen Teil hatten wir bereits geschafft. Der Paßwort-Schutz ist hier oben nicht sehr effektiv, weil die Biographien der gesamten Besatzung allgemein zugänglich sein müssen. Deshalb findet man die Mädchennamen verheirateter Frauen, die Namen von Verwandten, persönliche Präferenzen und auch sonst alles, was eigentlich in den Dossiers des Sicherheitsdienstes stehen würde.

So wußte ich zum Beispiel von früheren Schnüffeleien, daß Papa während seiner ›High School‹-Zeit auf der Erde von seinen Freunden manchmal der ›scharfe Corny‹ genannt wurde, und daß er bei seiner ersten Verabredung mit Mutter von Sergeant Joseph Clifford verhaftet wurde, weil er mit Tempo Hundert durch eine Tempo-Sechzig-Zone fuhr. (Anhand dieser Geschwindigkeitsangaben schließe ich, daß es auf der Erde viel zu hektisch zugeht.)

Also könnte man eine weitere manipulierte KI einsetzen, um relevante Biographien zu durchsuchen und zu sehen, was sie ans Tageslicht bringt. Außerdem waren nur die allerwenigsten Dateien paßwortgeschützt. Die meisten Leute hielten den Vermerk ›privat‹ für ausreichend, selbst bei einer Datei, in der sie ein höherrangiges Paßwort gespeichert hatten.

Fast sofort waren wir in den Dateien der klerikalen Mitarbeiter des CPB, und mit einiger Gewißheit hatten manche von ihnen hier Paßwörter für vertraulichere Dateien abgespeichert.

Als wir die CPB-Dateien mit einer höheren Geheimhaltungsstufe anzapften, sagte Randy: »Gut, und nun eine falsche Kontinuation. Ich habe da eine wirklich gute Idee ...«

Die Idee *war* wirklich gut – und mit ein wenig Hilfe von mir gestaltete der Vorgang sich sogar elegant. Der CPB hat Zugang zum ganzen System. Deshalb ließ Randy die Kette der virtuellen Terminals vom CPB in den Sicherheitsdienst ausgreifen, wobei er den Überrangstatus des CPB nutzte, um die Sperren des Sicherheitsdienstes zu überwinden, und griff auf die Bildschirme am Ende der Kette zu. Mit anderen Worten, er drang in die Polizeistation ein.

Dieser Vorgang bescherte uns eine Menge Arbeit. Zunächst zogen wir Kopien von zirka zwanzig Dateien, die unserer Ansicht nach Wissenswertes enthielten und luden die Kopien in die Zwischenablage meines Computers, auf die der Zentralrechner keinen Zugriff hatte. Dann gingen wir systematischer vor und öffneten jede Datei, bei der mindestens neun Schlüsselwörter mit denen auf unserer Liste übereinstimmten. Schließlich, nur so zum Spaß, öffneten wir unsere eigenen Dateien sowie die von Tom, Theophilus, Miriam, Gwenny Mori und Barry Yang. »Wo wir schon hier sind, öffnen wir doch auch noch die von Susan dem Nagetier«, regte ich an.

»Von wem?« fragte Barry lachend.

»Susan Rodenski. Wir haben mit ihr und Tom zu Mittag gegessen.«

»Ein Nagetier kommt auf die Speisekarte.« Die Datei wurde in die Zwischenablage kopiert.

Die Tür zum Wohnbereich öffnete sich.

Mein Herz schlug bis zum Hals. Wir befanden uns in einer Scheißsituation – bis wir uns aus dem System ausgeloggt hatten, würde es noch fast eine Minute dauern.

Randy drückte meine Hand mit der Rechten und bewegte mit der Linken die Maus. Ein Icon erschien – ein Einbrecher im alten Comic-Stil mit einer schwarzen Maske und einem Sack über der Schulter. Randy klickte ihn an.

Nun erschien ein japanischer Übungstext, darunter ein Notizblock.

Auf japanisch gab Randy ›alles klar‹ ein, löschte den Bildschirm und rief die nächste Seite auf. Dann schob er mir die Tastatur zu.

»Hallo, Dad«, sagte er mit einer Gelassenheit, als ob wir tatsächlich Hausaufgaben gemacht hätten.

Mr. Schwartz war *riesig* – fast zwei Meter groß, und obendrein schwer. Ich hatte den Eindruck, daß zwei Ausgaben von mir bequem auf seinen Schultern hätten sitzen können.

Er trug eine signalorange Standard-Kombi, wie sie die meisten Techniker bevorzugten. Sie war mit ein paar interessanten Aufnähern verziert, meistens von Konstruktionsprojekten, die vom Quito-Geosynch-Kabel von 2009 bis zum Außenbord-Konstruktionsabzeichen des *Fliegenden Holländers* reichten; dann gab es da noch Sticker von der Gewerkschaft der Weltraum-Arbeiter und ein paar schwarze Gewerkschaftsbüro-Abzeichen. Vorne links, direkt unterhalb des Saums, befand sich ein schwarzes XV mit zwei Balken darunter – siebzehn Jahre Dienst im All.

Ich fragte mich, ob es ihn ärgerte, daß Randy und ich schon zwölf Jahre Weltraumerfahrung hatten.

»Hallo, du hast Besuch, wie ich sehe.«

»Dad, das ist Melpomene Murray. Melpomene, das ist mein Vater. Sie ist eine Schulfreundin und rettet gerade mit einer Hand meine Note in Japanisch.«

»Tapfere junge Dame.«

»Es freut mich, Ihre Bekanntschaft zu machen«, sagte ich. »Und so schlecht ist Randy eigentlich gar nicht.«

Mr. Schwartz nickte lächelnd und sagte zu Randy: »Stell dir vor, sie zeigen vier Stunden Radrennen. Kann es nicht ausstehen, einem Rudel Typen in engen kurzen Hosen zuzusehen, wie sie gegenseitig ihren Hintern nachjagen, also dachte ich, gehe ich mich waschen und umziehen.« Er nickte mir wieder zu. »Schön, daß du hier bist.«

Er ging in sein Zimmer, holte eine kleine Tasche und

einen Satz Kleidung heraus, warf sie sich über die Schulter und sprang in einer fließenden Bewegung zur Tür hinaus, wobei sie automatisch arretiert wurde.

»Ich hoffe, ich habe deinen Vater jetzt nicht aus seiner eigenen Wohnung vertrieben.«

»Nein, er geht sowieso immer ins öffentliche Bad. Er ist gern in Gesellschaft – das gilt für die meisten Techniker.«

Ich wußte zwar, daß es diese Bäder gab, aber Mutter hatte mir den Eindruck vermittelt, daß sie irgendwie unanständig wären. »Gehst du auch dorthin?«

»Manchmal. Es gehen nicht viele Leute in unserem Alter hin. Ab und zu ist deine Freundin Miriam mit ihrer Familie dort.«

Also hatte er Miriam schon nackt gesehen, mich aber nicht.

Noch nicht.

Um das Gefühl der Eifersucht zu verdrängen, sagte ich: »Gut, dann schauen wir uns mal die Beute unseres Einbruchs an. Und wo hast du dieses Vertuschungs-Programm gefunden?«

»Nur ein kleiner Trick vom *Inoffiziellen Organ.* Ich wundere mich, daß du noch nie von den Tricks gehört hast, wo du doch so gut mit dem Computer umgehen kannst. Die meisten der echten Computer-Freaks sind …« Der seltsame Ausdruck, der nun auf seinem Gesicht erschien, beunruhigte mich, und das nervöse Lachen beunruhigte mich noch mehr. Er ergriff meine Hand. »Du kennst den Grund nicht.«

Das verletzte mich, wobei ich aber nicht wußte, weshalb.

»Dein Vater gehört zum CPB.«

Wenn er gesagt hätte, mein Problem wären meine Hörner und Hufe, die Überraschung hätte nicht größer sein können. »Was hat das denn damit zu tun?«

Randy zeigte auf die Liste geheimer Dateien, die auf dem Monitor zu sehen war.

»Oh.« Es mußten Millionen Dinge sein, die ich aus diesem Grund nie erfahren hatte. Seit Jahren schon mußten mir Dinge vorenthalten worden sein. Plötzlich erinnerte ich mich an die vielen Male, als ich den Eindruck hatte, daß die Leute ihre Unterhaltungen unterbrachen, sobald ich in die Nähe kam.

Ich mußte weinen und konnte mich lange nicht beruhigen. Er hielt mich und streichelte mir sanft über Rücken und Nacken, und schließlich versiegten die Tränen; danach saßen wir noch lange Zeit da, hielten uns die Hände und schauten uns stumm an.

Schließlich sagte Randy: »Du hast da etwas an der Nase hängen. Brauchst du ein Taschentuch?«

»J-ja.« Ich seufzte – und mußte dann kichern. »Meiner Treu, ihr seid wirklich sehr romantisch, mein Herr.«

Er sprang zum Wandschrank hinüber, zog ein Tuch heraus und überreichte es mir mit einer übertriebenen Verbeugung.

Ich verspürte die moralische Verpflichtung, mich trompetend zu schneuzen, worauf er auch lachen mußte. Als wir uns dann wieder beruhigt hatten, sagte ich: »Jetzt sollten wir uns aber mal die Dateien ansehen, die wir uns beschafft haben.«

Der CPB verwendet eine merkwürdige Terminologie. Die Auswertung der Schlüsselwörter-Listen und Dossiers erbrachte nicht viel. Daraufhin arbeiteten wir die Dateien sequentiell durch.

Den größten Teil des Nachmittags verbrachten wir damit, die Dateien abwechselnd zu sichten und zu diskutieren. Es ist nicht einfach, diesen speziellen Jargon ins Englische zu übersetzen – »Japanisch wäre leichter«, sagte Randy. »Viel leichter.«

»Hai su-desu, ne? Zumindest erkenne ich *allmählich* einen Sinn. Und es ist nicht so schlimm, wie wir zuerst befürchtet hatten …«

»Ich weiß nicht, Melpomene, da stehen Dinge, mit denen sogar viele Techniker überfordert wären.« Er zeigte auf die Liste von ›Werten für die Inklusion ins Semiotische System im Alter von acht Jahren‹.

»Ich dachte, das wäre nur eine Liste von Platitüden.«

»Den Eindruck hatte ich zuerst auch. Aber betrachte einmal Nummer Drei: ›In einem Raumschiff oder einer Gesellschaft sind die fundamentalen Interessen aller identisch. Wir alle müssen den Vorgaben der Politik und den Direktiven Folge leisten, unabhängig von Position, Rang, Ansehen oder Titel, um die Ziele des Schiffs zu verwirklichen.‹ Wie ist das mit der Zugehörigkeit zu einer Gewerkschaft zu vereinbaren? Wenn man die hehren Prinzipien beiseite läßt, sieht es im Grunde nämlich so aus, daß ›alle den Mund halten und das machen sollen, was die NAC ihnen sagt‹.«

Ich las es mehrmals durch und versuchte, den Sinn seiner Rede zu ergründen. »Ich glaube, so könnte man es interpretieren. Die Anwendungsliste zu diesem Wert gibt uns vielleicht Auskunft über die Intention. Existieren irgendwelche Dokumente zu den entsprechenden Regelanwendungen?« Ich gab einen Befehl ein, und die Liste erschien. »Scheint so – zwei allgemeine Dossiers, unsere und Toms Dossiers.«

»Merkwürdig. Weshalb nur wir drei und niemand von den anderen?«

Nach etwa fünf Minuten hatten wir herausgefunden, daß dies der Schlüssel zu der ganzen Sache war. Ab dieser Stelle wird die NCA meinen Bericht wahrscheinlich zensieren; deshalb halte ich es zum privaten Gebrauch fest:

Die Gewerkschaften sollten binnen fünfundzwanzig Jahren aufgelöst werden.

Die Wahlen sollten noch vor 2040 durch einen ›organisch gewachsenen Konsens‹ ersetzt werden. (Was bedeutete ›organisch gewachsen‹? Wir interpretierten es so, daß es im Ermessen der Besatzung des *Fliegenden Holländers* stand. Nachdem wir den Kommentar durchforstet hatten, wußten wir, daß der CPB noch keine

Klarheit bezüglich der Präferenzen der Leute hatte und deshalb nach besseren Optionen suchte.)

Am aufschlußreichsten war jedoch die Auswertung unserer eigenen Dateien, in denen Randy, Tom und ich als ›Spezielle Kategorie‹ bezeichnet wurden.

»Welche Rolle spielen wir dabei?« fragte Randy. »Das ist die große Frage.«

In dem Moment, als wir die Datei öffneten und sie durchlesen wollten, ging die Tür auf. Blitzschnell wechselten wir wieder zu der Japanisch-Aufgabe.

Ich schluckte. Ich mußte wohl befürchtet haben, Papa und der gesamte CPB würden aus allen Rohren feuernd die Wohnung stürmen. Aber natürlich war es nur Mr. Schwartz.

»Ich hoffe, ihr habt viel geschafft. Will jemand ein Abendessen, bevor die Party anfängt?«

Von einer Party wußte ich nichts. Ich schaute Randy an. So rot war sein Gesicht noch nie angelaufen.

Mr. Schwartz ließ mehrmals den Blick zwischen uns hin und her wandern und setzte dann ein breites Grinsen auf. Dann stieß er einen Jubelschrei aus, sprang an die Decke, stieß sich ab, landete auf den Händen und richtete sich mit einem Fallrückzieher wieder auf. Er stieß ein brüllendes Gelächter aus.

Randy war puterrot angelaufen und hatte die Augen niedergeschlagen.

»Dann hast du es ihr also noch nicht gesagt«, stellte Mr. Schwartz fest.

Randy schüttelte den Kopf.

»Randy?« sagte er mit sanfterer Stimme.

Randy saß reglos und stumm da.

»Ähem … Äh … Entschuldigung.« Er wandte sich zur Tür um. »Äh …« – er blinzelte Randy zu, aber der sah es nicht – »… mir ist gerade eingefallen, daß ich die Vakuumkammer auf ihre Dichtigkeit überprüfen muß. Ich bin in etwa zehn Minuten wieder zurück, in Ordnung?«

Randy nickte.

»Es tut mir wirklich leid. Glaube jetzt nicht, daß *du* dich auch wie ein Idiot benehmen mußt, nur weil dein alter Herr es dir vormacht. Es liegt nicht in der Familie.«

Nun schaute Randy auf und rang sich ein angedeutetes Lächeln ab. »Pos-def. Bis gleich.«

Mit einem Satz war Mr. Schwartz zur Tür hinaus und schlug sie zu. Ich hatte den Eindruck, er hätte ein Vakuum im Raum zurückgelassen.

Weil ich nicht wußte, was mit Randy los war, legte ich den Arm um ihn. Er zuckte zusammen und lehnte sich dann wieder zurück. Ich wartete.

»Siehst du?« sagte er schließlich. »Das versteht er unter Ausgelassenheit.« Er schniefte. »Nie kann ich jemanden mit nach Hause bringen. Er funkt immer dazwischen und sagt etwas Blödes. Immer. Er ist total beknackt. Und ich befürchte, es färbt auch auf mich ab.«

Ich sprang auf, riß ein Tuch aus dem Wandhalter und gab es ihm. Er schneuzte sich und seufzte. »Man sollte eigentlich meinen, ich würde ihn kennen. Ich meine, er hält sich für einen Partylöwen. Und irgendwann stehe ich dann immer wie ein dummer Junge in der Ecke, und er lacht mich aus. Wenn ich nur einmal den Mut aufbringen würde, ihm zu erklären – ich glaube, er würde mich nicht einmal hören.« Erneut schneuzte er sich. Heute war ein Tag zum Weinen. »Die Wahrheit ist, daß ich es einfach vergessen habe. Ich wollte es sagen, aber ich habe es vergessen. Nicht, weil ich etwa Angst gehabt hätte, aber er wird sich jetzt darüber lustig machen …«

Ich reichte ihm noch ein Tuch. Er wischte sich die Tränen aus den Augen. »Was hast du vergessen?«

Er holte tief Luft und erzählte.

»Es geht um die große Party im B-Block, die nach jedem Perihel und Aphel stattfindet. Nach dem Vorbeiflug an der Erde oder dem Mars ist die Hektik nämlich vorbei – der größte Teil der Außenmannschaften und Techniker wird von der B-Schicht gestellt. Es ist eine große Sache; alle gehen hin, meine alten Freunde werden dort sein, und da dachte ich halt…

Weißt du, ich esse nicht sehr oft mit Dad, vielleicht einmal die Woche, aber heute morgen haben wir zusammen gefrühstückt, und zum erstenmal haben wir uns richtig miteinander unterhalten. Er hat sich nach der Schule, meinen Freunden und so weiter erkundigt. Weil ich ihm nicht erzählen wollte, daß Ted mich zusammengeschlagen hatte, habe ich fast nur von dir gesprochen, Melpomene.«

Innerlich umarmte ich mich. »Und was hat er gesagt?«

»Wie ich schon sagte. Oder so ähnlich. Er hat mich gefrozzelt – ich meine, nicht bösartig, wie er manchmal ist, sondern ganz freundschaftlich. Er wollte wissen, ob ich dich gefragt hätte, ob du mit mir auf die Party von Block B gehst…«

Ich umarmte ihn stürmisch und sagte: »Du hast es sicher nur vergessen, weil wir anderweitig beschäftigt waren. In Ordnung, ich gehe mit.«

Ich zog noch ein Tuch aus dem Spender und reichte es ihm. »Ich meine, ich gehe mit, wenn du es noch möchtest. Zum Abendessen und zur Party. Aber ich bräuchte eine Dreiviertelstunde, um mich zurechtzumachen. Wenn deine alten Freunde da sind, kann ich kaum wie eine Vogelscheuche auftreten, nicht wahr? Oder wollen wir sie schocken?«

Da mußte er lachen; das erleichterte mich, denn ich wußte nicht, wie lange ich diese Blödeleien noch durchhielt. »Gut, also ganz förmlich: Melpomene, möchtest du mich auf die Party von Block B begleiten?«

»Pos-def.«

Er seufzte. »Nun, ich hatte mir es zwar etwas anders vorgestellt, aber wenigstens hat es funktioniert. Ich komme mir wie ein Narr vor.«

»Aber du bist ein *liebenswerter* Narr.« Ich küßte ihn auf die Wange. »Bis gleich.«

Also flitzte ich mit pochendem Herzen in meine Wohnung. Vor Freude singend ging ich unter die Dusche und holte dann die neue weiße Kombination aus dem Schrank, die ich eigentlich anläßlich des Abschlußzeugnisses hatte anziehen wollen.

Gerade als ich mich im Spiegel betrachtete und überlegte, wie ich meine wundervolle Erscheinung noch veredeln könnte, kamen Papa und Mama nach Hause. Bürstenschnitt, Kombination und blaue Slipper allein machten nicht viel her … deshalb befaßte ich mich mit der Frage, ob ich nun einen Gürtel oder eine Schärpe anlegen sollte.

Papa ging schnurstracks ins Bad. Mutter stand nur da und musterte mich schweigend.

»Melly«, sagte sie schließlich, »wenn ich nicht wüßte, daß es unmöglich ist, würde ich schwören, daß du dich zurechtmachst.«

Ich weiß zwar nicht, weshalb ich das trotz der ›Melly‹ lustig fand, aber auf jeden Fall lachte ich und eröffnete ihr mein Vorhaben.

Zuerst wirkte sie etwas konsterniert, aber dann lächelte sie mich an; es war dieses herzliche, wundervolle Lächeln, das ich schon seit Jahren an ihr vermißt hatte. »Melpomene – Liebes –, es wird dich sicher überraschen, aber ich glaube, du hast eine *Verabredung.*«

»Oh, Mutter, ich gehe wirklich nur auf eine Party … äh, mit einem Jungen. Er trifft sich mit seinen alten Freunden … ähem. Vielleicht lerne ich sie auch kennen.« Viel mehr fiel mir dazu nicht ein. »Nun, hmm.«

Sie betrachtete mich von Kopf bis Fuß. »Sieht nicht schlecht aus; unterscheidet sich zwar etwas von der Mode, die in meinen jungen Jahren aktuell war, aber Röcke sind auch nicht sehr praktisch in niedriger Schwerkraft, und mit hohen Absätzen hatten mir immer die Füße wehgetan. Schauen wir mal, was man noch machen könnte ...«

»Was ist denn noch da?« fragte ich.

»Warte eine Minute.« Sie eilte in ihr Zimmer; gleich darauf kam sie mit einem kleinen Kästchen zurück.

Mit offenem Mund bestaunte ich das Kästchen. »Es ist aus Holz. Aus echtem Holz. Nicht in den Tanks gezüchtet.«

»Ja, von der Erde importiert.« Vorsichtig überreichte sie es mir, und ich ergriff es mit dem seltsamen Gefühl, daß es etwas schrecklich Wichtiges enthielt. »Dieses Kästchen samt Inhalt hat mich ungefähr zehn Prozent meiner Gewichtszuteilung gekostet«, sagte sie nervös, als ob sie meinem Lachen zuvorkommen wollte.

»Es ist so glatt. Aber die Maserung ist so ... verwirbelt und unregelmäßig, wie ein Bild im Fraktale-Geometrie-Unterricht. Und es fühlt sich so warm an ...«

»Ich hatte es von meiner Großmutter bekommen, als ich ein kleines Mädchen war. Zum Öffnen mußt du den Verschluß nach rechts schieben. Er ist aus Silber.«

Ich hatte noch nie so viel Silber auf einmal gesehen, nicht einmal im Chemielabor. Der Verschluß wies eine seltsame Form auf, die ich nicht benennen konnte; aber ich hatte sie schon einmal in einem Biologietext gesehen. Ein Blatt oder eine Muschel oder in der Art. Ich schob ihn nach rechts und hob vorsichtig den Deckel an.

»Juwelen! Ich habe mal welche gesehen, als wir mit der Klasse ins Museum gingen. Ich wußte ja gar nicht, daß du so etwas besitzt ...«

»Vielleicht war es erst jetzt an der Zeit. Ich weiß wirklich nicht, weshalb ich sie dir nicht schon früher gezeigt habe.« Vorsichtig nahm sie den Schmuck wieder an sich. »Weißt du, wir sind uns fast wie aus dem Gesicht geschnitten, und deshalb müßte es dir auch stehen, aber du hast noch nie Ohrringe getragen und auch kein langes Haar ... schauen wir mal. Diese Brosche gehörte meiner Großmutter.« Sie nahm eine kleine Metallrose aus dem Kästchen und befestigte sie vorsichtig auf meiner Brust, ein paar Zentimeter unterhalb der linken Schulter. »Und – ha. Natürlich. Ich hatte es fast schon vergessen, aber das macht es perfekt.«

Sie zog etwas Winziges und Zerknittertes aus einem kleinen Fach im Kästchen. »Ein paar Jahre, bevor wir die Erde verließen, war sehr kurzes Haar in Mode. Damals hatte dein Vater mir das hier geschenkt.«

Es sah aus wie ein winziges Stück Metallgewebe. »Was ist das?«

»Man nannte es einen ›Coleman‹. Vielleicht war das der Name des Designers, oder es wurde von der Kleidung der Bergarbeiter abgeleitet, was auch immer.« Sie hielt es in der Hand und hauchte es mehrmals an. »Sobald es sich erwärmt …«

Kurz darauf glich es einem zerknitterten Blatt mit der Größe und Form von Nathan Roswalds Jarmulke. Sie strich es glatt und legte es mir links auf den Kopf, direkt neben der Krone. Ich spürte ein merkwürdiges Kribbeln im Haar. »Jetzt mußt du heftig den Kopf schütteln.«

Ich tat wie geheißen.

»Gut.« Sie hauchte es wieder an, wobei ihr Atem warm und feucht über meinen Kopf strich, und wartete ein paar Sekunden. »Wieder den Kopf schütteln. Richtig. Gut, noch mal …« Ihr Atem wehte warm über meinen Kopf. »Warte … wieder schütteln.« Ich schüttelte heftig den Kopf; den Coleman spürte ich nicht mehr. »Kneift es noch irgendwo?«

»Nein.«

»Jetzt kannst du es so lange anbehalten, wie du möchtest. Deinem Haar wird nichts passieren. Sie reagieren irgendwie auf Temperaturschwankungen – ich kenne aber nicht das Prinzip. Betrachte dich mal im Spiegel.«

Ich war verblüfft – der Wirbel aus glänzendem Metall kontrastierte mit meinem Haar wie eine winzige Galaxie und reflektierte das feurige Glühen der ovalen Blüten der Rosen-Brosche … »Es ist schön.«

»Du bist es auch«, sagte Mutter schnell, als ob sie mich korrigieren wollte. »Das liegt in der Familie. Aber nun beeil dich – es ist zwar das traditionelle Vorrecht der Dame, etwas zu spät zu kommen, aber hier oben sind fünf Minuten eine lange Zeit.«

»Um wie viele Minuten hast du dich immer verspätet?«

»Ganz nach Belieben. Genau so lange, bis er sich wirklich nach mir sehnte, und keine Sekunde länger … es sei denn, du strebst eine Karriere als *la belle dame sans merci* an.«

Ich lachte, woraufhin sie noch merkwürdiger schaute. »Weißt du … weißt du, daß du jetzt fünf Jahre älter wirkst? Wie eine Frau?«

Auf einmal hatte ich Schmetterlinge im Bauch. »Vielleicht wie eine sehr kleine Frau«, bemühte ich mich, witzig zu sein.

Dennoch lächelte sie, und wir umarmten uns. Es mußte mindestens ein Jahr vergangen sein, seit wir das zum letztenmal getan hatten.

Ich fuhr allein im Omnivator, zum Teil deswegen, weil ich spät dran war, und hauptsächlich deshalb, weil ich wollte, daß Randy mich von allen als erster sah.

Er öffnete sofort die Tür. Er hatte sich auch verändert – war in seine Firmenuniform geschlüpft. Die NAC besteht darauf, daß jeder sie anzieht, wenn die Eltern einen *Plutock*-Touristen betreuen müssen und uns als richtige *corporados* vorstellen. Ich nehme an, daß viele Erdschweine auf Schiffsbesichtigung glauben, wir würden diese Kluft ständig tragen.

Wie alle anderen auch steckte Randy in einer Kindergröße der Unisex-Uniform seiner Eltern. Für Randy bedeutete das ein signaloranges Hemd und eine gleichfarbige Hose, einen breiten Gürtel aus schwarzem

Elasthan, schwarze Schuhe und ein schwarzes Halstuch. Aus irgendeinem Grund bezeichnete mein Vater das immer als ›Faschingskostüm‹ und titulierte unsere hellgrünen Schuluniformen als ›Pfadfinderklamotten‹. Manchmal werde ich aus den Erwachsenen wirklich nicht schlau.

Randy sah prächtig aus, sehr erwachsen und stattlich. Getrübt wurde die Freude indes dadurch, daß er mich anstarrte. »Du siehst wirklich … gut aus«, stotterte er nach einem Moment.

»Jetzt krieg dich wieder ein. Du siehst auch großartig aus«, sagte ich.

Dann trat ein langes, verlegenes Schweigen ein, bis irgendwo hinter Randy die Stimme von Mr. Schwartz ertönte: »Deine nächste Zeile, Sohn, lautet: ›Treten Sie ein‹.«

Aus der Tatsache, daß Randy errötete, schloß ich, daß es ihm peinlich war, aber er stammelte die Einladung, und ich kam ihr nach.

Mr. Schwartz war auch in Uniform. Er hielt eine Kamera in der Hand und grinste. »Ihr beide stellt euch nebeneinander.«

Wir folgten der Aufforderung, und er machte Bilder von uns.

Die Situation war so befremdlich, daß wir beide lachten. Er fiel in unser Lachen ein, drückte aber weiter auf den Auslöser. Dann führte er die Kamera ins Lesegerät des Hausterminals ein, und kurz darauf erschienen die Abzüge. Er tippte ein paar Befehle in den Rechner. »Wenn ich schon dabei bin, kann ich auch gleich deiner Mutter die Abzüge schicken, Melpomene«, sagte er.

»Meiner Mutter?« fragte ich verblüfft.

»Sie hat angerufen, als du unterwegs warst. Die Bilder waren ihre Idee, und ich fand es auch gut. Die Hardcopies sind für mich.« Dann bearbeitete er für ein paar Minuten die Tastatur. »Wenn ich fertig bin, essen wir zu Abend. Hoffe, ihr habt keine Einwände gegen die Suppenbar.« Er beendete die Eingabe und nahm eines der Bilder in die Hand. »Ich habe sie auf Festplatte abgespeichert, aber das solltet ihr euch wirklich mal ansehen.« Er hielt das besagte Bild hoch.

Jetzt begriff ich, was meine Mutter gemeint hatte, als sie sagte, ich sähe fünf Jahre älter aus. Glaubt mir, genießt es, zwölf zu sein.

Ich war fast noch nie in der Suppenbar gewesen. Das erste, was mir dort auffiel, waren die vielen Außendienst-Techniker. Als sein Vater sich den vierten Nachschlag holte, klärte Randy mich auf: »Weißt du, wie ausgedörrt die Kehle nach zwei Stunden im *Outside Club* ist? Und wie heiß und feucht es im Anzug wird, wenn du draußen pissen mußt? Nun, die letzten Stunden vor dem Außeneinsatz trinken die Leute nichts mehr, und den ganzen Tag müssen sie mit ein paar Schlucken Wasser auskommen. Also trocknen sie wirklich aus. Wenn ich von der Schule nach Hause komme, bereite ich immer ein paar Liter Mineraldrink zu und stelle sie in den Kühlschrank – und wenn er dann nach Hause kommt, kippt er sich gleich die Hälfte hinter die Binde.«

»Das ist noch so eine Ungereimtheit«, sagte ich. »Wenn wir alle angeblich gleich sind, wie kommt es dann, daß ich nichts von den Technikern weiß?«

Randys Vater kam zurück. Er hatte die Frage gehört, und nach dem Verzehr einiger Löffel Suppe sagte er: »Nun, in der Theorie gibt es keine Klassen auf dem Schiff, aber in der Praxis sieht es anders aus. Das Leben stellt sich für die Menschen einfach unterschiedlich dar, je nachdem, welche Arbeit sie verrichten. Es ist durchaus ein Unterschied, ob man jeden Tag in Schweiß gebadet ist oder immer wie aus dem Ei gepellt aussehen muß. Außerdem spielt es auch eine Rolle, ob das Management sich um die Freizeitgestaltung der Arbeitnehmer kümmert.« Er schnaubte. »Ich bin das beste Beispiel dafür. Mit dem Begriff ›Arbeit‹ assoziiere ich

›kontrolliert werden‹ – Manager arbeiten in meinen Augen nicht.«

Mr. Schwartz löffelte seine Suppe aus. Auf einmal lieferte der Inhalt der gestohlenen Dateien mir eine Vorlage. »Ich kenne einen großen Unterschied zwischen Technikern und Managern. Alle Techniker sind in der Gewerkschaft, aber ich kenne niemanden außer Randy, dem die Gewerkschaft sympathisch ist.«

»Die Eltern lehnen die Gewerkschaft wahrscheinlich auch ab«, sagte Mr. Schwartz. »Die meisten Kinder übernehmen nämlich die Ansichten ihrer Eltern. Randy hatte jedoch das Glück, früher als die meisten anderen zu erkennen, welch ein Narr sein alter Herr ist. Manche werden ihre Meinung schon ändern, wenn sie erst einmal arbeiten.«

Um ihn zum Weitersprechen zu animieren, sagte ich: »Ich habe noch nie Argumente *für* die Gewerkschaft gehört. Der offizielle Kanal des NAC ist ihr auch nicht sehr gewogen.«

»Nun, das ist auch nicht zu erwarten. Ich glaube, es …« Er musterte Randy von der Seite. »He, ich möchte mich nicht bei deiner ersten Verabredung mit deinem Mädchen über Volkswirtschaft unterhalten. Du hättest mir unter dem Tisch einen Tritt geben sollen oder so.«

An dem Ruck, der durch Randy ging, erkannte ich, daß *er* eben erst begriffen hatte, mit mir verabredet zu sein. »Um die Wahrheit zu sagen, Dad, ich interessiere mich selbst dafür. Ich habe mich vielleicht schon drei- oder viermal für die Gewerkschaft eingesetzt und weiß immer noch nicht, welchen Zweck sie überhaupt erfüllt.«

Mr. Schwartz seufzte. »Ich könnte schwören, daß der Unterricht, den ihr bekommt, etwas selektiv ist. Aber vielleicht macht das auch gar nichts, denn mit deinem Abschluß, Randy, wirst du eh wohl ein Manager werden. Wie dem auch sei, ich sehe es so: Leute mit unterschiedlichen Berufen haben auch unterschiedliche Interessen. Sicher, manchmal kommt es auch vor, daß die Leute in einer echten Krise, wie bei einem Schiff in Seenot oder einem Unternehmen vor dem Bankrott, gemeinsame Interessen verfolgen; denn die Rettung des Ganzen ist wichtiger als die einzelnen Teile.

Aber in der Regel ist es viel komplizierter.« Er legte eine Pause ein und trank einen Schluck Kaffee. »Schaut, wenn man an der Spitze steht, kommt man leicht auf den Gedanken, daß das, was gut für einen selbst ist, auch gut für die ganze Organisation sei. Kurzfristig könnte das sogar – ein Unternehmen profitiert nämlich davon, wenn die Leute für weniger Geld mehr arbeiten oder wenn es weniger in die Sicherheit am Arbeitsplatz investiert.

Längerfristig erledigen jedoch die Arbeiter die Arbeit. Das Management jedoch nicht. Wenn die Arbeiter krank werden, sich verletzen, blaumachen oder ausgebrannt sind, verlieren die Manager auch ihre Legitimation.«

Als Tochter meines Vaters bin ich selbst eine ziemlich gute Debattenrednerin, und im Kreuzverhör bin ich besonders gut. »Aber wo liegt dann das Problem? Das Unternehmen müßte doch selbst ein Interesse daran haben, für anständige Arbeitsbedingungen zu sorgen.«

»Sicher – aber mit möglichst geringem Aufwand. Angenommen, ein Manager würde uns befehlen, jeden Tag zwei Überstunden bei halber Bezahlung zu leisten. Wer würde den zusätzlichen Profit dann einstreichen?«

»Der NAC«, sagte ich.

»Genau das ist der Punkt. Das Management arbeitet für den Arbeitgeber, und zumindest kurzfristig sind die Interessen des Arbeitgebers den Interessen des Arbeitnehmers diametral entgegengesetzt. Egal, was für ein netter Kerl dein Manager auch ist, er wird dafür bezahlt, dein Gegner zu sein und deine Arbeitskraft kostengünstig auszubeuten.

Aber die Geschichte geht noch weiter. Im Grunde

gäbe es nur die Alternative, daß sie uns versklaven oder wir sie töten. Tatsache ist jedoch, daß sie sich nicht trauen, den Kampf bis zur letzten Konsequenz zu führen – wenn sie die Arbeiter nämlich vernichten, wer soll dann die Produkte herstellen und sie kaufen? Die Gewerkschaft bestimmt also den Handlungsspielraum des Managements und garantiert eine Langfrist-Perspektive. Oder Gerechtigkeit, was auf dasselbe hinausläuft.«

Er trank den Kaffee aus. »Mehr habe ich dazu nicht zu sagen. Ich hoffe sogar, daß niemand von euch der Gewerkschaft beitreten muß – soweit ich es beurteilen kann, sind Berufe im Management und in der Forschung viel angenehmer. Und überhaupt bin ich der Ansicht, daß manuelle Arbeiten im Weltraum bald eingestellt werden, so daß es in einigen Jahrzehnten vielleicht gar keine Gewerkschaft mehr gibt. Aber die Familie ist nun schon seit vier Generationen in der Gewerkschaft, Randy, und ich glaube, du hast ein Recht darauf, die Gründe dafür zu erfahren.« Er rührte im Kaffee herum; er wirkte irgendwie traurig, wie meine Mutter, wenn sie von Großvater spricht oder Miriams Vater, wenn er von Manhattan erzählt, bevor es unter einer Kuppel verschwand. »Aber genug geredet. Ihr müßt eure Freunde beeindrucken, und ich muß mir beweisen, daß ich nicht schon zu verdammt alt bin, um mit den Jungen in meiner Mannschaft mitzuhalten.«

Gemächlich hangelten wir uns zusammen den Korridor zur Party entlang, so daß wir uns unterhalten konnten. Mr. Schwartz erzählte uns Anekdoten von früher, von Jobs, die er gehabt hatte, zum Beispiel die Verlegung der Geosynch-Kabel, und er berichtete von der Erde vor dem Großen Sterben. Mit zehn Jahren war er von zu Hause fortgelaufen und Tausende von Kilometern durch Nordamerika gewandert, während die alte Gesellschaft zerbrach. Als er sich ein halbes Jahr später zur Heimkehr entschloß, waren seine Eltern, wie so viele andere, an *mut*AIDS gestorben. Natürlich hatten wir auch früher schon Geschichten über *mut*AIDS gehört, aber es schockierte uns doch, daß die Lage sich so verschlechtern konnte, daß man die Heimat verlassen und sich irgendwie durchschlagen mußte.

Er zuckte die Achseln. »Keine psychologische Betreuung, kein CPB, und es gab keine Bevölkerungskontrolle – hier oben gibt es fast keine Asozialen. Alle sind integriert. Nur ein Grund, weshalb es hier oben viel besser ist. Und trotzdem wünschte ich, Randy, daß du San Francisco oder New Orleans und selbst Cleveland gesehen hättest, bevor Kuppeln über diesen Städten errichtet wurden, oder daß du wenigstens auf den alten Interstates durch die Industriegürtel gefahren wärst. Die Lichter und Feuer der Stahlwerke, Fabriken und Raffinerien erinnerten an die aufgehende Sonne – es war schön, einfach schön.«

»Ich habe noch nie die Sonne aufgehen sehen«, sagte Randy.

»Nun, eines Tages *wirst* du die Erde sehen. Ich bin sicher, daß auch heute noch die Sonne aufgeht. Aber die Fabriken sind verschwunden. Jetzt gibt es alle paar hundert Kilometer eine Kuppel, und der Rost zerfrißt alles, seit die Schwerindustrie in den Orbit verlegt wurde. Die alten Highways sind leer, bis auf Lastengleiter, und die ungeschützten Städte sind verlassen, bis auf die Verrückten, die nicht gehen wollten.« Er seufzte. »Viele Leute hatten die alten Städte für häßlich gehalten – aber sie waren *menschlich.* Nun hat es den Anschein, als ob die Menschen von der Erde verschwänden.«

Dann grinste er wieder. »Da hängt ihr hier in den Seilen und lauscht den Erinnerungen eines alten Erdschweins. Ihr Kinder versteht es sicher, das Leben zu genießen. Wie dem auch sei, verschwinden wir von hier, bevor ich noch senil werde.«

»Einen schönen Abend noch, Dad«, sagte Randy, als wir den Partyraum erreicht hatten.

»Es hat mich sehr gefreut«, fügte ich hinzu.

»Mich auch. Ich bin drüben bei den Senioren, wenn ihr mich braucht.« Dann war er verschwunden.

Randy schüttelte den Kopf. »Bei dir ist er doch tatsächlich zum Charmeur geworden. Er war ja ein richtiger Mensch.« Er hielt meine Hand, während wir zu einer Schar aus Leuten unseres Alters hinüberschwebten. »Was auch immer es war – ich bin froh, daß es passiert ist – ich ärgere mich zwar oft über ihn, aber ich möchte, daß du ihn magst.«

Was für ein Getöns!

Ich wies den Computer an, mich mit einem akustischen Signal zu warnen, falls es zu spät wurde; ich hatte keine Lust, noch einmal die Schule zu versäumen. Natürlich ertönte das Signal, als es gerade erst richtig losging.

Was die Party in Block B betrifft, so wünsche ich, daß alle meine Erinnerungen der Wirklichkeit entsprechen. Die Party war nämlich das einzig Gute in dieser abgedrehten und irren Zeit.

Die chronologische Abfolge, in der ich das jetzt niederschreibe, stimmt zwar nicht ganz, aber ich bin sicher, daß am Anfang die Leute auf Randy zuliefen, um ihn zu begrüßen; beim Tanzen legte ich den Kopf an Randys Schulter; Mr. Schwartz tanzte mit einer älteren Technikerin den Boink oder einen anderen prähistorischen Tanz, wobei beide lachten und sie völlig betrunken war; Randy berührte leicht mein Gesicht, als ob er sich davon überzeugen wollte, daß ich auch real war; während er uns etwas zu trinken besorgte, unterhielt ich mich mit zwei seiner alten Freunde, wobei sowohl Terry als auch Henri sich so superhöflich und superintelligent gebärdeten, als ob es das Wichtigste von der Welt gewesen wäre, mir zu imponieren.

Ich erinnere mich, daß ich noch nie so laute Musik gehört hatte, und ich spürte die Vibrationen bis hinunter in den Magen, dazu den sanften Zug der Magnetsohlen, die mich beim Tanzen am Boden hielten. Die seltsame warme Ausdünstung dieser vielen Menschen, die alle frisch geduscht waren – sie müssen das Wasserwerk wirklich strapaziert haben.

Es war eine merkwürdige Erkenntnis, daß wir auf dem Blauen Punkt standen, im selben Gemeinschaftsraum, in dem wir sonst immer *Aerocrosse* spielten.

Der Punsch prickelte und schäumte im Mund; Randys Vater lachte brüllend, als er irgendeine Frau in die Höhe stemmte.

Pastellfarben drifteten kaleidoskopartig über den Boden.

Ein wundervoller, kräftiger Braunton wurde von Randys Haar gefiltert und vermittelte den Eindruck, als ob sein Kopf von einer Aureole umgeben wäre. Aus einem Glücksgefühl heraus mußte ich lachen, und er schaute so verwirrt, daß ich es ihm erklären wollte, aber ich konnte es nicht, und das fand ich auch sehr lustig.

Ich war ziemlich angeheitert und benebelt.

Als die Taschenlautsprecher ertönten und uns mitteilten, daß wir in einer halben Stunde zu Hause sein müßten, machten wir beide einen Satz von einem halben Meter. Wir waren völlig überrascht, denn die Party würde noch sechs Stunden dauern – schließlich gehörten fast alle Gäste zur B-Schicht –, aber noch erstaunlicher war, daß wir jegliches Zeitgefühl verloren hatten.

Mutter sagt, ihr wäre das als Mädchen auch oft passiert. Aber hier oben kommt das nie vor – man lebt nämlich nach der Uhr. Es wäre so, als ob man das Atmen vergessen würde.

Und dennoch ist es uns passiert.

Nun ist es *wirklich* spät. Den Wecker zu stellen bringt nicht viel, wenn man das Klingeln ignoriert.

Wie dem auch sei, Randy brachte mich nach Hause, und wir beschlossen, daß wir am nächsten Tag zusammen Japanisch lernen würden, und zum Abschied küßte er mich.

Ich trat ein, und alle – Mutter, Papa, Tom und Susan – empfingen mich mit einem blöden Grinsen. Ich hatte wahrscheinlich auch blöd gegrinst.

Spät. Sehr spät. Nun, vielleicht sollte ich mich noch einmal mit Dr. Lovell über dieses Projekt unterhalten. Langsam geht es mir nämlich auf die Nerven.

COMPUTER: NOTIZ. Morgen Termin Lovell. ENDE NOTIZ.

Jetzt gehe ich aber schlafen.

KAPITEL NEUN

3. JANUAR 2026

Heute wollte Dr. Lovell wegen der Schriftstellerei und der Erwachsenen-Abschlußprüfung mit mir sprechen. Um die Wahrheit zu sagen, ich war so enerviert, daß ich gar nicht wußte, worum es überhaupt ging. Wenn ich etwas verstanden hatte, dann so viel, daß sie nicht wußten, was sie mit mir machen sollten. Ich vermute es zumindest, könnte mich aber auch irren.

Sie sagte, glaube ich – mein Gott, ich hatte so geheult, daß ich nichts mitbekam –; sie sagte, ich solle mir so viel Zeit fürs Schreiben nehmen, wie ich wolle, und ich müsse nicht mehr zum Unterricht erscheinen.

Aber das war es weniger, was mir so zusetzte, als vielmehr das, was ich sonst noch erfuhr – wenn man wie ich und Randy einer speziellen Kategorie angehört, ist die Erwachsenen-Abschlußprüfung eigentlich nicht von Belang. Wir sollen sie zwar ablegen, des Gemeinschaftserlebnisses wegen, aber im Grunde geht man davon aus, daß wir hauptsächlich unseren Hobbies oder sonstigen Marotten frönen, wie Tom es gemacht hat.

Wenn ich nun darüber nachdenke, hätte ich es schon Anfang dieses Jahres wissen müssen, aber ich habe mich wohl gegen die Erkenntnis gesträubt. Aber es ergibt einen Sinn. Ich meine, wenn unsere Entwicklung schon anders verläuft als die der anderen, weshalb sollten sie uns dann so behandeln wie die anderen?

Vielleicht besteht das Problem darin, daß ich nun die ganze Tragweite der Sache erfasse. Es ist wie im Märchen. Es war einmal ein häßliches Entlein. Jeder verspottete es. Das Entlein war traurig, weil es keine Freunde hatte. Dann rettete es eines Tages den ganzen Schwarm vor einem Tiger oder wie das Tier heißt, das Enten frißt. Und alle sagten: »Toll! Was für eine Ente!« Und von Stund an waren sie viel netter zu ihr.

Aber sie hatte nach wie vor keine Freunde, denn wenn man es nüchtern betrachtete, war sie noch immer ein häßliches Entlein.

Vielleicht schreibe ich später weiter. Im Moment fühle ich mich nicht danach.

Es ist eine Stunde verstrichen. Irgendwo im Text hatte der Computer wieder Einspruch erhoben, aber ich möchte euch zunächst die Neuigkeit erzählen, bevor ich wieder auf die Dinge zu sprechen komme, die sich im letzten Jahr ereignet hatten.

Tom kam herein. Er gibt in der C-Schicht einen VHS-Kurs in Mandelbrot-Pointillier-Technik. Susan machte ein Nickerchen; sie hatte es aufgegeben, mir Nettigkeiten entgegenzubringen, aber ich mache ihr keinen Vorwurf deswegen.

Als er mich wie ein Häufchen Elend dasitzen sah und sich nach dem Grund meines Verdrusses erkundigte, antwortete ich ihm nach bestem Wissen; daraufhin reagierte er wie ein Volltrottel und riet mir, meine Sorgen zu vergessen, weil es »besser und freier« wäre, ein »wirklicher Individualist« zu sein. »Auch wenn du den Eindruck hast, daß niemand dich versteht. Gerade dann. Dann siehst du nämlich Dinge, die sonst niemand sieht, du *verstehst* Dinge und machst sie allen anderen zugänglich. Du bist wirklich wichtig und einzigartig ...«

Ich brach in Tränen aus. Dies hat sich als die beste Verteidigung gegen wohlmeinende Zeitgenossen erwiesen, die einem irgendeinen Schwachsinn zu ›deinem Besten‹ erzählen. Er stotterte etwas zusammen, patschte auf meinen Arm, schlich sinnlos um mich herum, und als das Schluchzen intensiver wurde, flüchtete er in sein Zimmer, das er mit Susan teilte, und schloß die Tür hinter sich. Ich ging ins Bad und trocknete die Tränen.

Ich musterte mich und kam zu dem Schluß, daß der Rest von mir auch eine Pflege vertragen konnte. Also zog ich mich aus, warf die Kleider in die Waschmaschine, ging unter die Dusche, drehte die Brause auf und schaltete den Dunstabzug ein. Eigentlich wäre ich erst in anderthalb Tagen mit dem Duschen an der Reihe gewesen, aber ich verspürte jetzt das Bedürfnis. Es war ein wundervolles Gefühl, als die warme, seifige Emulsion aus Wasser und Alkohol mir über den Kopf rann und gluckernd im Abfluß verschwand. Es war Wochenanfang, so daß die Zuteilung frisch war und noch nicht den Geruch anderer Leute angenommen hatte – vor mir hatte Tom sie nur einmal benutzt und Susan zweimal.

Ich setzte den Brausekopf wieder ein und stellte mich unter den warmen Strahl, der mich einhüllte und die Niedergeschlagenheit fortspülte. Dann drückte ich auf den Aus-Knopf, und die Waschlotion floß in den Speichertank zurück.

Das Handtuch roch nach Tom. Er mußte direkt nach dem Sport geduscht haben. Solcher Schmutzwäsche ist die Waschmaschine einfach nicht gewachsen.

Während ich mich abtrocknete, schaltete ich den Video ein, um die Nachrichten zu sehen. Alle wurden immer reicher, und alle waren glücklich. Die NAC log wieder einmal – ab einer gewissen Entfernung von der Erde können die unabhängigen Nachrichtensender des Schiffs nur auf die Informationen von NAC-Flash zurückgreifen. Angeblich wollen TASS und die BBC irgendwann Richtfunkstrecken zwischen dem Schiff und der Erde implementieren, so daß wir immer die aktuellen Nachrichten haben, aber wir sind schon seit vielen Orbits hier oben, und es hat sich noch immer nichts getan.

Es ist mir unbegreiflich, weshalb man uns von den irdischen Nachrichten nur ›HappiNews‹ und ›Progress!‹ genehmigen will. Vielleicht sollte ich noch die entsprechende Datei stehlen, um das herauszufinden.

Ich warf das Handtuch in die Waschmaschine und zog die gereinigten Kleider an. Susan wartete schon im Gemeinschaftsraum. »Ich habe Tom schon in die Cafeteria vorausgeschickt. Ich treffe mich dort mit ihm – du kannst uns Gesellschaft leisten, wenn du möchtest, oder soll ich dir ein Arbeitsessen bestellen?«

»Was soll ich denn mit einem Arbeitsessen? Wo man mir doch gesagt hat, ich bräuchte keine Hausaufgaben mehr zu machen. Und im übrigen habe ich keinen Hunger.« Ich stieß mich ab und entschwebte in Richtung meines Zimmers.

Sie fing mich mit einem sanften Bodycheck ab, umarmte mich und drückte mich gegen die Wand. »Nein, das tust du nicht. Es tut mir leid, wenn du dich nicht gut fühlst, aber du wirst dich nicht in deinem Zimmer in Selbstmitleid ergehen. Tom tut das nicht mehr, und du wirst es dir auch abgewöhnen.«

Vor lauter Ratlosigkeit fing ich an zu weinen. Ich haßte sie. Aber es war so tröstlich, gehalten zu werden, daß ich nicht versuchte, mich ihrem Griff zu entziehen.

»Es wird alles gut. Wirklich. Jetzt hör mir mal zu. Ich weiß nicht, ob ich dich richtig verstehe, aber ich weiß genau, daß man an den Tagen, nachdem du etwas geschrieben hast, besser mit dir auskommt, und dann ist dein Selbsthaß auch nicht so groß. Und ich glaube, das hat damit zu tun, daß du glücklich bist.

Ich möchte, daß du glücklich bist.

Also setz dich hin und schreibe. In anderthalb Stunden wirst du sicher Hunger haben; spätestens dann bringe ich dir ein Arbeitsessen vorbei. Keine Widerrede. Tu es einfach.« Erneut drückte sie mir die Arme und ließ mich dann los; sie stieß sich ab und betrachtete mich einen Augenblick vom Eingang aus. »Übrigens, Tom sagt, er hätte nun all seine Probleme gelöst. Also ist er wirklich unerträglich für jemanden, der immer nur Trübsal bläst. Vielleicht solltest du dich von ihm fernhalten, bis er darüber hinweg ist.«

Dann war sie verschwunden.

So sitze ich nun wieder am Computer und habe eben erst verstanden, daß er mich aufgefordert hat, meine Zuordnung zur Besonderen Kategorie zu erklären.

Das paßt sogar in meine Geschichte, aber ich werde wohl darauf zu sprechen kommen, wenn es soweit ist. Fürs erste halte ich die Dinge nur in der richtigen Reihenfolge fest und hoffe, daß es einen Sinn ergibt. Los geht's!

Am darauffolgenden Tag, einem Sonntag, zog Papa sich kurz nach dem Frühstück in sein Büro zurück, und Tom ging auf sein Zimmer. Sie sagten, sie könnten nicht mehr.

Mutter und ich hatten beim Frühstück das Thema der Party in Block B aufgegriffen und die Unterhaltung während des Heimwegs und bis zur Ankunft im Gemeinschaftsbereich fortgesetzt. Soweit ich mich noch erinnerte, erzählte ich ihr, was die Leute angehabt hatten und wer mit wem getanzt hatte. So, wie sie sich zum Ablauf Party äußerte, konnte man fast glauben, sie wäre selbst dabei gewesen.

Papa murmelte etwas Abfälliges über ›Weiberkram‹, bevor er verschwand. »Vergiß nicht, du hast eins geheiratet«, rief Mutter ihm nach.

»Wie könnte ich das je vergessen«, stöhnte er und ging.

Das war einfach köstlich. Wir mußten wohl fünf Minuten gelacht haben. Während dieses Heiterkeitsausbruchs stand Tom auch auf.

Ich war so guter Dinge, daß ich Mutter tatsächlich nach ihrer Kindheit fragte.

Sie hatte ein Album mit alten Familienfotos, und wir schauten uns Bilder an, auf denen sie irgendwelche Veranstaltungen besuchte. Es war eine merkwürdige Vorstellung, daß die Häuser auf den Bildern wahrscheinlich schon zu Ruinen verfallen waren – ihre Heimatstadt war zu klein, um eine Kuppel darüber zu errichten.

Aber sie hielt sich nicht lange damit auf und wurde auch nicht sentimental, wie es sonst oft der Fall war. Diesmal hatte sie viele wirklich lustige Geschichten zu erzählen und ließ nicht anklingen, wie schlimm es hier oben war. Ein wichtiges ›Familienerbe‹ oder ähnlichen Unsinn vertraute sie mir indessen nicht an. Solche Dinge hob sie sich für ihre Freundinnen auf.

Schließlich mußten wir mit dem ›Weiberkram‹ aufhören, denn ich war mit Randy zum Lernen verabredet. Als ich ging, holte Mutter sich gerade ein Buch von dieser Olson auf den Monitor, aber anders als sonst regte ich mich nicht darüber auf.

Während ich zum B-Block unterwegs war, gingen mir ständig Fragen durch den Kopf, die ich bezüglich ihrer Kindheit hatte. Wie es zum Beispiel gewesen war, Röcke zu tragen – vielleicht konnten Randy und ich einen Tanzkurs machen, im unteren Ende des Pilzes. Zu diesem Anlaß trugen die Mädchen nämlich Röcke. Und was für ein Gefühl wäre es wohl, unter freiem Himmel frische Luft zu atmen, ohne Temperaturkontrolle, und wie das mit den Tieren war, die frei umherwanderten?

Mr. Schwartz war wieder ausgegangen und hatte Randy sich selbst überlassen. Für den Fall, daß der CPB uns überwacht und Verdacht geschöpft hatte, beschlossen wir, zuerst die Hausaufgaben zu machen.

Also unterhielten wir uns für eine Weile auf japanisch, spanisch und esperanto, machten ein paar Übungsaufgaben und verbrachten ansonsten viel Zeit damit, Händchen zu halten und zu lesen. Als es Zeit zum Mittagessen war, gingen wir in die Cafeteria von Block A, nahmen unser Arbeitsessen in Empfang und begaben uns sofort wieder an die Arbeit.

Gegen 14:00 reckte Randy sich und sagte: »Hättest du jetzt Lust, das Zeug durchzuarbeiten, das wir uns gestern beschafft haben? Mir ist da gerade etwas eingefallen. Möchtest du dir mal diese Dateien ansehen?«

»Pos-def.«

Wir öffneten sie, um herauszufinden, wie eine ›Besondere Kategorie‹ definiert war. »Soweit ich weiß«, sagte Randy, »fällt jeder darunter, der höchstens ein Geschwister hat. Also dürften auch wir dazu zählen. Aber ich wüßte nicht, welchen Sinn das haben sollte.«

Ich sichtete die technischen Dokumente. »Ich habe den Eindruck, mich in ein völlig neues Fachgebiet einzuarbeiten. Angeblich behandeln wir in der Schule alle Fächer, und wir stehen kurz vor dem Abschluß – weshalb ist dies hier dann so fremd?«

Die nächste Stunde verbrachten wir mit Diskussionen und der Suche nach Lösungsmöglichkeiten, und wir waren noch immer nicht dazu gekommen, unsere eigenen Dateien zu sichten, als wir das Puzzle schließlich zusammengesetzt hatten.

Das Ergebnis lautete wie folgt:

In einer auf Konsens ausgerichteten Gesellschaft möchte niemand das Amt eines Anführers übernehmen, denn dieser Posten ist nicht mit den Privilegien ausgestattet, die in einer Diktatur oder repräsentativen Demokratie üblich sind. Und niemand, der in einer solchen Gesellschaft sozialisiert wurde, wird Maßnahmen ergreifen, bevor er nicht weiß, was die anderen Menschen wollen. Auch wenn man eine große Mehrheit von Konsens-Suchern benötigt, kommt es doch vor, daß schnell eine schwierige Entscheidung getroffen oder eine wichtige Aufgabe delegiert werden muß; und dazu braucht man ein paar Exzentriker – die Kinder der ›Speziellen Kategorie‹.

Schon aufgrund dieser Definition müssen sie in der Lage sein, auch ohne öffentliches Votum zu handeln, schwierige Entscheidungen zu treffen und sich auf ihr eigenes Urteil zu verlassen. War die Entscheidung richtig, sind sie Helden; war sie falsch (und wenn eine Sozietät nach funktionalen Kriterien organisiert ist, wird das exzentrische Individuum sich fast immer irren), sind sie das, was wir als Assis bezeichnen. Sie mögen wohl Freunde haben und zum Teil sogar populär sein, aber sie können sich dieser Freundschaften nie so sicher sein wie Kinder, die normal aufwachsen. Sie hinterfragen jede Entscheidung, die der Gruppe und ihre eigenen. Manchmal versuchen sie, etwas völlig Unerwartetes zu tun, nur um sich in ihrer Andersartigkeit zu profilieren.

Obwohl sie ein öffentliches Ärgernis darstellen, muß man sie immer ›auf Vorrat‹ haben, denn manche von ihnen erweisen sich am Ende als zu verschroben, zu inkompetent, zu egoistisch – *Assis* eben. Außerdem braucht man Alternativen für Berufe wie Kapitän, Chef-Agrarwissenschaftler, Bürgermeister und so weiter.

Und was geschieht mit den Überzähligen, die man produziert und dann nicht benötigt?

Einige wenige werden wirklich Assis oder Kriminelle. Die meisten jedoch werden jämmerliche Existenzen, die ihren Job schlecht machen. Viele enden als Arbeitssüchtige, die ihre Arbeit zwar gut erledigen, die Menschen aber hassen.

Dieser Typus ist stark präsent – auf der Erde versucht man erst gar nicht, die Anzahl der Menschen der ›Speziellen Kategorie‹ zu kontrollieren, und wenn man sich anschaut, wie sie dort unten leben, stellt man fest, daß sie wirklich überhand genommen haben. Was gleichzeitig auch die ganze Geschichte der Erde erklärt, wenn ihr mich fragt.

Man erschafft Leute wie mich und Randy und Tom (und vielleicht auch solche wie euch, wenn ihr von der Erde stammt), indem man sich Methoden bedient, die in den 50er und 60er Jahren des vorigen Jahrhunderts entwickelt wurden. Offenbar traten in den USA nationale Verwerfungen wegen des Verschwindens von ›Individualismus‹ auf, was immer dieser Begriff auch bedeuten sollte, und man gelangte zu der Ansicht, daß mehr Assis benötigt würden. Wie dem auch sei, man fand ein Rezept zur Produktion von Assis: man lasse Kinder in Kleinfamilien aufwachsen, damit sie mehr Zuwendung erfahren und sich daraufhin für etwas Besonderes halten, und man trage Sorge dafür, daß sie nicht zu teilen lernen. Man zwinge sie, in jungen Jahren viel Zeit allein zu verbringen. Man manipuliere ihr Sozialleben, damit ihr Status bei den Gleichaltrigen sich verändert und sie sich daran gewöhnten, die Anerkennung zu ›verdienen‹, die den meisten Menschen automatisch zufällt. Man gebe sie in die Obhut von Eltern mit abweichenden Werten, so daß sie mit einem grundsätzlichen Mißtrauen gegenüber anderen Menschen aufwachsen.

Ich erinnere mich nicht mehr, worüber wir sprachen, nachdem wir das gelesen hatten. Oder ob wir überhaupt etwas gesagt hatten. Ich glaube, wir waren einfach zu perplex.

Schließlich standen wir auf und wuschen uns das Gesicht. Weil die Arbeit getan war und wir beide den Eindruck hatten, von der ganzen Welt verraten worden zu sein, beschlossen wir, zu Abend zu essen und danach etwas Sport zu treiben. Morgen würde alles anders aussehen. Ich rief Mutter an und sagte ihr, daß wir essen gingen; sie blinzelte mir zu, und plötzlich fühlte ich mich besser, ohne zu wissen, weshalb.

Beim Abendessen sprachen wir aus dem Stegreif Japanisch, als Randy plötzlich zu Englisch wechselte und sagte: »Ich hatte ein wenig herumgeschnüffelt, bevor du kamst. Erinnerst du dich noch, wie Dad etwas eingetippt hat, nachdem er die Bilder gemacht hatte? Ich habe herausgefunden, daß er Kopien davon und einen Brief an meine Mutter geschickt hat.«

»Wo ist sie denn?«

»In Berlin. Sie ist mit einem *Plutock* verheiratet, der ständig oben lebt. Mit fünf Jahren habe ich sie zum letztenmal gesehen; sie besuchte uns während des Vorbeiflugs an der Erde, aber ich erinnere mich nicht mehr an sie. Sie war Tänzerin in einem der Null-Gravo-Clubs.« Er trank einen Schluck Milch. »Normalerweise denke ich nur zu Weihnachten an sie, wenn sie mir Geld für eine neue Kombi und eine neue Uniform schickt; Dad verlangt dann von mir, daß ich mich bei ihr bedanke. Ich weiß, er hätte es gern, wenn ich ihr ausführlicher schreiben würde, aber sie antwortet eh nie darauf.

Ich glaube, Vater wünschte sich wirklich, daß sie ihn heiratet, aber sie wollte keine Kinder. Zumindest hatte sie das damals gesagt. Jetzt habe ich zwei Halbbrüder; Dad sagt, wenn der Älteste fünf wird, sollte ich ihm schreiben. Aber ich vergesse immer wieder ihre Namen …

Wie dem auch sei, ich war ein ausgesprochen neugieriges Kind, und als ich die Zwischenablage durchsuchte, fand ich eine an meine Mutter adressierte Sendung. Ich rief sie auf und öffnete sie. Sie war so kurz, daß ich sie wörtlich wiedergeben kann: ›Wollte dir nur sagen, er wächst schnell und ist ein guter Junge. Ich bin sehr stolz auf seine Entwicklung. Schreibe, wenn du an Details interessiert bist.‹« Randy zuckte die Achseln. »Auf jeden Fall fand ich es nett. Es war typisch für ihn, weißt du. So ist er eben – harte Schale, weicher Kern.« Er schaute zur Seite, auf die Wand.

»Du ärgerst dich oft über ihn.« Ich sagte das so

beiläufig und sanft wie möglich, wie Papa immer mit Patienten spricht, wenn er ihnen irgendwo begegnet. Und ich haßte mich dafür, daß ich Randy auf die Psychotour kam.

»Ja, ich ärgere mich über ihn«, bestätigte Randy. »Aber es ist schon viel besser geworden, seit wir beide eine Therapie machen. Aber noch nicht so gut, wie ich es mir eigentlich wünsche. Wenigstens reden wir jetzt miteinander.« Er streckte sich. »Dad war so lieb an diesem Wochenende. Ich meine, ich sah ihn irgendwie mit deinen Augen. Vielleicht hat es daran gelegen. Er kann wirklich charmant sein, wenn er will. Ich mußte daran denken, als er mich plötzlich geschlagen hatte ...«

»Er *schlägt* dich?«

»He, nicht so laut. Ich will es dir erzählen, aber doch nicht der ganzen Cafeteria. Jetzt schlägt er mich nicht mehr – das war nämlich auch ein Grund für die Therapie. Aber, ja, er hat es getan.«

Ich war so schockiert, daß mir eine wirklich dumme und irrelevante Frage entfuhr: »Wo?«

»Ach, normalerweise ein Schlag ins Gesicht.«

Ich versuchte, mir das vorzustellen. Ich hatte schon ein paarmal von anderen Kindern Dresche bezogen. Als ich zehn war, hatten Gwenny Mori und ich uns gegenseitig ein blaues Auge verpaßt. Aber beim Gedanken, daß ein Erwachsener, ein großer, starker Mann wie Mr. Schwartz ...

Randy ergriff meine Hand. »Schau«, sagte er, »so schlimm ist es nicht mehr. Ich weiß, es klingt schrecklich, aber es ist nun einmal geschehen. Klar? Dad nimmt sich das noch viel mehr zu Herzen als ich, glaube ich. Aber damals, als es geschah, gerade zu der Zeit, als wir die Schicht wechseln mußten, ging es mir wirklich schlecht, weil ich niemanden hatte, mit dem ich reden konnte. Ich wollte jemanden, mit dem ich darüber reden konnte, weißt du, einen echten Freund. Aber jetzt ... auf jeden Fall wird es nicht wieder vorkommen. Er hat sich sehr gebessert, seit wir die Therapie machen, und ich fühle mich wieder sicher in seiner Gegenwart. Alles klar?«

Ich nickte und drückte ihm fest die Hand. »Ich möchte nicht, daß dir jemals wieder etwas Schlimmes passiert. Auch nicht das, was schon geschehen ist.«

»Das wünsche ich dir auch.« Er seufzte. »Aber ich glaube nicht, daß wir großen Einfluß darauf haben. Gut, spielen wir noch ein bißchen?«

»Sicher.« Händchenhaltend verließen wir die Cafeteria. Ich fühlte mich lebendiger als je zuvor, und jedesmal, wenn ich auf dem Weg zur Sporthalle ein Seil ergriff, kam es mir so vor, als ob mein ganzer Körper wie eine Gitarrensaite vibrierte.

Wir machten ein paar gute Spiele, und dann gaben wir uns einen Gute-Nacht-Kuß. Langsam bekamen wir wirklich Routine. Ich wußte, daß Miriam mich deswegen ausgelacht hätte – sie machte schon Petting, seit sie zehn war, und angeblich hatte sie schon mit drei Jungen das Andockmanöver durchgeführt –, aber für mich war es wundervoll, und ich hatte es auch nicht eilig. Auch in dieser Hinsicht war der Weg das Ziel.

He! Es ist noch früh! Einen ganzen Tag in ein paar Stunden niedergeschrieben. Ich werde in den Gemeinschaftsraum gehen und mich noch ein wenig mit Susan unterhalten; dann lege ich mich ins Bett, so daß ich morgen ausgeschlafen zur Schule komme.

Vielleicht werde ich auch noch ein Gespräch mit Dr. Lovell führen. Oder vielleicht werde ich mich auch nur hinten in den Raum setzen und den Unterricht stören. Wenn es eh nicht darauf ankommt, sollte ich es mir wenigstens so angenehm wie möglich machen.

Morgen mehr, okay?

KAPITEL ZEHN

In der nächsten Woche war Sprachunterricht, und am Montag wurde fast nur Konversation geübt. Für einen guten Schüler ist das fast wie Ferien, denn es wird nur geredet. Wenn die ehemalige Muttersprache der Familie an der Reihe ist, schließt man sich einer Gruppe an, um die Wahlpflichtsprache zu üben. Das macht viel Spaß, denn diese Übung wird nicht benotet. Meine Wahlpflichtsprache ist Suaheli, und ich bin wirklich gut darin; Suaheli ist viel leichter als Japanisch und interessanter als Esperanto und Spanisch. Zu meiner Erleichterung war Theophilus in der Französisch-Gruppe und hatte mit mir und Randy (der Russisch lernte) nichts zu schaffen.

Im Übersetzen bin ich wirklich lausig, aber ich bemühe mich zumindest. An diesem Tag bestand die Suaheli-Gruppe nur aus vier Leuten, und M'tsu und Lisa verstrickten sich in einen sinnlosen Streit wegen der Luftsporthalle, so daß Miriam und ich uns gegenübersaßen. Konversation ist Pflicht – wenn es in dieser Veranstaltung eine Regel gibt, dann die, daß man etwas sagen *muß*. Also kamen wir nicht umhin, zu kommunizieren.

Zuerst unterhielten wir uns nur über den Unterricht und erzählten uns Witze, doch plötzlich sagte Miriam: »Ich weiß nicht, was geschehen ist.«

»Willst du mir erzählen …«

»Ich meine, was geschehen ist – mit unserer Freundschaft, weißt du.« Sie schaute auf den Tisch. »Ich fasse nicht, was ich manchmal zu dir gesagt habe. Oder was ich immer noch mache.«

Ich sagte, es wäre schon in Ordnung. Wir beide wußten, daß ich log. Ich wollte sie fragen, welche Rolle Theophilus bei der ganzen Sache spielte, aber ich wußte nicht, wie ich es formulieren sollte, ohne einen Streit zu provozieren, zumal die Übung nur fünfundvierzig Minuten dauerte. »Manchmal ändern die Dinge sich«, sagte ich in der Hoffnung, damit zu einem weniger heiklen Thema zu wechseln.

Ich hatte den Eindruck, daß ihr Tränen in die Augen stiegen. »Hattest du jemals das Bedürfnis, daß die Leute Notiz von dir nehmen? Ich meine, viele Leute? Die Beachtung, die Randy genossen hatte, oder die, die Theophilus jetzt zuteil wird?«

Ich nickte. »Dieses Bedürfnis hat wahrscheinlich jeder von uns.«

Sie schüttelte den Kopf. »Mir war wirklich sehr daran gelegen. Schon immer.« Sie schaute wieder auf den Tisch. »Es tut mir leid«, sagte sie erneut. »Wirklich, Mel.«

Darauf gab es nicht viel zu sagen, so daß ich wieder meinte, es wäre schon in Ordnung, und das Thema wechselte. Nach einer Weile sprachen wir über die üblichen Banalitäten, und es war fast wieder wie früher.

Für den Nachmittag war Individuelle Japanische Komposition angesetzt, wo alle sich schwertun, selbst unsere drei japanischen Klassenkameraden.

Damit waren wir fast den ganzen Tag beschäftigt, von der Pause abgesehen, die in der Luftsporthalle stattfand – diesmal wurde Gleiter-Hockey gespielt.

Theophilus war Tormann der gegnerischen Mannschaft, und zu meiner tiefen Genugtuung erzielte ich einen Treffer. Offiziell waren Randy und Theophilus im selben Team, aber sie gingen sich aus dem Weg.

Ich hatte fast vergessen, daß Randy einen Termin bei Papa hatte. Wir sprachen nicht viel auf dem Heimweg; ich glaube, er war nervös.

Papa erwartete Randy schon, und sie gingen schnurstracks in seine Praxis. Ich versuchte, vor dem Abendessen noch etwas zu arbeiten. Ziemlich oft hörte ich Randys Stimme, was bedeutete, daß er laut wurde, denn Papas Praxis ist bekanntlich schallisoliert.

Eine halbe Stunde hatte ich nur dagesessen und über Randy nachgedacht, ohne das geringste zu arbeiten. Das konnte ich mir nicht leisten – bis Freitag mußte ich einen Vier-Ebenen-Bericht erstellen und in mehrere Sprachen übersetzen. Seufzend startete ich das Suchprogramm und rief wieder Dokumente aus der Bibliothek auf. Dann speicherte ich sie auf der untersten Ebene ab und plazierte die Schüsselworte als Markierungen auf der dritten Ebene. Das ist zwar eine ziemlich stumpfsinnige Arbeit, die aber auch einen hohen Zeitaufwand und Konzentration erfordert, und genau das brauchte ich jetzt.

Miriam hatte mir bei dieser Unterhaltung mehrmals etwas sagen wollen. Dessen war ich mir sicher. Vielleicht war es etwas Wichtiges, aber was?

Vielleicht wollte sie sich nur mit mir versöhnen. Ich zwang mich dazu, die Konzentration wieder auf die Unterlagen zu richten, die ich bearbeitete.

Ich hatte das Dokument in den Grundzügen erstellt, die meisten Fußnoten eingebaut und wollte mich gerade an die zweite Ebene begeben, als Randy die Praxis verließ. Die Augen waren rot gerändert, und er hatte Tränenspuren auf den Wangen, aber er schien in Ordnung zu sein und wirkte sogar ruhiger als sonst.

»Gut«, sagte Mutter. »Wo wir alle vollzählig sind, sollten wir essen gehen.« Sie klang irgendwie formell. »Randy, normalerweise essen wir in der lokalen Cafeteria, und die Familie ißt gemeinsam. Wir gehen in die lokale Cafeteria, weil es dort nicht so voll ist und wir einen Tisch für uns haben.« Irgend etwas an ihrer Rede gefiel mir nicht, aber ich wußte nicht, was es war. Diesmal nahm ich statt des Handys die Computertasche mit, so daß Randy und ich beim Essen die Hausaufgaben vergleichen konnten. Tom hatte seinen Computer auch dabei; Mutter beschwor zwar immer den Zusammenhalt der Familie; indes kam es oft genug vor, daß wir wohl am selben Tisch saßen, aber jeder mit dem Computer oder Lesegerät zugange war.

Die Korridore lagen fast verlassen, so daß wir die Netze für uns allein hatten; die meisten Leute essen gleich nach dem Ende der Arbeits-Periode II ihrer Schicht zu Abend, und für die A-Schicht wäre das erst in über einer Stunde der Fall. In der Cafeteria angekommen, setzten wir uns an einen Fünfertisch.

Diesmal gab es etwas ganz Besonderes – Hähnchen! –, so daß die Mahlzeit fast schweigend verlief, von den üblichen Bemerkungen einmal abgesehen, daß die Agraringenieure sich mehr Mühe geben sollten.

Als wir aufgegessen hatten, fragte Mutter: »Randy, wie viele Geschwister hast du denn?«

»Keine«, erwiderte er. »Ich bin ein Einzelkind.«

»Oh. Deine Eltern müssen ...«

»Nein.« Er schüttelte den Kopf. »Ich lebe nur mit meinem Vater zusammen.«

Mutter lächelte. »Und was macht dein Vater beruflich?«

»Er ist im Außendienst. Vakuum-Extrusion. Und er ist Vizepräsident und Sekretär der örtlichen Sektion der Gewerkschaft der Vakuum-Arbeiter.«

Es hatte den Anschein, als ob Mutter Randys *Standing* demontieren wollte, aber das ist ein Spiel, das nur Kinder spielen – Erwachsene tun das nicht, jedenfalls nicht vor uns.

Papa rettete die Situation mit einer langen und lustigen Geschichte – ich nehme zumindest an, daß sie lustig sein sollte, auch wenn niemand von uns lachte –, und dann befanden er und Mutter sich in einem dieser Kämpfe, die nie nach einem Kampf aussehen, es sei denn, man weiß so gut Bescheid wie ich. Das bedeutete konkret, daß sie den Rest der Welt für die nächsten paar Stunden ignorieren würden.

»Tom«, sagte ich, »weißt du, was das Interessante an deinen CSL-Problemen war?«

»Nein, was denn?«

»Ich habe sie durchgerechnet und erkannt, daß sie alle unlösbar waren.«

Tom schnaubte. »Und dann wundern die Leute sich, daß ich Schwierigkeiten in CSL habe. Wie können die Probleme aber unlösbar sein, wenn ich sie gelöst habe?«

Ich schüttelte den Kopf. »Das ist gerade der Punkt. Du hast sie nicht gelöst. Du hast nur die Antworten gewußt – es gab jedoch keine rationale Möglichkeit, die Lösungen zu ermitteln. Irgendwie ist es dir halt gelungen.«

Tom zuckte die Achseln. »Du denkst dabei an die Beweise für die Unlösbarkeit im Buch. Es ist mir nie gelungen, einen derartigen Beweis zu führen. Und ich verstehe auch nicht, weshalb ein Problem, für das es eine Antwort gibt, unlösbar sein soll.«

Hilfesuchend sah ich Randy an; er schaute auf, wobei er rein körperlich zwar in der Roswalds-Cafeteria saß, in Gedanken jedoch wahrscheinlich ganz woanders war. »Mal der Reihe nach«, sagte Randy. »Du hattest also eine Reihe unlösbarer Aufgaben bekommen? Es ging nicht nur darum, zu ermitteln, ob sie zu lösen waren, sondern du solltest sie tatsächlich berechnen – ohne einen Hinweis oder eine Warnung? Nichts, woraus hervorging, daß etwas an ihnen ungewöhnlich war?«

»Nicht das geringste Indiz«, bestätigte Tom. »In meinen Augen waren es ganz normale Aufgaben.«

»Und du hast sie gelöst. Hmm. Hast du eine Kopie, Melpomene?«

Ich hatte eine. Randy überflog meine Beweisführung. Schließlich sagte er: »Nun, diese Probleme sind auf jeden Fall unlösbar.«

»Mir ist noch immer nicht klar, woher du das wissen willst, vor allem, wenn die Antworten so offensichtlich sind.«

Daraufhin wollten wir es ihm erklären. Aber zu diesem Zeitpunkt hatten Mutter und Papa ihren Streit bereits beendet. Obwohl ich es schon so oft gesehen habe, begreife ich noch immer nicht ganz, wie sie in der Öffentlichkeit diese faszinierenden Streitigkeiten austragen und dabei die ganze Zeit lächeln und so leise sprechen können.

Wir gingen zusammen nach Hause. Ich glaube, Mutter war etwas überrascht (und womöglich nicht begeistert), daß Randy Tom und mich begleitete, aber weil wir alle auf Toms Zimmer gingen, konnte sie kaum etwas dagegen sagen.

Eine Stunde lang konstruierte Randy unlösbare mathematische Probleme, ich transferierte sie in CSL, und Tom fand binnen fünf Minuten die Antworten; er saß einfach nur da und dachte nach. Das war die verrückteste Sache, die uns je untergekommen war – und noch verrückter wurde es dadurch, daß er die Konzeption der Probleme überhaupt nicht nachvollziehen konnte. »Sie kommen mir wie ein Puzzle vor, bei dem nur ein Teil fehlt«, sagte er. »Man weiß natürlich, welche Gestalt es hat und welches Bild es zeigt – anders könnte man es auch gar nicht zusammensetzen. Aber was ich überhaupt nicht verstehe, ist, wie ihr auf diese – Schritte kommt, die ihr da eingebt.«

Also erklärten wir es ihm, und auf diese Art erteilte Randy mir intensiven Nachhilfeunterricht in Mathe; er zeigte mir weniger die Prozeduren, mit denen ich selbst recht gut vertraut war, sondern erklärte mir seine Betrachtungsweise eines Problems. Randy meinte, ich hätte ihm analog zu diesem Verfahren bei seinen CSL-Aufgaben geholfen; das war nicht nur nett von ihm, sondern entsprach vermutlich auch der Wahrheit.

Aus irgendeinem Grund sprach Tom auf die kombinierten Bemühungen von Randy und mir viel besser an als auf meine bisherigen Versuche; er lernte wirklich schnell. »Hmmm«, sagte er, nachdem er zum erstenmal in seinem Leben mehrere Probleme erfolgreich bearbeitet hatte, »ich glaube, langsam bekomme ich den Durchblick. Ihr solltet Lehrer oder Professoren werden ... ihr seid ein großartiges Team.«

Ich weiß nicht, weshalb Randy errötete; ich weiß nicht einmal, weshalb ich mich verlegen fühlte. Aber Tom übersah das geflissentlich. Er beschäftigte sich bereits mit einem neuen Problem. »Vor dem Schlafengehen schaffe ich vielleicht noch ein Dutzend dieser Aufgaben. Ihr könnt ruhig mit eurer eigenen Arbeit weitermachen ...«

Randy schaute so verlegen, wie ich mich fühlte. »Die Esperanto-Präsentation für morgen habe ich noch nicht einmal angefangen.«

»Ich auch nicht«, gestand ich.

Tom schaute auf die Uhr in der Ecke des Bildschirms; noch eine knappe Stunde bis zur Sperrstunde. »Es tut mir leid! Ich habe euch doch tatsächlich aufgehalten!« Nun war *er* verlegen. »Was müßt ihr denn noch machen?«

»Wir müssen morgen ein fünfminütiges Referat auf esperanto halten«, sagte ich. »Es geht dabei um die Frage, ob die Arbeiten am Bau des Frachtraums beschleunigt werden sollen. Wir haben die entsprechenden Daten, so daß es schon nicht so schlimm werden wird, aber vorher müssen wir Dr. Niwara eine Kopie des Textes aushändigen.«

»Ihr müßt es nicht memorieren, oder?« fragte er.

»Nein, wir dürfen von einem Teleprompter ablesen, aber wir beide sind nicht sehr gut in Esperanto«, erklärte Randy.

»Nun, ich bin Klassenbester in Esperanto«, sagte Tom. »Ihr dürft doch einen Schablonen-Translator benutzen?«

»Sicher.«

»Gut, dann hack etwas auf englisch hinein, erstelle eine grobe Übersetzung, und ich helfe dir dann, sie stilistisch aufzupolieren. Das ist das mindeste, was ich tun kann.«

Also geschah es. In Englisch bin ich sehr gut, und Randy ist auch ganz gut, so daß wir schnell fertig waren; dann schickten wir den Text durch den Translator und erhielten die Übersetzung in Esperanto. Bei anderen Ausgangs-/Zielsprache-Kombinationen funktioniert das kaum; weil Englisch jedoch eine lineare Struktur aufweist und Esperanto auch über einheitliche Strukturen verfügt, war das Resultat ganz brauchbar. Tom nahm ein paar Korrekturen vor, glättete den Text stilistisch, und dann waren wir fertig.

Fast im selben Moment, als wir den Text in den Notebooks abgespeichert hatten, wies der Zentralrechner Randy mit einem optischen Signal auf die kurz bevorstehende Sperrstunde hin. »Ich muß gehen«, sagte er mit einem Anflug des Bedauerns in der Stimme. »Wir sehen uns morgen im Unterricht, Melpomene. Hat mich gefreut, Tom.«

Tom lächelte. »Du hast mir sehr geholfen. Ich bin froh, daß wir uns wenigstens einmal pro Woche sehen – und ich hätte auch nichts dagegen, wenn Melpomene dich öfter mit nach Hause bringen würde.«

Ich war unschlüssig, ob ich meinen Bruder nun umarmen oder in den Hintern treten sollte. Wir zuckten die Achseln, sagten ›Gute Nacht‹, und er ging nach Hause.

Ich arbeitete gerade die Präsentation durch, als ich hörte, wie meine Eltern sich stritten; ich weiß wohl, daß nicht einmal Papa es mag, wenn ich bei solchen Anlässen zuhöre, aber schließlich belauscht er die Leute sogar von Berufs wegen, und wie heißt es auch so richtig auf dem Schild im Klassenzimmer: ›Die Sorgen des Einzelnen sind die Sorgen der Allgemeinheit‹. Ich vermag nicht einzusehen, weshalb diese Prämisse für das Schiff gelten soll, nicht aber für die Familie.

Papa sprach in diesem ultrarationalen Tonfall, der charakteristisch für ihn ist, wenn er befürchtet, daß Mutter gleich loskeift. »Helen, daß dies passieren könnte, wußtest du schon, als du den Vertrag unterschrieben hast. Wie du dich sicher noch erinnerst, warst du es, die mir die Fabel vom Fuchs und dem Löwen erzählt hat. Nun, nach solchen Erfahrungen werden die Menschen zu Löwen. Ich weiß, daß sie nicht so attraktiv sind wie andere Kinder …«

»Nicht so attraktiv! Dieser kleine Schwartz ist ein Schläger, und sein Vater schlägt ihn. Hat aber den Anschein, daß er es verdient.« Ich hörte ihren pfeifenden Atem. »Das ist doch kein Partner für Melpomene!«

Papa seufzte. »Sprich leiser – die Kinder kennen unsere Vorstellung von Privatsphäre nicht.«

»Das ist eine andere Sache. Melpomene …«

»… ist ein Kind, das sich durchaus in die Umwelt einfügt. Mit einer großen Liebebedürftigkeit, einer Überbetonung des Glücksanspruchs und einem gewissen stillen Charisma. Dieses Persönlichkeitsprofil wird vom Bürgermeister erwartet, wenn das Schiff voll einsatzbereit ist. Und ein herzliches Verhältnis …«

»Herzliches Verhältnis!« Im Abstand von einem Atemzug ertönten zwei dumpfe Geräusche; wenn Mutter wirklich in Rage gerät, stampft sie mit dem Fuß auf, wobei sie leider vergißt, daß der Boden hart ist und ihre Schuhe leicht sind, mit dem Effekt, daß sie in der niedrigen Schwerkraft direkt an die Decke katapultiert wird. Ich konnte mir vorstellen, daß sie sich verletzt hatte und sich gleichzeitig den Fuß und den Kopf rieb und Papa mit einer Handbewegung verscheuchte, als er sich über sie beugte. Ich bekam es fast nicht mit, als sie sagte: »Weshalb gibst du es nicht einfach zu? Du hast deine Tochter vorsätzlich zu einer Neurotikerin gemacht, und jetzt willst du sie noch mit einem psychotischen Kind verkuppeln.«

Papa senkte die Stimme, was in der Regel ein Indiz

dafür war, daß er wütend wurde. »Helen, wir sprechen nicht nur von dem Plan hier. Niemand wird Melpomene die Pistole an den Kopf setzen und sie zu einer Heirat zwingen, ebensowenig, wie wir sie ohne ihre Zustimmung als Bürgermeisterkandidatin aufstellen. Und wir werden sie auch nicht einer Gehirnwäsche unterziehen. Wie jeder von uns ist sie nur ein Produkt ihrer Erfahrungen. Der einzige Unterschied – der *wirklich* einzige – ist der, daß noch mehr von ihrer Art für einen besonderen Anlaß geplant sind. Wenn du jetzt in ihr Zimmer gehen und sie fragen würdest, wozu sie 2038 oder 2040 Lust hätte, wäre es sehr gut möglich, daß sie sagt, sie möchte sich für den Rat bewerben – um dann in den 2050ern als Bürgermeisterin zu kandidieren. Und wenn sie sich bisher noch keine Gedanken darüber gemacht hat, wird sie es noch tun. Wir haben ihre Entscheidungen vielleicht geplant – aber sie trifft sie noch immer selbst. Ich glaube nicht, daß sie es mir übelnähme, wenn ich jetzt zu ihr gehen und ihr sagen würde, was wir getan haben.«

Das zeigte nur, wie wenig er mich kannte. Ich war wütend! Hätte er mich auch nur halbwegs aufgeklärt, dann hätten Randy und ich nie die Umstände und das Risiko auf uns genommen, herumzuschnüffeln. Eines stand fest – wenn ich erst einmal Bürgermeisterin war, würde dieser ganze blöde Privatkram abgeschafft. Keine privaten Dateien mehr. Wenn ich die Leute dazu bewegen könnte, würden alle Türen aus den Wohneinheiten entfernt.

Aber das, was Papa dann sagte, versöhnte mich wieder mit ihm.

»Und was Randy betrifft – er ist ein guter Junge. Im Grunde der beste. Im letzten Jahr haben wir ihn bis zum Exzeß unter Druck gesetzt, und es ist nichts passiert, außer daß seine Aggressivität sich leicht erhöht hat. Wenn wir die Lage so verändern, daß seine Akzeptanz zunimmt, entspricht sein Persönlichkeitsprofil exakt den Anforderungen eines Schiffsoffiziers. Im Grunde könnte man ihn sich sogar als Kapitän vorstellen.«

»Leicht erhöhte Aggressivität, ja? Wendy hat gesagt, er würde …«

»Ja, er gerät mit ihrem Sohn aneinander. Kein Wunder. In meiner Eigenschaft als Experte für mentale Gesundheit muß ich dem kleinen Ted Harrison attestieren, daß er ein Arschloch ist.«

Mutter schnaubte. »Dir ist auch nichts zu absurd, wenn du mich nur belehren kannst. Es fällt mir schwer zu glauben, daß du dir das Familienprofil der Harrisons angeschaut hast …«

»Doch, ich habe es mir angeschaut, und gerade *deshalb* weiß ich, daß dieser Junge ein Arschloch ist. Aber er wird sich auch noch anpassen müssen. Im Moment sieht es so aus, daß unsere Kinder den Gestank der Erde von ihm abwaschen und ihm beibringen, was sie schon seit ihrer Geburt wissen – sie tun es allerdings auf die rauhe Art, denn er muß es schnell lernen.«

Die Vorstellung, daß Theophilus mehr unter uns litt als wir unter ihm, erschien mir reichlich bizarr. Ich konnte mich dem nicht anschließen. Ich war schon versucht, hinauszustürmen und Papa auf seinen fundamentalen Irrtum hinzuweisen, als mir bewußt wurde, daß ich dann beide gegen mich aufbringen würde.

Pos-def wäre es der falsche Zeitpunkt gewesen. Mutter weinte und schrie ihn an, dieses quengelnde Heulen, in das sie immer verfällt, wenn sie eine Auseinandersetzung verloren hat, und Papa versuchte, ihre Tiraden zu stoppen. Wenn sie sich so aufführt, verstehe ich sie nicht einmal, wenn ich mich im selben Raum wie sie aufhalte, aber für Papa ist das anscheinend kein Problem.

Als sie dann nur noch schluchzte, sagte er schließlich: »Helen, was erwartest du denn von mir? Oder von uns allen? Die Erde gibt es nicht mehr, jedenfalls nicht die

Erde, die wir kannten. Es wird nie wieder so sein wie vor dem Großen Sterben und dem Eurokrieg. Und diese Kinder sind auch nicht dazu verpflichtet, die Erde im alten Glanz wiederauferstehen zu lassen, nur weil ihre Eltern es so wollen.«

Schniefend nuschelte sie etwas; ich verstand fast nichts, nur Satzfetzen mit ›Freiheit‹ und ›Menschenwürde‹ und dergleichen.

»Über diese Frage müssen sie entscheiden. Vielleicht stimmt es ja wirklich, daß die Menschen auf diese Art nicht sehr lange überleben können. Aber die hohen Verluste an Menschen und Sachwerten sind der beste Beweis dafür, daß ein Leben wie bisher auch nicht mehr möglich ist. Der Individualismus ist tot, weil er nicht funktioniert hat.«

Ich hörte, wie sie in ihr Zimmer eilte. Dann knallte die Tür zu. Nun war Papa allein im Gemeinschaftsraum. Eigentlich hätte ich zu ihm gehen sollen, aber ich wußte nicht, was ich hätte sagen sollen.

5. JANUAR 2026

Ich zeigte Dr. Lovell mein Elaborat. »Meinen Sie wirklich, wir sollten es dabei bewenden lassen? Damit ein Planet voller Assis Grund hat, sich zu ärgern?« (Entschuldigung, ihr Leser auf der Erde. Aber das, was ich gesagt habe, trifft praktisch auf jeden von euch zu.)

Sie zuckte die Achseln. »Das sollen andere Leute entscheiden, Melpomene. Aber wie fühlst *du* dich denn?«

»Weil ich es geschrieben habe? Es hat mir viel gebracht. Zuerst glaubte ich, vor Glück zu zerspringen. Mein Gott – Bürgermeisterin, wenn ich so weitermache wie bisher. Und Randy vielleicht als Kapitän.«

Sie nickte mehrmals. »Und was dann?«

»Dann ist viel passiert. Ich war ganz verwirrt und habe mich über die vielen Vorkommnisse aufgeregt.

Und obendrein hatte ich den Plan fast ganz vergessen. Vielleicht wollte ich nicht, daß es sich so entwickelt.«

»Ganz am Anfang hast du geschrieben, du würdest Bürgermeisterin werden.« Sie saß direkt vor mir und schaute mir in die Augen. »Wie bist du auf diese Idee gekommen?«

»Ich *werde* Bürgermeisterin. Aber nicht so, wie es vorgesehen ist. Die Geschichte gefällt mir, aber ich glaube, wir Kinder sollten sie besser für uns selbst schreiben.«

Sie nickte, beugte sich vor und drückte mir die Hände. »Eine Sache ist mir nicht ganz klar, Melpomene. Könnte es sein, daß du nach den Ereignissen des darauffolgenden Tages – als du und Randy quasi einen Vorgeschmack auf eine Führungsposition bekommen habt – beschlossen hast, daß du es doch nicht möchtest und dich mit Anstand aus der Affäre zu ziehen? Hältst du dich jetzt selbst zum Narren?«

Da hatte ich zum erstenmal den Eindruck, daß Dr. Lovell doch keine Niete war. Deshalb ließ ich das, was sie gesagt hatte, mir den ganzen Abend gründlich durch den Kopf gehen, anstatt zu schreiben. Susan und Thomas sind schon zu Bett gegangen, und gleich ist Sperrstunde, und ich habe noch immer keine Antwort gefunden.

Also werde ich euch morgen erzählen, was sich als nächstes ereignet hat, und wie ich mich dabei fühlte; vielleicht hilft es mir, herauszufinden, was ich wirklich will.

KAPITEL ELF

6. JANUAR 2026

Ich weiß es immer noch nicht. Mit ihrer Frage hat Dr. Lovell etwas Merkwürdiges in meinem Gehirn ausgelöst. Also erzähle ich euch nun von den weiteren Ereignissen. Vielleicht findet ihr eine Antwort.

Am nächsten Tag hielten wir unsere Referate – Randy und ich zeigten eine gute Leistung. Dann schockte Dr. Niwara uns mit der Ankündigung, daß zur Ermittlung der Mannschaftskapitäne für das *Aerocrosse* ein Blitzmathe-Wettbewerb stattfinden würde. Das kommt ziemlich oft vor – Mathe mitten in einer Woche mit Sprachunterricht. Ich glaube, damit soll erreicht werden, daß wir geistig flexibel bleiben.

Es wurden wieder sieben Vierer-Teams gebildet. Da die Mannschaftskapitäne in einem Mathewettbewerb ermittelt wurden, hätte ich sie jetzt schon benennen können. Mit Sicherheit würde Theophilus Kapitän von Team Eins und Randy von Team Zwei – er versteifte sich plötzlich, als Barry Yang flüsterte: »Man sollte vielleicht Königsblau als Mannschaftsfarbe wählen.« Im Geiste merkte ich mir Barry für einen schönen, harten Bodycheck vor.

Gwenny Mori wurde Kapitän von Team Drei, Kwame von Team Vier und Padraic von Team Fünf. Man sah wirklich, wer in der letzten Zeit mit wem herumgehängt hatte – so wenig ich Theophilus auch mochte, mußte ich doch zugeben, daß er ein Mathegenie war und anscheinend auch ein guter Mentor.

»Team Sechs«, sagte Dr. Niwara. »Miriam Baum.« Auch aus dem Freundeskreis von Theophilus. Er besaß wirklich pädagogisches Talent.

»Team Sieben, Melpomene Murray.«

Daß Miriam Mannschaftskapitän wurde, war schon ein Erfolg – daß *ich* es wurde, war schier unglaublich. Aber es war eine Tatsache – ich würde Team Sieben leiten, das am Anfang ohne Tor spielte. Etwas von Randy mußte auf mich abgefärbt haben.

Dann hatten wir Paar-Esperanto-Komposition und gingen anschließend zum Mittagessen. Weil ich als eine der letzten den Raum verließ, war die Schlange schon ziemlich lang, und ich stellte mich hinter Chris Kim an, der sowieso immer herumtrödelte. Ich war mit ihm ins Gespräch gekommen – ich hatte schon beschlossen, ihn als ersten in meine Mannschaft zu wählen, denn er war ein viel besserer Spieler, als die meisten Leute ahnten –; also zog ich ihn mit, als ich zu Randy ging, der an einem Tisch in der Ecke des Speisesaals saß.

Damit bildeten wir drei quasi eine eigene Gruppe. Theophilus und die Richtige Bande hatten den Tisch in der Mitte mit Beschlag belegt. Die meisten Klassenkameraden konzentrierten sich um ihn, manche in Theophilus' Nähe, um zu demonstrieren, daß sie dazugehörten, andere etwas entfernt, aber immer noch so nahe, daß sie alles mitbekamen. Eines mußte man Theophilus zugute halten; seit seiner Ankunft hatten wir viel mehr Gesprächsstoff.

Wir setzten uns und unterhielten uns über Hausaufgaben und Klausuren, wobei wir Esperanto sprachen; damit schleimten wir uns nämlich bei Dr. Niwara ein, die aufmerksam lauschend im Speisesaal umherstreifte.

Ich glaube, daß Chris sich immer ein wenig vor Randy gefürchtet hatte, aber jetzt hatte er mehr Angst vor Theophilus; schließlich war er nicht so gut in

Mathe, daß Randy ihn deswegen zusammenschlagen würde, aber Opfer dieser üblen Scherze konnte jeder werden.

Nach einer Weile wurden die beiden warm miteinander. Wie sich herausstellte, würden beide Luftball in der B-Jugend der Gewerkschaft spielen, und sie stimmten darin überein, daß ihr Trainer, Bob Mori, noch immer viel zu sehr der Vorstellung von zwei Körben und einem zweidimensionalen Spielfeld verhaftet war.

Ich freute mich, daß ich so gut in Mathe abgeschnitten hatte und zum Mannschaftskapitän ernannt worden war, und – ich weiß zwar nicht, wo ich diese Gewißheit hernahm, aber ich wußte es einfach – Chris und Randy freuten sich über das Zustandekommen ihrer Freundschaft. Wir redeten laut und lachten albern.

Zufällig schaute ich zu Theophilus' Tisch hinüber und bekam für eine Sekunde Blickkontakt mit Miriam; sie wirkte verärgert. Die Mitglieder des von mir so bezeichneten ›inneren Kreises‹, Theophilus, Kwame, Gwenny und Miriam, unterhielten sich flüsternd und ignorierten die anderen. Damals maß ich dem keine große Bedeutung bei – es war schließlich nichts Neues.

Nach dem Mittagessen standen Dialoge auf dem Stundenplan – sterbenslangweilig!

... WIE GEHT ES DIR HEUTE, MELPOMENE?

... GANZ GUT, DANKE.

... DENKST DU GERADE AN ETWAS BESTIMMTES?

... ICH FREUE MICH AUF DAS HEUTIGE *AEROCROSSE*-TURNIER.

... WAS GEFÄLLT DIR DENN SO AN *AEROCROSSE*?

... ICH BIN MANNSCHAFTSKAPITÄN.

... KORMORAN? (Wie ich das hasse! Die doofe KI war nicht in der Lage, eine Assoziation zwischen ›sich freuen‹ und ›Mannschaftskapitän‹ herzustellen.)

... MANNSCHAFTSKAPITÄN IST EINE FUNKTION IM *AEROCROSSE*. ICH FREUE MICH SEHR, DIESE FUNKTION AUSZUÜBEN.

... GENEHMIGT. (Besten Dank.) WESHALB MÖCHTEST DU DENN MANNSCHAFTSKAPITÄN SEIN?

Nachdem das eine Stunde so weitergegangen war, sprangen wir alle von den Bänken auf, als Dr. Niwara verkündete, daß es nun Zeit für *Aerocrosse* sei.

Weil Team Sieben bei der Auswahl der Spieler zuletzt an der Reihe war, konnte ich von Glück sagen, daß ich Chris bekam. Dann wählte ich Penelope Graham aus; nicht etwa, weil sie ein As war, aber sie fügte sich gut ins Team ein, und Dmitri Onegin, weil er der letzte war. Er gab sich zwar alle Mühe, war aber dennoch ein Tolpatsch.

Randy, der Kapitän von Team Zwei, wählte Barry Young aus, sicher einer der besten Spieler der Klasse, auch wenn er Randy in den letzten Tagen kein sehr treuer Freund gewesen war. Dann fiel seine Wahl auf Rachel DeLane, deren Wurf die Präzision eines Laserstrahls hat; vom Boden aus trifft sie bis an die Decke der Großen Gemeinschaftshalle. Außerdem bekam er noch Rebecca Hayakawa; das war seltsam, denn sonst wurde sie wegen ihrer Kraft und spielerischen Intelligenz immer schon viel früher ausgewählt.

Seit dem Anpfiff waren gerade zwei Minuten vergangen, als die Dinge eine merkwürdige Wendung nahmen. Normalerweise sehen die Teams mit hohen Zahlen sich einer starken Verteidigung gegenüber, aber diesmal lag etwas in der Luft, als ob alle auf etwas warteten; nur daß ich nicht wußte, was es war.

Der Ohrhörer rauschte. Die Mannschaftskapitäne verfügen sowohl über einen Kanal zu ihrem Team als auch über eine Verbindung zu den anderen Kapitänen; auf diese Art können Absprachen getroffen werden. Wir sind zwar ständig auf beiden Kanälen auf Empfang, aber wir können sie selektiv anwählen, wenn wir etwas sagen wollen.

Es war Miriam. »He, Melpomene. Falls die Sieben die Zwei angreifen will, hält Sechs zwei Bälle.« Im Moment hielt jedes Team einen Ball und suchte ein Ziel aus – einen Ball kann man ziemlich leicht abwehren.

»Gut, Mim.«

Wir kamen von zwei Seiten auf das im Mittelpunkt der Halle stehende Tor von Zwei zu und nahmen es in die Zange.

Der Schiffskapitän hatte die Gravitation auf 0,0006 Ge eingeregelt, so daß fast keine Eigendynamik herrschte – man konnte wirklich schwimmen. Es war sogar möglich, aus dem Stand Luft zu treten und sich so hochzuarbeiten.

Miriam stellte M'tsu zur Bewachung des Tors von Team Sechs ab, worauf dieser es nach unten verlegte, wo er auch beim Einfangen verirrter Bälle helfen konnte – ein kalkuliertes Risiko, wobei die Sache jedoch schiefgehen konnte, wenn das Bündnis zerbrach oder jemand anders an den Ball kam. Als das erledigt war, gruppierten die Teams Sechs und Sieben sich um das Tor von Zwei, versuchten Treffer zu erzielen und spielten uns den Ball zu siebt zu. Alle anderen waren im oberen Bereich der Gemeinschaftshalle verstreut und wahrten einen Sicherheitsabstand für den Fall eines Überraschungsangriffs.

Es war ein wirklich gutes Spiel – Randys Team hatte nichts anderes zu tun, als sich den Bällen in den Weg zu stellen, und es war klar, daß sie später einige blaue Flecken vorzuzeigen hätten. Ich ging voll in meiner Rolle als Kapitän auf und konzentrierte mich auf das Spiel, aber dennoch stellte ich mit Bewunderung fest, wie Randy mit Team Zwei die Stellung hielt – ich glaube nicht, daß ich mit einem gleich guten Team das Tor auch nur für die Hälfte der Zeit hätte halten können.

Chris wurde dem Vertrauen, das ich in ihn gesetzt hatte, in vollem Umfang gerecht; plötzlich kippte er vornüber, fing einen von mir an Dmitri gerichteten Paß ab und zirkelte den Ball an Barry Young vorbei ins Tor. Die helle ›7‹ ersetzte die ›2‹ auf dem Tor, und Randys

Team trat den Rückzug an, wobei sie mit Fallrückziehern auf die Plattformen sprangen und zu den dicht gestaffelten Zielen an der Decke schossen. Sie hofften wohl auf einen schnellen Erfolg, denn alle Bälle befanden sich zur Zeit in den Kreuzen von Miriams Sechsern und meinen Siebenern.

Ich fing den Karomm-Schuß ab, registrierte, daß Penelope auch einen Ball gefangen hatte, und dann verließ ich die Kapitänsfrequenz, so daß Miriam nicht über unsere nächsten Schritte informiert wurde.

»Dmitri und Chris, schafft das Tor nach oben und bewacht es. Jetzt gleich. Penny, wir werden die Sechs aufs Kreuz legen. Stell dich auf eine Fänger-Plattform, als ob du einen hohen Sprung machen wolltest; aber dann greifst du im Sturzflug das Tor von Team Sechs an, sobald ich das Zeichen gebe. Ich komme von der anderen Seite – schau'n wir mal, ob es uns gelingt, einen Doppeltreffer zu erzielen.«

Miriams Stimme rauschte im Ohr. »Gut, Mel, bringen wir unsere Tore nach oben.«

Sie hätte es wirklich besser wissen müssen. Weil wir als erstes Team einen Treffer erzielt hatten, befanden wir uns in Führung – unser Punktestand war plus eins, der von Randys Zwei minus eins, und alle anderen, einschließlich Miriams Sechs, hatten null Punkte. Natürlich versucht man immer, seinen Vorsprung auszubauen.

Nun, wenn sie schon so blöd war, konnten wir es auch ausnutzen. »Gut«, sagte ich. Dann ging ich wieder auf die andere Frequenz, so daß ich nur mit meinem Team verbunden war; Chris und Dmitri schoben unser Tor in die Sicherheit des oberen Hallenabschnitts.

Ich driftete zu einer der Plattformen hinunter, als ob ich auch einen Hochsprung plante. Penelope war schon auf Position; so flach, wie sie sich an die Wand drückte, war sie fast nicht zu sehen.

Ich ging wieder auf die Kapitänsfrequenz. »He, Mim, weshalb schiebst du das Tor nicht direkt nach oben?«

Nach einer Sekunde warf M'tsu Miriam das Tor zu. Es stieg langsam zu ihr auf. Sie kam ihm entgegen. Ich wechselte wieder auf die Teamfrequenz.

»Penny, fertig?«

»Fertig!«

»Eins, zwei, *los!*«

Wir stießen uns beide ab und hielten direkt auf das Tor zu, dessen große grüne ›6‹ uns anstrahlte. Miriam kam zwar schnell näher, aber sie befand sich im Zentrum und konnte das Tempo nur dadurch steigern, daß sie mit voller Kraft schwamm. Wir hingegen hatten uns von der Wand abgestoßen, und nach einem tiefen Atemzug hatten wir das gemächlich aufsteigende, leere Tor erreicht.

»Nicht werfen, Penny, wir markieren es nur.« Sie bestätigte und verstaute den Ball in ihrem Kreuz; dann spreizte sie Arme und Beine, fing das Tor ein und schwebte damit auf mich zu. Ich nahm die gleiche Körperhaltung ein wie sie und flog ihr entgegen, wobei das Tor sich für einen kurzen Moment zwischen uns weiterdrehte, bis ich es mit meinem etwas höheren Drehmoment arretierte.

Nun war Miriam in einer hoffnungslosen Lage – wir hatten eine hohe, nach oben gerichtete Tangentialgeschwindigkeit, die wir durch Lufttreten noch steigerten, zumal wir zwei Drittel des Tors mit den Körpern abschirmten. Nur mit Schwimmen würde sie uns nie einholen, und weil wir ihr Tor noch nicht markiert hatten, würde ein Treffer mit dem Ball, den sie in der Hand hielt, auch nichts an der Situation ändern.

Also warf sie mir den Ball mit voller Kraft von hinten gegen den Helm, und nun erlebte ich aus erster Hand, was ich Randy vor ein paar Tagen angetan hatte – ich hatte ein Dröhnen in den Ohren, der Hals schmerzte, und die Zähne klapperten. Ich sah nicht, in welche Richtung der Ball abprallte.

Penelope holte den Ball aus dem Kreuz und berührte

das Tor, womit es offiziell in unseren Besitz überging. Dann packte sie den Ball wieder ein. »Bist du in Ordnung, Mel?«

»Ja. Nur etwas benommen.«

»Fieser Wurf. Sie hat genau deinen Kopf anvisiert. Auf das Tor hat sie nicht gezielt. Das konnte sie auch gar nicht.«

»Es ist legal«, sagte ich.

»Trotzdem ...«, meinte sie, als wir die Plattform erreichten. »Wohin jetzt?«

»Direkt nach oben – bei drei stoßen wir uns ab.« Ich zählte, und dann schossen wir in die Höhe.

»Melpomene, das war dein letzter Streich.« Es war Miriams Stimme; sie war außer sich vor Zorn, aber schließlich sind es unter anderem solche Aktionen, die den Reiz des Spiels ausmachen. »Ich hatte versucht, dich mit den Leuten in Kontakt zu bringen, und du bist mir in den Rücken gefallen. Du hättest dich mit jedem gegen Team Zwei verbünden können, aber du warst nur auf einen billigen Punkt aus.«

Ich wurde ärgerlich. »Das war aber ziemlich teuer für dich«, stellte ich richtig.

»Nicht so teuer, wie es für dich wird«, fiel Theophilus ein.

Mir war nicht klar, was Theophilus damit zu tun hatte, und seine Einmischung machte mich nur noch wütender. Penelope und ich traten heftig Luft und wurden mit zunehmender Höhe immer schneller; die große gelbe ›1‹ von Theophilus' Tor leuchtete direkt über uns. Ich desaktivierte das Mikro. »Penny, glaubst du, daß wir es schaffen, das Tor von Eins zu erobern, bevor sie uns erreichen?«

»Das Spiel heißt *Aerocrosse,* Mel. Warum nicht?«

Ich nickte und sagte: »Warte, bis wir dicht dran sind; dann schicken wir beide Bälle ab und sehen, wie sie hüpfen.«

In diesem Augenblick tauchte das ganze Team Eins

bis auf einen Spieler im Sturzflug zu uns herab. Es deutete nichts darauf hin, daß sie uns das Tor entreißen und später mit einem Ball markieren wollten. In diesem Fall stößt man sich nämlich von der Decke ab und spreizt dann Arme und Beine. Sie hingegen traten nach uns und beschleunigten, um einen brutalen Bodycheck anzubringen.

Ich wartete ab, bis sie näher herangekommen waren. »Jetzt!« Wir beide warfen mit voller Kraft; ich bin nicht sicher, welcher Ball durchgekommen war, aber die gelbe Eins verwandelte sich in eine Sieben.

Drei Tore – falls wir sie halten konnten.

Wir warteten noch einen Augenblick und stemmten dann die Füße auf das Tor, und als ich »Jetzt« sagte, stießen wir uns seitlich nach unten ab. Team Eins jagte vorbei, ohne eine von uns zu erwischen, und das Tor schaukelte an die Decke, wo es von Dmitri in Empfang genommen wurde.

All das sah ich, während ich mit dem Kopf voraus durch die Kammer flog und auf die Wand zuhielt. Ich schlug einen Salto und trat Luft, um die Bewegung zu neutralisieren und abzubremsen; dann bekamen die Füße Kontakt mit der Wand. Ich zog mich auf die obere Plattform, richtete mich auf und stieß mich fest nach oben ab, auf das Tor zu, das wir gerade von Eins erbeutet hatten.

Ich sah, daß Penelope dieselbe Richtung eingeschlagen hatte, und Chris und Dmitri schoben die anderen zwei Tore auf uns zu. Es würde nicht leicht werden, die drei Tore zu verteidigen, nicht einmal an der Decke.

Ich wußte, daß unsere beiden Bälle als Querschläger unten in der Halle umherflogen; Mitglieder diverser Teams versuchten, sie einzufangen. Aber wo befand sich der dritte Ball, der von meinem Helm abgeprallt war?

Ich hatte keine Zeit, weiter darüber nachzudenken. Penelope, ich, Chris und Dmitri schoben die drei Tore so dicht wie möglich an die Decke heran; nur so war eine solche Anzahl zu verteidigen. Keiner von uns würde die Gelegenheit haben, sich anzugurten und auszuruhen.

Die Teams, die sich noch im Besitz ihrer Tore befanden, Drei, Vier und Fünf, entfernten sich hektisch von uns und bemühten sich, die Tore gegen den Luftwiderstand in Sicherheit zu bringen. Wenn sie die Bälle unten einfingen, würden alle Angriffe sich auf uns konzentrieren.

Da tauchte plötzlich der dritte Ball wieder auf. Wie aus dem Nichts stieß Randys Team Zwei auf Kwames Team Vier hinab. Randy und Barry mischten sie mit harten Bodychecks auf, wobei Kwame und zwei seiner Teamkameraden zu Boden trudelten, und Bekka betätigte sich als Abstauber und entriß Sylvestrina das Tor. Dann markierte Rachel DeLane das Tor mit dem Ball, und Randy fing den Querschläger ab, als er von einer Fänger-Plattform zurückflog – ein schönes Spiel.

Aber es hätte noch viel schöner sein können. Randy schickte Barry einen Paß, worauf dieser die ungeschützte Oberseite des Tors von Team Drei angriff – der Ball zischte jedoch am Tor vorbei, vorbei an Gwenny, und in Theophilus' Kreuz.

Ich traute meinen Augen nicht. Ganz offensichtlich, jedenfalls in meinen Augen, nickten Theophilus und Barry sich zu. Es war einfach nicht richtig – sie waren nicht im selben Team, und Barry war nicht einmal Kapitän. Üblicherweise werden die Absprachen nur zwischen den Kapitänen getroffen, obwohl es bei verbündeten Teams manchmal auch geschieht, daß die Leute direkt miteinander kommunizieren, wenn sie nahe genug sind.

Für solche Betrachtungen war jedoch keine Zeit mehr, denn plötzlich befand Theophilus' Team sich im Besitz aller drei Bälle und kam mit kräftigen Schwimmstößen auf uns zu. Natürlich waren sie nicht so schnell wie im Sturzflug, aber dennoch beschleunigten sie zügig; außerdem waren wir vollauf damit beschäftigt, die drei Tore beieinander zu halten.

»He, Sieben – Bündnis?« Randys Stimme rauschte in meinem Ohrhörer.

»Pos-def. Komm her«, sagte ich und wechselte auf die Privatfrequenz. »Okay, Leute, Team Zwei hat sich uns angeschlossen.« Rebecca und Rachel schoben das Tor zu den anderen, und wir bereiteten uns auf den Empfang von Team Eins vor, das sich noch immer im Steigflug befand.

Theophilus war nach wie vor kein Meister des Spiels; er warf viel zu früh und hörte vielleicht auch nicht auf den Rat seiner Teamkameraden. Der Ball wurde langsamer, und ich wollte ihn einfangen. »Deiner«, sagte Randy neben mir. Ich griff nach ihm …

Etwas traf mich in den Rücken. Randy und ich trieben taumelnd ab, während Barry »Hab ihn« rief, uns wegstieß und nach dem Ball griff.

Er versuchte, ihn mit der Hand einzufangen – idiotisch, denn dadurch ändert die Markierung auf dem Ball sich nicht –, und er entglitt ihm und traf ein Tor meines Teams.

Ich richtete mich auf – Randy befand sich noch immer neben mir, aber wir waren vier Meter abgesackt. Ich hörte ein ›Uff‹, als Theophilus mit Rachel zusammenprallte, sie gegen die Decke stieß und trotz all unserer Bemühungen die Tore zerstreute. Und dann hatte Team Eins alle erobert.

Bei mir machte es ›klick‹. Mit schnellen Stößen flog ich zu Randy hinüber, deaktivierte beide Frequenzen und flüsterte ihm ins Ohr: »Randy, ich habe gesehen, wie Theophilus Barry ein Zeichen gegeben hat. Barry hat vorsätzlich gegen die Regeln verstoßen.«

Randy schaute mich an. »Ich habe es auch gesehen«, bestätigte er. »Es stimmt.«

Randy ging auf seine Teamfrequenz. »Barry, sofort

zu mir«, sprach er ins Mikro. »Melpomene, wenn du…«

Ich nickte und wollte abfliegen, doch da erschien Barry und packte mich am Arm. »Was hat sie dir erzählt?«

Ich schlug einen Salto, entwand mich seinem Griff und sah ihm ins Gesicht. »Ich habe gesehen, daß Theophilus dir zugenickt hat, als du ihm den Ball zugespielt hast. Und dann hast du mit Absicht ihren Ball ins Tor deines eigenen Teams befördert.«

Barry wollte etwas sagen, aber Randy kam ihm zuvor: »Ich glaube Melpomene, spar dir also die Worte. Aber was mich wirklich wurmt…«

»Willst du mich schlagen?«

»Ich schlage niemanden mehr.«

»Ha.« Barry schniefte; seine Augen waren feucht.

»Ich habe dich nicht geschlagen und werde dich auch nicht schlagen. Und jetzt hör zu. Was mich wirklich wurmt, ist, daß ich dich in diese Mannschaft geholt hatte, weil…« – Randy schluckte – »…weil du – ich wollte, daß wir wieder Freunde sind. Wir waren doch Freunde…«

Randy kamen die Tränen. Er tat mir schrecklich leid, und ich schaute weg. Mein Kopf schmerzte noch von Miriams Ball, und ich nahm an, daß ich dort, wo Barry mich am Rücken getroffen hatte, einen Bluterguß bekommen würde. Wie die meisten anderen Teams hatten wir null Punkte, gefolgt von Randys Team mit minus eins; Team Eins hatte nun vier Tore.

Aber die anderen Mannschaften griffen nicht an. Team Eins war im Besitz aller Bälle, und es dauerte eine Weile, bis ich begriffen hatte, daß sie sich ›auf ihren Lorbeeren ausruhten‹ – das hatte ich in der Sportschau zwar bei irdischen Sportlern schon gesehen, aber noch nie hier.

So etwas tat wirklich nur ein Erdschwein; als ob das Ergebnis wichtiger sei als das Spiel selbst. Und dann die anderen zu deklassieren, ohne sich ihnen im ehrlichen Wettkampf zu stellen.

Ohne daß ich es hätte begründen können, wußte ich, daß im Falle von Theophilus' Sieg die Streitigkeiten und Ressentiments sich deutlich verstärken würden.

Ich ging auf die offene Notfrequenz des Helmsenders. Eigentlich soll man sie nur bei Unfällen oder dergleichen benutzen, aber jetzt war nicht der geeignete Zeitpunkt, sich um das Reglement zu sorgen. »Barry Yang hat gerade zugegeben, sein eigenes Team zugunsten von Team Eins sabotiert zu haben. Wir wissen nicht, ob das ein Einzelfall war. Ihr solltet euch vergewissern, ob eure Mannschaftskameraden auch wirklich auf eurer Seite stehen – und achtet besonders auf eure Kapitäne. Wir alle wissen, mit wem sie befreundet sind.«

Darauf folgte ein sehr langes Schweigen. Schließlich meldete Theophilus sich über die Notfrequenz. »Ihr wißt, daß sie etwas gegen mich hat, seit sie weiß, daß ich ihre Freundin Miriam lieber mag. Aus lauter Haß hat sie sich sogar mit dem Klassenschläger angefreundet. Sie beklagt sich nur, weil sie nicht beliebt ist … *sie gehört einfach nicht dazu.* Sie ist eine Einzelgängerin, und das macht sie verrückt.«

Meine Augen füllten sich mit Tränen …

Plötzlich stieß Barry Young sich von einer Fänger-Plattform nach unten ab, ging in den Sturzflug und rammte Theophilus. Dieser fuchtelte wild in der Luft herum, um das Gleichgewicht wiederzuerlangen, und prallte gegen die Wand. Mit einem häßlichen, lauten Geräusch schlug sein Kopf auf die Plattformkante, und er schmierte ab.

Und dann schlugen und traten plötzlich alle auf ihn ein, kamen von allen Seiten über ihn und schleuderten ihn gegen die Wand. Selbst die Mitglieder seiner Clique, Kwame, Gwenny und wie sie alle hießen, mit Ausnahme von Miriam, fielen über ihn her, schlugen und knufften ihn, bis er so betäubt war, daß er sich nur noch drehte. Er war nicht mehr in der Lage, sich zu wehren oder gar die Wand zu erreichen. Blut sickerte in einer spiralförmigen Bahn aus seiner Nase, und ich hörte ihn hysterisch schluchzen.

Seine Peiniger lachten nur, ein häßliches, aggressives Lachen, das ich noch nie zuvor gehört hatte.

So etwas hatte ich mein Lebtag noch nicht gesehen. Ich hoffe, ich muß es nie wieder sehen. Ich ging sowohl auf die Kapitäns- als auch die Privatfrequenz. »Randy, wir müssen ihn dort herausholen. Ich versuche, ihn im Sturzflug am Gürtel zu packen. Chris und Dmitri, kommt auch mit. Wir müssen ihn zum Blauen Punkt bringen.« In Gedanken war ich noch im Spiel – der Blaue Punkt diente als Sammelstelle für verletzte Spieler, bis sie nach Spielende hinausgebracht wurden. Ich weiß zwar nicht, woher ich angesichts der Ereignisse diese Zuversicht bezog, aber ich erwartete, daß jeder diesen Bereich respektierte.

Wir holten ihn heraus. Das war nicht einfach, denn er war in Panik und ziemlich schlimm verletzt – er blutete aus einigen Wunden und hatte überall Prellungen. Nieren und Hals waren nicht so stark in Mitleidenschaft gezogen worden, daß man mit bleibenden Schäden rechnen mußte, aber er befand sich in einem bösen Zustand.

Als Chris, Dmitri und ich ihn abtransportierten, brachen die anderen Kinder in Jubel aus. Ich wußte nicht, was der Grund dafür war, also ignorierte ich es; als wir ihn in eine halbwegs stabile Lage gebracht hatten, brachten wir ihn weg. Er sträubte sich heftig – wahrscheinlich war er so verängstigt und desorientiert, daß er befürchtete, wir würden ihn auch noch zusammenschlagen.

Als die Leute sahen, was wir taten, redeten sie alle mit hohen, schrillen Stimmen durcheinander, die in der Kammer widerhallten. Sie schwammen alle auf uns zu, manche sehr schnell. Alle hatten den gleichen merkwürdigen Gesichtsausdruck, als ob dasselbe Programm bei ihnen abliefe.

Randy setzte sich zwischen uns und die Menge, wobei Rachel, Penelope und Bekka ihm folgten. Sie stießen sich von den Trampolins ab und flogen der Menge frontal entgegen. Randys Stimme ertönte über die Notfrequenz: »Nein, nein. Schluß! Laßt ihn in Ruhe!«

Ich weiß nicht genau, was er noch sagte, aber es übte eine beruhigende Wirkung aus; anscheinend hatte er alles unter Kontrolle. Er redete weiter, und wir transportierten Theophilus hinunter zum Blauen Punkt; als er festen Boden spürte, legte die Panik sich, und wir hielten ihn fest und versuchten ihn zu beruhigen.

In der Zwischenzeit hatte Randy die anderen in die Umkleideräume geführt sowie Bekka und Penelope als Aufsichtspersonen eingesetzt. Er kam mit Rachel zurück, um nach Theophilus zu sehen – was diesen ziemlich verwundert haben dürfte, aber er sagte nichts. Wir forderten eine Med-Kapsel an, legten Theophilus hinein und schickten ihn auf die Krankenstation.

Noch ein Grund, weshalb ich Randy immer lieben werde – er begleitete mich nach Hause. Ich brauchte jetzt wirklich jemanden, denn alles kam mir völlig irreal vor. Ich zog mich nicht einmal um, was als grober Verstoß gegen die Etikette gilt. Vor der Tür legte er den Arm um mich und drückte mich. Dann ging er nach Hause.

Mutter erwartete mich schon. »Was ist denn passiert?« fragte sie.

»Ich weiß nicht. Ich weiß nicht, wo Dr. Niwara war und weshalb sie nichts unternommen hat«, sagte ich und brach in Tränen aus. »Ich weiß nicht, wie es überhaupt geschehen konnte. Ich ...«

»Ihr habt den Jungen so schlimm verprügelt, daß er ins Krankenhaus mußte!«

Sie schrie es mir ins Gesicht; ich war so überrascht, daß ich nicht einmal den Versuch einer Erklärung unternahm. »Ich höre schon die ganze Zeit, was für nette kleine Scheißer ihr seid. Nur etwas anders. Nur etwas zivilisierter. Ihr seid über den armen kleinen Jungen hergefallen und hättet ihn am liebsten noch umgebracht. Und ihr sollt einmal – ihr seid diejenigen, die …« Sie schnappte nach Luft.

Sie packte mich bei den Schultern und schüttelte mich so fest, daß mir der Hals schmerzte. »Das hätte ich schon längst tun sollen!«

Und dann – nun, ich schreibe es zwar nieder, aber ich hoffe, ihr glaubt es nicht, selbst wenn es stimmt: sie drehte mich um und zog mir die Sporthose herunter. Ich schrie. Die Nachbarn hörten es durch die Schallisolierung.

Und dann drückte sie meinen Kopf über den Hausanschluß und versohlte mir ausdauernd den blanken Hintern, wobei sie immer heftiger zuschlug. Dabei schrie sie mich an und beschimpfte mich schluchzend. Ich kam mir nackt vor, entblößter, als ich es mir jemals hätte vorstellen können, und völlig gedemütigt. Ich wollte mich übergeben, in Ohnmacht fallen, sterben; wenn ich nur dieser Situation entrann.

Und dann war auf einmal Papa da, und sie ließ mich los. Ich zog die Hose hoch und rollte mich zu einer kleinen Kugel zusammen; und dann kamen Med-Kapseln. Zwei Stück, eine für Mutter und eine für mich.

Sie entließen mich noch am selben Abend; sie hatte nicht sehr fest zugeschlagen, und ich hatte nicht einmal einen Bluterguß davongetragen, aber ich bekam eine Flasche mit Antidepressiva, die ich die nächsten Tage einnehmen sollte. Sie waren wütend auf Vater – obwohl sie es vor der ›Tochter vom Boss‹ natürlich zu verheimlichen suchten. Nach einer Weile wurde mir klar, daß sie es nicht für angezeigt hielten, daß ich in seine

Sprechstunde ging; es widersprach den Theorien und so weiter. Die Krankenschwester schien sich am meisten von allen zu echauffieren. »Was ist das denn für eine Verantwortung? Jahrelang hält er seine Frau unter Verschluß, und jetzt, wo seine kleine Tochter zusammengeschlagen wird …« Man bat ihn, leise zu sein und versuchte, ihn aus der Krankenstation hinauszukomplimentieren. »Es ist mir egal, was der Plan vorsieht«, hörte ich ihn sagen, und dann redete man mit leiser Stimme eindringlich auf ihn ein, und ich hörte ihn erneut: »Ich gebe einen Scheiß auf diesen verdammten Plan; er ist nicht richtig.« Dann wurden noch ein paar Worte gewechselt, und schließlich blieb es ruhig; sie ließen mich allein, bis Papa kam und mich holte. Die Antidepressiva versetzten mich in eine entrückte Stimmung; ich stellte mir vor, ich wäre Bürgermeisterin und Randy wäre Kapitän, und ich fragte mich, ob wir Theophilus besuchen sollten, solange wir noch hier waren; wenn Randy mich besuchte, würden wir vielleicht durch die Halle gehen …

Ich schlief, als Papa schließlich erschien. Er weckte mich auf und gab mir meine Kleider; wortlos zog ich mich an, und dann gingen wir nach Hause. Mutter war nicht da. »Sie wird in drei bis vier Tagen entlassen«, sagte Papa. »Sie braucht jetzt viel Geduld und Verständnis; sie fühlt sich sehr schuldig, und sie unterzieht sich einer leichten Hypno-Therapie, um ihre Akzeptanz zu verstärken.«

Ich nickte; im letzten Jahr, als man mich in der Toilette beim Masturbieren erwischt hatte und die anderen Mädchen sich noch wochenlang über mich lustig gemacht hatten, ging es mir ähnlich. Man erhält ein leichtes Beruhigungsmittel und kommt in den Sensorischen Deprivations-Tank, und dann hört man sich eine selbst erstellte Aufnahme mit Autosuggestionen an – bei mir hieß es ›Ich bin völlig normal‹, ›Ich genieße es, mich zu berühren, und ich schäme mich nicht deswegen‹, und

›Sie wollten mich nicht verletzen. Wenn ich ihnen höflich sage, daß sie mich damit verletzen, werden sie es nicht mehr tun.‹

Natürlich fragte ich mich auch, was Mutter sich wohl anhören mußte. ›Ich schlage gerne und stehe dazu.‹ Über diesen Mutmaßungen hätte ich fast nicht gehört, was Papa sagte. Ich mußte ihn bitten, es zu wiederholen.

»Es tut mir leid, Melpomene«, sagte er. »Ich wußte ja nicht, daß du ...«

»Schon gut«, erwiderte ich. »Das waren nur Tagträumereien. Weshalb hat sie das denn getan?«

Er lehnte sich zurück und schaute mich an. »Was glaubst du denn, weshalb sie es getan hat?«

Ich hasse diese Psycho-Spiele. »Weil sie verrückt ist.«

Er nickte. »Ich verstehe, daß du diesen Eindruck hast.«

»Ach, Shit.« Erst jetzt merkte ich, wie wütend ich wirklich war. »Das war die größte Demütigung, die ich je erlebt habe, und du willst, daß ich mir ihre Version anhöre? Vergiß es. Was mich betrifft, so ist sie völlig irre, und wenn sie sich schuldig fühlt, ist das nur richtig.«

Er saß eine ganze Weile schweigend da. »Mir fällt dazu keine Antwort ein, Melpomene«, sagte er schließlich. »Nichts von dem, was ich dir sagen könnte, würde für dich einen Sinn ergeben.« Er stieß sich vom Stuhl ab, driftete zur Panoramascheibe hinüber und aktivierte sie. Die Sterne leuchteten in der Dunkelheit; in der unteren Ecke sah ich das rote Glühen des Mars, der erst in einigen Monaten wieder als Scheibe erscheinen würde. Er tut das sonst *nie.* Psychos schauen einem immer in die Augen, jedenfalls die guten ... Ich wußte nicht, was mit Papa nicht stimmte. Und ich wußte nicht, was generell nicht stimmte.

»Melpomene«, sagte er dann. »Ich weiß, daß du in die CPB-Dateien eingedrungen bist. Auf der Erde würden Informationen, wie sie in diesen Dateien enthalten sind – wenn sie veröffentlicht würden – einen Aufstand hervorrufen. Revolution. Anarchie. Und, was glaubst du, würde hier geschehen?«

Ich schüttelte den Kopf. »Ich weiß nicht.«

»Ich auch nicht.« Er streckte die Arme aus, als ob er mich umarmen wollte. »Versuche deine Mutter zu verstehen. Sie mag die Menschen dort unten – die auf der Erde, meine ich. Sie sieht die Welt mit ihren Augen. Unter anderem deshalb ist sie die ideale Mutter für dich… sie hat dir geholfen, Individualität zu entwickeln. Theophilus wäre vielleicht getötet worden, wenn du und Randy nicht eingeschritten wärt.«

»Ich halte das auch für möglich.«

Er nickte. »Was wirst du also tun, wenn du Bürgermeisterin bist? Deine Freunde mit gutdotierten Posten versorgen und dich von ihnen wiederwählen lassen?«

»Weshalb?« fragte ich. »Sind sie denn die besten Leute für diese Positionen?«

Er schüttelte den Kopf. »Ich frage, ob du sie ihnen gibst, nur weil sie deine Freunde sind?«

»Weshalb sollten sie sich denn dafür interessieren, wenn sie nicht die richtigen Leute sind?«

Er lächelte mich an, aber ich sah Tränen in seinen Augen. »Melly«, sagte er leise. »Ich liebe dich.«

Das klang seltsam aus seinem Mund, aber wenigstens wußte ich die richtige Antwort. »Ich liebe dich auch, Papa.«

Er nickte. »Ich… vor zwanzig Jahren, als ich gerade mit der Schule fertig war und der NAC mich einstellte, wurde schon die Grundlage für diese Entwicklung gelegt. Aber jetzt erst verstehe ich es.« Er lächelte noch immer, und ich umarmte ihn erneut. »Ich muß dir etwas gestehen, das dir vielleicht das Recht gibt, mich zu schlagen«, sagte er. »Aber ich muß es dir trotzdem erklären.«

»Ich glaube nicht, daß ich dich wieder schlagen werde. Was immer es auch ist.«

»Dr. Niwara ist angewiesen worden, nicht in der

Großen Gemeinschaftshalle zu erscheinen. Wir hatten Theophilus und seine Freunde beim Mittagessen belauscht, wie sie alles planten, und wir wollten sehen, wie ihr Kinder die Situation bewältigt, ohne daß ein Erwachsener eingreift.«

Ich lehnte mich zurück und starrte ihn an. »Ihr *wußtet,* was geschehen würde?«

»Überhaupt nicht. Wir hatten nicht die geringste Ahnung, daß deine Klassenkameraden so heftig reagieren würden.« Er hielt die Hand hoch, um mir zu signalisieren, daß er noch nicht fertig war; ich hätte aber auch gar nichts zu sagen gehabt. »Melpomene, ich dachte nur, du solltest wissen, daß wir gründlich versagt haben. Und je älter ihr Kinder wurdet, desto weniger begriffen wir, und um so schlimmer wurde es. Also ... nun, wir erörtern etwas. Eigentlich dürfte ich dich das gar nicht fragen, aber du bist meine Tochter, und ich kann erst dann ernsthaft darüber nachdenken, wenn ich es weiß.

Was, wenn wir dir sagen würden, daß du *nicht* Bürgermeisterin wirst?«

»Nun, wenn es besser für das Schiff ist ... ich meine, ich wäre schon enttäuscht, aber wenn der *Fliegende Holländer* jemand anders braucht ...«

»Was, wenn wir gar keinen Bürgermeister ernennen? Wenn wir den ganzen Plan einfach aufgeben, weil wir erkannt haben, daß wir nicht wissen, was wir tun, und die Verantwortung den Kindern übergeben – weil ihr ein besseres Verständnis habt?«

Ich war perplex. Die Gedanken überschlugen sich. »Würdet ihr das wirklich tun?«

Er wischte sich die Augen. »Wenn es das Beste ist ... ich glaube, wir müssen es tun. Aber, Melpomene, es wird nie wieder so leicht sein ...«

Dann umarmte ich ihn wieder, und er seufzte tief. Ich hatte alle möglichen Fragen, aber ich stellte sie nicht. Für eine lange Zeit saßen wir nur da.

Jemand klopfte an die Tür. Papa öffnete sie, und da stand Tom. Er grinste wie ein Irrer. »Ich habe es geschafft! Ich habe es geschafft!«

»Was geschafft?«

»Eine Eins in CSL! Der Klassenbeste!« Papa holte tief Luft, aber ich wußte nicht, weshalb. Auf jeden Fall freute ich mich für Tom. Papa gratulierte ihm und sagte mir, es wäre alles besprochen. Also ging ich mit Tom hinaus.

»Ruf Randy an«, sagte er. »Wir müssen das feiern. Wenn ihr mir nicht geholfen hättet, hätte ich das nie geschafft. Als ob ein Licht angegangen wäre – auf einmal verstand ich den ganzen Kram, der mir vorher ein Buch mit sieben Siegeln gewesen war.«

»Randy anrufen?« meinte ich. »Es muß doch gleich Sperrstunde sein.«

»Erst 19:03«, korrigierte er mich.

Dann begriff ich; ich war früh von der Schule gekommen und hatte auf der Krankenstation nicht allzu lang geschlafen. »Sicher!« Also rief ich Randy über den Interkom, und dann gingen wir alle in die Snack-Bar im Pilz und bestellten Pizza, wobei wir eine Menge Bezugsscheine in Zutaten investierten. Ich genoß sogar Susans Anwesenheit, was mich ziemlich verwunderte.

KAPITEL ZWÖLF

Am nächsten Tag stand japanische Morphologie auf dem Stundenplan. Ich habe gehört, daß sie in den vergangenen Jahrzehnten stark vereinfacht worden wäre – nichts für ungut, meine japanischen Freunde, aber mir kommt das sehr gelegen. Randy und ich haben uns zusammengesetzt; nicht, weil wir die anderen etwa ausschließen wollten, sondern weil sie sich in unserer Nähe anscheinend nicht wohlfühlten. Nach einer Weile setzte Miriam sich noch zu uns; die Unterhaltung lief zwar verkrampft, aber immerhin fand überhaupt eine statt. Ich fragte mich, ob jemand gesehen hatte, wie ihr geholfen wurde – die Ereignisse des gestrigen Tages mußten ihr ganz schön zugesetzt haben –, aber ich scheute mich, sie in Randys Anwesenheit zu fragen.

Miriam mußte das Eis wohl gebrochen haben, denn bald setzten Chris und Dmitri sich auch zu uns, gefolgt von Rachel. Nach der ersten Verlegenheit fühlten wir uns ziemlich wohl in der Gegenwart von Freunden.

Miriams Japanisch ist ziemlich gut, so daß wir beim mündlichen Wettbewerb recht ordentlich abschnitten – sie war Gruppenleiterin und nahm alle dran, auch Penelope und Bekka.

Ich befürchtete schon, daß wir jetzt unsere eigene Richtige Bande gründen würden, aber diese Sorge war unbegründet. Alle waren sehr still und schweigsam, aber beim Mittagessen erwiderten die Leute zumindest mein Lächeln, und als wir uns im Umkleideraum für die Luftsporthalle umzogen, redete Gwenny sogar mit mir und Bekka.

Es hatte den Anschein, daß die Dinge sich wieder einrenken würden. Der Rest des Tages verging ohne besondere Vorkommnisse; ich ging nach Hause, machte die Hausaufgaben, unterhielt mich eine Weile per Interkom mit Randy und Miriam und ging zeitig zu Bett. Alles war stinknormal – womit ich voll und ganz einverstanden war.

Am nächsten Morgen, der gleichzeitig Schlafenszeit für die B-Schicht und Halbzeit für die C-Schicht bedeutete, wurde der Plan der interessierten Öffentlichkeit zugänglich gemacht. Es entzündeten sich heftige Diskussionen, und ich glaube, daß manche Leute richtig in Rage gerieten, aber nach einer Woche handelte es sich nur noch um ein akademisches Problem, mit dem wir im Unterricht konfrontiert werden würden. Dr. Niwara ließ uns Aufsätze zu diesem Thema schreiben. Man hätte eigentlich meinen sollen, daß Randys und mein Vorsprung uns zum Vorteil gereichte, aber dem war nicht so.

Nach einem Monat war es nur noch langweilig, und die Konstituierende Versammlung, deren Mitglieder in den ersten Jahren nach der Indienststellung des *Fliegenden Holländers* geboren wurden, löste sich wegen allgemeinen Desinteresses nach sechs Wochen wieder auf.

Es war eine Woche seit dem *Aerocrosse-Aufstand,* wie jeder den Vorfall nannte, vergangen. Mutter war vor ein paar Tagen wieder nach Hause gekommen, so daß ich unsere Wohneinheit überwiegend mied. Die Entschuldigung für diesen Abend lautete, daß Randy, Miriam und ich der Psychiatrischen Abteilung der Krankenstation einen Besuch abstatten müßten. »Hast du ihm gesagt, daß wir kommen?« fragte Randy Miriam nun schon zum zehntenmal.

»Ja«, sagte sie. »Ich habe ihm Bescheid gesagt. Er weiß, daß du ihm die Menge vom Hals gehalten hast,

Randy. Er ist dir nicht böse. Er sagte, daß er nur dich und Mel sehen wolle, also habe ich euch gefragt. Das ist alles.«

Nun saßen wir zu dritt in der Snack-Bar, verjubelten Bezugsscheine und warteten darauf, daß in der Krankenstation die Besuchszeit begann. So nervös hatte ich Randy bisher noch nicht gesehen.

»Wenn du so herumzappelst, wird es auch nicht leichter, vor allem nicht für Ted«, sagte Miriam.

Randy schnitt eine Grimasse. »Ich weiß. Ich beruhige mich schon, wenn wir erst mal drin sind. Aber im Moment denke ich nur daran, was vielleicht alles schiefgehen könnte. Ich rege mich wahrscheinlich völlig umsonst auf.«

»Wie immer«, sagte ich und kniff ihn unter dem Tisch in den Oberschenkel.

»Danke, Dr. Murray. Deine ganze Familie empfiehlt mir, mich zu entspannen. Wenn ich auch nur ein Zehntel eurer Ratschläge befolgt hätte, läge ich schon längst im Koma.«

»Wenn du sie befolgen würdest, müßten wir es dir nicht immer wieder sagen.«

»He, keinen Streit, Leute. Nicht, daß wir am Schluß noch alle in den Knast wandern.« Miriam blinzelte mir zu; wenigstens lenkten wir Randy dadurch etwas ab.

»Das ist eine bizarre Vorstellung«, bemerkte ich. »Obwohl jeder Witze darüber macht, habe ich noch nie jemanden kennengelernt, der im Gefängnis war. Ihr vielleicht?«

Miriam schüttelte den Kopf, aber dann sagte Randy: »Mein Vater.«

Wir beide starrten ihn an, und mein Magen verkrampfte sich. »Wirklich?«

»Keine große Sache«, wiegelte er ab. »Letztes Jahr, als er noch ziemlich gewalttätig war, hat er manchmal erst zugeschlagen und dann überlegt. Wenn er also spürte, daß ihm eine besonders schlimme Nacht bevorstand, hat er sich beim Sicherheitsdienst gemeldet und sich in Vorbeugehaft nehmen lassen.«

Ich suchte noch nach Worten, als Miriam sagte: »Er muß dich wirklich sehr lieben, wenn er sich einsperren läßt.«

Randy nickte und schien sich dann zu entspannen. Innerlich gratulierte ich mir zu dem glücklichen Händchen, das ich seit jeher schon bei der Auswahl meiner Freunde gehabt hatte.

Danach sprachen wir nicht mehr viel; nach ein paar Minuten wies Miriams Computer uns mit einem Piepsen darauf hin, daß die Besuchszeit gleich begann. Wir erhoben uns und gingen die Treppe hinunter; man war der Ansicht, daß Theophilus in der hohen Gravitation der Krankenstation, wo über ein viertel Gravo auf ihm lastete, schneller die Orientierung wiedererlangen würde. Das kam uns natürlich merkwürdig vor, aber ich glaube, wenn ich bei einem Besuch auf der Erde verletzt würde, wollte ich zum Beispiel auch lieber in ein Krankenhaus auf Supra-New York, wo die Schwerkraft meine Genesung nicht behinderte.

Die Blutergüsse waren fast verheilt. Es waren nur noch eklige gelbbraune Flecken zu sehen. Ich faßte es immer noch nicht, daß es so viele waren.

»Hallo«, sagte Miriam. »Ich habe ein paar Freunde mitgebracht.«

Sein Lächeln galt sogar auch Randy. »Ich freue mich, daß ihr gekommen seid.«

»Ich hoffe, es geht dir besser, Ted.«

»Ziemlich.« Er setzte sich auf. »Und wie läuft es bei dir? Noch immer der Beste in Mathe?«

Randy stotterte etwas, verschluckte sich und lachte dann über sich selbst.

»Weißt du, etwas Schlimmeres hättest du kaum fragen können. Gwenny Mori hat mich überflügelt, und ich denke, daß sie ab jetzt auf den ersten Platz abonniert ist.«

»Bis ich wiederkomme. Und wenn ihr zusammenarbeiten wollt, würde ich mich freuen, wenn ihr mich abends noch einmal besucht – ihr glaubt kaum, wie die Vorträge meines Vaters über die Ausbalancierung des B-Komplexes in der neuen Tilapia-Zucht mir zum Hals heraushängen.«

»Bis du wiederkommst?« fragte Miriam. »Dr. Niwara hat aber gesagt…«

»Ja, ich weiß, was sie beschlossen haben. Aber sie haben mich nicht gefragt, Mim. Wie soll ich denn nach der Erwachsenen-Abschlußprüfung mit einem von euch zusammenarbeiten, bei den Umständen, unter denen wir uns zuletzt gesehen haben… nun, du weißt schon.«

»Dann wirst du also zurückkommen«, stellte ich fest. »Am Anfang wird es sicher schwer für die Klasse, aber ich glaube, du hast recht.«

»Ich freue mich wirklich«, sagte Randy.

Theophilus seufzte und streckte sich; als die Arme aus dem Medo-Schlafsack hervorkamen, sahen wir noch mehr Blutergüsse. Er bemerkte unsere Blicke und schob die Arme wortlos wieder zurück. »Es ist schon in Ordnung«, sagte Randy. »Entschuldigung.«

»Schon recht.« Theophilus saß eine ganze Weile reglos da; wir wußten nicht, was wir sagen sollten. Ich versuchte, mir den Tag seiner Rückkehr in die Klasse vorzustellen; vielleicht wäre es wie das Erscheinen eines neuen Schülers, nur hundertmal schlimmer? Wie würden diejenigen, die ihn geschlagen hatten – vor allem Barry Young, der damit angefangen hatte, und Gwenny Mori und Kwame van Dyke, die seine Freunde gewesen waren –; wie würden sie reagieren?

Dann räusperte er sich. »Ich habe euch etwas zu sagen. Damals, auf der Erde… damals in Georgia. In meiner Schule in der Kuppel von Atlanta… spielte ich eine spezielle Rolle in meiner Klasse. Und wißt ihr, welche?

Ich war der Klassen-Kasper.

Das ist altmodischer Erd-Slang. Ihr würdet wohl Klassen-Assi dazu sagen. Ich schleimte mich immer bei den Lehrern ein und mußte mich oft vor irgendwelchen Kindern verstecken, die mich zusammenschlagen wollten. Ich verletzte die Gefühle der anderen, ich machte mich über sie lustig, ich war verdammt arrogant, weil ich bessere Noten hatte als sie … ich war der Außenseiter. Immer. Ich hatte keine Freunde, außer ein paar merkwürdigen Figuren, die mir immer nachliefen und auf denen ich am meisten herumhackte.

Als ich dann hierher kam …« Er drehte sich zu uns um. »Zuerst glaubte ich, diesmal hätte ich es besser angetroffen, in einer Klasse, die ich beherrschen könnte und in der ich der Größte wäre. Aber dann erkannte ich, daß es genauso war wie früher – vor allem, weil … weil …« Er stieß einen tiefen Seufzer aus. »Wißt ihr, was? Damals in Georgia wurde ich gar nicht Ted genannt. Ich hieß Theo. Ich haßte diesen Namen.«

»Möchtest du lieber Ted genannt werden?« fragte ich.

Er nickte.

»Dann bist du Ted für uns.«

Er wollte sich wieder umdrehen, als Randy ihn fragte: »Wirst du so etwas noch einmal machen?«

»Nein.«

»Dann ist es in Ordnung. Solange du es nicht mehr tust und dich bemühst, den angerichteten Schaden wieder gut zu machen, ist es egal, was du früher getan hast.« Randy ging vor dem Bett in die Hocke, so daß er Theophilus direkt in die Augen schaute. »Vertrau mir, Ted. Ich habe Erfahrung. Früher habe ich auch Leute geschlagen, aber jetzt komme ich gut mit ihnen aus.«

Wir wollten lachen, aber irgendwie waren wir noch nicht soweit. Aber ich glaube, es wird nicht mehr lange dauern.

Ich hatte schon wieder eine Auseinandersetzung mit Dr. Lovell. In gerade einem Monat scheint sie sich von einer Lehrerin über eine Psychotante in eine Buchrezensentin verwandelt zu haben. »Aber der ganze Kram ist doch langweilig«, befand ich. »Und wenn man einmal darüber nachdenkt, mußte es ja so kommen. Der Plan hat keine Gültigkeit mehr, und jeder, der sich vielleicht für das Buch interessiert, wird Tom bald kennen. Die ›Fontänen des Finsteren Vakuums‹ sind schon überall gezeigt worden.«

»Zur Zeit ist er populär«, stimmte sie mir zu. »Und vielleicht wird seine Popularität noch lange anhalten. Aber ich glaube, daß die Menschen wissen wollen, wie deine Geschichte wirklich endet.«

»Gut, dann sage ich es ihnen in zwei Absätzen. Zwei Sätzen. Der erste: ›Als der Plan scheiterte, beschloß der NAC, alle Erwachsenen zum Mars-Terraforming-Projekt abzukommandieren und übergab uns das Schiff. Nach dem dritten Marsumlauf wird die ganze Besatzung des *Fliegenden Holländers* nur noch aus Leuten bestehen, die hier geboren sind.‹ Der zweite: ›Tom wurde berühmt durch seine mobile Lichtskulptur, die interaktiv auf Musik reagiert. Das Ding sieht so aus wie der Abgasstrahl des Haupttriebwerks und klingt so ähnlich wie Beethoven.‹ Nach diesen zwei Sätzen bin ich fertig.«

Ich stand auf und wollte gehen, aber sie blockierte mit ausgestrecktem Arm die Tür. »Glaubst du wirklich? Was soll deiner Meinung nach mit diesem Buch überhaupt ausgesagt werden?«

»Ich weiß nicht. Zufällige Ereignisse? Oder geht Ihre Interpretation etwa darüber hinaus?« Ohne daß ich genau wußte, wie ich darauf kam, wurde mir plötzlich etwas klar, das ich nie für möglich gehalten hätte – ich gehörte zu Dr. Lovells Lieblingsschülern. Deshalb glaubte ich, ihr etwas dafür zu schulden, aber sicher war ich mir nicht.

Also halte ich es mit Papa, der empfiehlt, im Zweifel die Wahrheit zu sagen. »Viele Dinge sind einfach nur passiert«, sagte ich. »Aber während sie geschehen, denkt man viel zu sehr darüber nach, und wenn sie dann passiert sind, weiß man gar nicht mehr, was man überhaupt gedacht hat. Das ist alles. Wie auf der Party von Block B – ich weiß, daß ich an meine Mathe-Hausaufgaben dachte; deshalb langweilte ich mich vielleicht eine Zeitlang, obwohl ich es so darstellte, als ob ich mich den ganzen Abend nur amüsiert hätte. Und mitten im Aufstand, als Randy eingriff und die Menge in Schach hielt, damit wir Theophilus in Sicherheit bringen konnten, wußte ich, daß es zum Teil nur deswegen funktionierte, weil Bekka, Penelope und Rachel ihm Deckung gaben und niemand sich mit allen vier anlegen wollte. Ich meine, es erforderte Mut von ihm, das zu tun, und er war auch der Anführer, aber sie mußten erst einmal den Mut aufbringen, ihm zu folgen. Und, sehen Sie, auch wenn ich das alles erzählt hätte, es würde nichts bedeuten. Oder soll ich vielleicht auch noch erwähnen, wie oft ich letzte Woche auf die Toilette gegangen bin oder was? Es würde alles in den Details untergehen.

Also werde ich es nicht schreiben. Ich weiß, Sie meinen, in diesem Buch ginge es gerade darum – daß mein Bruder Tom ein Künstler wurde, der erste im Weltraum geborene professionelle Künstler und der ganze Kram, den Time-Murdoch, der OBSR-CHANL und NACFlash ihm angedichtet haben. Und daß die Erwachsenen auswanderten und wir das Schiff ein Jahrzehnt früher als geplant fertigstellten, weil wir eben hierher gehörten und sie die Aliens waren. Aber wo das alles nun bekannt ist, weshalb es noch als Buch herausbringen und verfilmen?«

Sie seufzte. »Alles, worum ich dich bitten möchte, ist,

daß du noch zwei Szenen schreibst. Und ich weiß, daß dir das gut gelingen wird. Außerdem trug der Besuch bei Theophilus auf der Krankenstation auch zur ganzen Entwicklung bei, so daß du sagen kannst, du hättest den Schluß schon zu einem Drittel fertig. Weshalb möchtest du nicht, daß dieses Buch einen Schluß hat?«

Ich hob die Schultern. »Das Buch handelt von etwas, das nie abgeschlossen sein wird. Wenn die Forschung recht hat, daß die Lebenserwartung in der niedrigen Gravitation sich verlängert, dann werden wir alle noch mehrere hundert Jahre leben. Wir haben noch so viel vor uns. Also wäre ein Schluß – nun, eine Lüge. Und zwar eine größere Lüge als alle Lügen, die ich bisher erzählt habe. Weil es mein Buch ist, möchte ich nicht, daß eine solche Lüge darin vorkommt.«

Sie schüttelte den Kopf. »Aber es ist nicht nur *dein* Buch. Es ist zum Wohle des ganzen Schiffs. Es soll die Menschen auf der Erde in die neue Kultur einführen, die hier oben entsteht, damit sie Sympathie und Verständnis für uns entwickeln. Soweit ist alles in Ordnung, glaube ich – es wird den Zweck erfüllen, den der NAC sich vorstellt –; aber wie kannst du deine Leser so enttäuschen und dann noch erwarten, daß ihnen das Buch gefällt? Sie wollen sehen, wohin das alles führt, und sie wollen einen Sinn darin sehen. Das ist ein Teil deiner Verantwortung, ihnen gegenüber und dem Schiff.«

Ich dachte lange darüber nach. Was sie gesagt hatte, war sicher richtig, aber trotzdem möchte ich diese letzten Szenen nicht schreiben. Ich bin keine Kunstkritikerin, und ihr kennt mich, Randy und Susan mittlerweile so gut, um zu wissen, wie wir uns darüber freuten, daß Toms Projekt am Projekt-Tag alle Preise abräumte und dann auf dieser Sonderausstellung und in all diesen Sendungen gezeigt wurde. Wir veranstalteten eine Party für ihn, und alle tanzten und würdigten Toms Leistung gebührend.

Und was die Erwachsenen betrifft... nun, in dieser Angelegenheit führten Tom und ich ein langes, schwieriges Gespräch mit Mutter und Papa, wie es auch all die anderen Kinder mit ihren Eltern führten; sonst gab es in dieser Sache nichts mehr zu tun. Wenn man nun darüber nachdenkt, enthält der Abschlußbericht der CPB nur das, was ohnehin zu erwarten war.

Die Leute werden älter. Sie werden unabhängiger und unterschiedlicher. Die Planung wird immer schwieriger. Entweder man setzt ihnen die Pistole auf die Brust und zwingt sie zur Einhaltung des Plans, oder man übergibt ihnen die Geschäfte und läßt sie es auf ihre Art machen. Es geht nicht an, die Menschen mit vierzehn für erwachsen zu erklären und ihnen dann zu eröffnen, daß sie bis sechzig keine Mitspracherechte hätten.

Vor allem dann nicht, wenn sie bis in alle Einzelheiten mit ihrer Umwelt vertraut sind und die Erwachsenen die Einwanderer darstellen.

Was sollten sie also sonst tun, wenn sie uns liebten? Was sonst sollte der NAC tun, wenn er wollte, daß wir arbeiteten?

Jetzt glaube ich aber doch, daß ich noch eine letzte Szene schreiben möchte. Eben habe ich nämlich den Eindruck erweckt, als ob wir uns alle zusammengesetzt, die Entscheidung in aller Ruhe getroffen und sie dann einfach ausgeführt hätten.

So hat es sich natürlich nicht abgespielt. Das haben wir uns hinterher bloß eingeredet.

Ihre ganzen Sachen – einschließlich dieser blöden alten Ausgabe von *Fänger im Roggen*, die Mutters Vater gehört hatte – befanden sich schon in der Fähre. »Einer der großen Vorteile, die das Leben hier oben bietet«, sagte Papa, während er sich den Seesack umhängte, »besteht darin, daß sich nie so viel Kram ansammelt, daß es Probleme mit dem Packen gibt.« Ich vermute, er faßte es nicht, daß seine ganzen Habseligkeiten in diesen Seesack gingen.

Mutter rieb sich die Augen. Sie wirkte völlig verwirrt. »Du kümmerst dich um deine Schwester?« fragte sie zum zwanzigstenmal.

»Genau bis Mitternacht des 30. Juni 2026«, versicherte Tom ihr. »Danach fällt sie in die Zuständigkeit des *Fliegenden Holländers.*«

Ich hatte schon befürchtet, nach dem Erreichen des Erwachsenen-Status würde er unerträglich werden; statt dessen war er nun viel umgänglicher geworden – seit man ihm eine Stelle als ›Permanenter Künstler‹ eingerichtet hatte, war ein großer Teil des Drucks von ihm genommen.

Weil Mutter und Papa uns verließen, würde Susan auf der Basis eines befristeten Mietvertrags bei uns einziehen, der gegebenenfalls verlängert werden konnte – das war Mutter zwar nicht recht, aber sie beschränkte sich auf diesbezügliche Andeutungen. In besagtem Vertrag hieß es, daß Wohneinheit Sechs im Besitz der Familie bleiben und ich mein Zimmer behalten würde; Tom würde sein Studio in Papas Praxis einrichten.

Nun standen wir alle verlegen herum und suchten nach halbwegs sinnvollen Abschiedsworten.

»Vidifoniert mal, wenn ihr Zeit habt«, sagte Mutter.

»Ich werde mir sogar das Gesicht waschen, bevor ich vor die Kamera trete«, versprach ich.

»Ach, du.« Sie umarmte mich; als sie sich von mir löste, sah ich Feuchtigkeit auf ihrer Kombi. Erst jetzt merkte ich, daß ich weinte.

»Schon gut«, sagte sie. »Ich weiß, daß wir uns nicht vertragen haben, aber ich werde dich trotzdem vermissen.«

Nun mußte Tom sie umarmen, und ich drückte Papa, und dann wünschten wir uns gegenseitig alles Gute.

»Schick mir ein Bild von deinem ersten Garten!« sagte ich zu ihr.

Sie lachte. »Ich bin achtzig, wenn ich den habe, und dann wird er wie das Gemüsefach im Kühlschrank aussehen. Außerdem werden wir sowieso erst in zwanzig Jahren aus dem Orbit absteigen.«

Ich nickte. »Du wirst noch lange leben.«

Sie lächelte. »Komm uns besuchen. Es wird zwar nicht so schön sein wie auf der Erde, aber wenigstens sieht man den Himmel, und die Pflanzen wachsen in der freien Natur.«

Ich versprach es. Das war natürlich Unfug – ein Ticket für den Besuch einer anderen Station oder eines Schiffs verschlang mehr als ein Jahresgehalt, und ich hatte kaum eine Vorstellung davon, was man mir für einen Besuch in der im Bau befindlichen Oberflächenkolonie des Mars-Terraforming-Projekts berechnen würde. Aber ich hatte noch nie zuvor jemandem wirklich Lebewohl sagen müssen, und deshalb gab ich eine Menge dummes Zeug von mir.

Mit knurrender Stimme erteilte Papa Tom eine Reihe Ratschläge, von denen die meisten aber nur scherzhaft gemeint waren. »Denk immer daran, du bist der Chaucer für diese Leute; ab und zu solltest du mal versuchen, dich über das Niveau der Boulevardpresse zu erheben.«

»Chaucer hat das auch nicht getan.«

»Und die angloamerikanische Geschichte beweist das auch«, sagte Papa. »Und keine politischen Satiren über deine Schwester.« Tom schaute verwirrt; Papa blinzelte mir zu. »Sag es ihm nicht. Es soll eine richtige Überraschung für ihn werden.«

Tom schaute von mir zu Papa und dann wieder zu mir, wobei er sich am Hinterkopf kratzte. »Nun, es ist auf jeden Fall einfacher, es nur mit einem von euch zu tun zu haben.« Er streckte die Hand aus, und Papa schüttelte sie. »Aber ich werde dich sehr vermissen.«

Daraufhin fielen wir uns wieder um den Hals und heulten. Aber die anderen Leute im Laderaum bewahrten auch nicht mehr Haltung.

Schließlich war es soweit. Mutter küßte mich noch einmal und sagte: »Du wirst es mir vielleicht nicht glauben, aber ich meine es wirklich ernst. Folge immer der Stimme deines Herzens – ich weiß, du hast ein gutes Herz.«

Ich hielt sie lange fest. »Ich hoffe, du wirst glücklich auf dem Mars«, sagte ich.

»Und wenn nicht, verspreche ich, daß ich trotzdem mein Bestes gebe. Ich werde in kein Olson-Buch mehr hineinschauen, bis ich die erste Getreideernte eingebracht habe!« Dann löste sie sich von mir. »Auf Wiedersehen, Melly – Melpomene. Ich liebe dich.«

»Ich liebe dich auch.«

Dann umarmte ich Papa. Wir brachten kein Wort hervor, so daß das ›Ich liebe dich‹ ungesagt blieb. Aber wir wußten es auch so.

Sie nahmen ihre Seesäcke auf und gingen durch eine Tür in das große Passagierabteil der Landefähre; sie gehörten zu den ersten, die an Bord gingen. Dr. Niwara war dicht hinter ihnen; Randys Vater stand weit hinten in der Schlange. Eigentlich war ich gekommen, um mich von vielen Leuten zu verabschieden, aber am Ende blieb es bei Papa und Mutter.

Als ich mich später mit den anderen Kindern unterhielt, erfuhr ich, daß es ihnen auch so gegangen war. Randy und sein Vater hatten kein einziges Wort gesprochen – die eine Stunde, bis Mr. Schwartz an Bord ging, hatten sie sich nur umarmt und Tränen gewischt.

Die letzten stiegen ein, und die Sirene ertönte. Wir gingen durch die großen Tore des Frachtraums und begaben uns wieder an unsere Arbeit

Als eine Stunde später ein Ruck durch den *Fliegenden Holländer* ging, wußten wir, daß das Katapult die Fähre abgeschossen hatte und sie unterwegs waren. Obwohl es ein Regelverstoß war, hielten Randy und ich den Rest des Nachmittags unter der Bank Händchen.

2. FEBRUAR 2026

Papa sagt, auf der Erde wachst ihr alle so auf wie Randy und ich und Tom. Ihr zählt alle zur ›Speziellen Kategorie‹.

Wir brauchen mehr solcher Leute hier oben, denn wir sind nur wenige – wenn ich sage, daß wir uns nicht einsam fühlen, müßte ich lügen. Manchmal fühle ich mich sogar sehr einsam, obwohl jeder für den anderen da ist. Also werde ich dieses Buch *doch* für die Kultusbehörde oder einen Verlag überarbeiten, und wenn ich damit keinen Erfolg habe, werde ich es im Internet selbst veröffentlichen.

Und dann möchte ich euch bitten, mir zu schreiben, ja? Auch wenn ich eine Menge Freunde im Schiff habe, Freunde hat man nie zu viele.

In Liebe
MELPOMENE MURRAY